Les Veilleuses

DU MÊME AUTEUR

Pieds nus sur la terre rouge, voyage chez les Himbas, pasteurs de Namibie, Robert Laffont, 1998.

Rouge Himba, carnet d'amitié avec les éleveurs nomades de Namibie, La Boîte à Bulles, 2017.

Solenn Bardet

Les Veilleuses

roman

Robert Laffont

ISBN 978-2-221-25388-5
Dépôt légal : février 2022

Éditions Robert Laffont – 92, avenue de France, 75013 Paris

À Zélie Tulipamwe, bien sûr.

À celles et ceux qui choisissent la lumière.

À Muhapikwa, ma sœur et amie, partie trop tôt.

« Exterminez toutes ces brutes ! »

Joseph Conrad,
Au cœur des ténèbres

« De quels rêves, de quels innombrables rêveurs suis-je issue ? »

Ariane Mnouchkine,
discours de réception
du Kyoto Prize 2019

« Si tu te crois trop petit pour influencer le monde, c'est que tu n'as jamais passé la nuit avec un moustique. »

Proverbe africain

Le campement est resté en alerte toute la nuit. Le bétail a meuglé, les chiens ont aboyé. Entre les branchages qui tiennent lieu de cases, les ancêtres ont murmuré, conseillant à la jeune femme de fuir. Mais Tulipamwe est trop épuisée pour agir, elle ne pense qu'à serrer le corps de son père contre elle, l'envelopper de son amour, rassurer son âme.

Au petit matin, Matumbo donne l'alarme. Il a été attrapé derrière la palissade alors qu'il allait se soulager. Il hurle qu'il est fier d'elle, malgré ce qui s'est dit auparavant, qu'elle ne doit pas se rendre. Mais tous les membres du clan savent qu'il est trop tard. Des dizaines d'hommes en uniforme ont encerclé le campement, et bien au-delà. Tulipamwe confie le corps encore tiède de son père à sa famille et se baisse pour sortir de la hutte en terre. En ajustant les lambeaux d'une chemise sur ses épaules, elle observe les militaires envahir le village et demande crânement à leur chef de quoi ils ont peur, pourquoi un régiment entier pour cueillir une simple femme ? Le gradé évite son regard, hurle « Empoignez-la ! Menottez-la ! », les pieds, les poignets, et ils ajoutent même une chaîne qui relie les pieds aux poignets. À l'arrière du fourgon où ils la balancent, directement sur la tôle, sont assis une douzaine de soldats dont elle ne voit que les jambes et le bout des fusils. L'un d'eux pose ses bottes sur les fesses de la prisonnière, un autre sur son crâne.

Le convoi démarre, et elle se retire, loin, à l'intérieur d'elle-même. Elle a le visage plaqué contre le plancher aux relents de pisse et d'alcool.

*

Il fait nuit quand ils la sortent du fourgon à coups de pieds dans les jambes. Elle réussit à tenir debout, mais soudain l'obscurité l'envahit, et tout s'arrête.

Elle se réveille sur une dalle de béton. Elle ne sent plus ni le souffle ni les odeurs de la nuit. Un rayon de lumière électrique filtre sous la porte. À quatre pattes, elle tâtonne vers un des murs, pose le plat de la main dessus. Aussitôt la submerge le manque de terre, de ciel, de soleil, dont ont souffert les captifs qui l'ont précédée dans la geôle. Elle étouffe. Elle doit retirer sa paume, se souvenir que tout n'est qu'immanence, que cette situation est temporaire, et surtout que les souffrances de ceux qui ont gémi et agonisé contre ces parois ne sont pas les siennes.

Elle reçoit la lumière électrique en plein visage. Protège ses yeux.

« Ça pue là-dedans ! »

Elle connaît cette voix. C'est celle de son géniteur. Celui qu'en Occident on appellerait son père. Jean-Charles Suren.

*

Il prononce plusieurs fois son nom, d'un ton désolé, il veut être sûr qu'ils ne lui ont rien fait. Elle comprend qu'il cherche avant tout à savoir si elle n'a pas été violée. Elle le rassure.

« Ils ont juste essuyé leurs bottes sur mes fesses. Ils m'ont laissée me couvrir d'excréments. »

Une grimace altère le visage de l'homme. Elle éclate d'un rire nerveux.

« Certains ont fait pire, n'est-ce pas ? »

L'homme soupire. Il sait très bien à qui elle fait allusion. Il allègue qu'il n'est pas ici pour parler de ses ancêtres, mais d'elle, sa fille.

« Et si j'avais été violée, qu'aurais-tu fait ?

— J'aurais porté plainte. Et c'est d'ailleurs ce que je vais faire. Tu as été maltraitée.

— Et pour les viols que ton grand-oncle a commis sur mes aïeules, tu vas porter plainte aussi ? »

Le visage de l'homme se crispe. Il se débat, comme elle, avec les horreurs de sa filiation.

« Je n'ai pas choisi de naître dans ce corps-là », lâche-t-il dans un murmure.

Elle le sent au bord des larmes. Elle met de côté sa colère. Elle sait qu'elle ne peut pas lui demander plus. Au moins, il est venu.

« OK Jean-Charles, concède-t-elle avec douceur. Raconte-moi pourquoi tu es là. »

Il cache son visage entre ses mains, se plaint qu'elle ne l'appelle toujours pas papa.

Mais c'est lui qui a refusé d'être son père quand elle en avait besoin.

*

Il réclame deux chaises, et aussi de la lumière. Son regard s'attarde plus qu'il ne faudrait sur la poitrine rouge de la jeune femme à peine couverte par un tissu sale et sur les traces de terre qui maculent ses bras. Il sort de son sac une robe en coton.

« Tiens, si tu as envie de t'habiller. Quand tu te seras lavée, bien sûr. »

Tulipamwe voit bien que son aspect le répugne. Elle ne lui en veut pas, il est vrai qu'elle n'est pas à son avantage. Elle lui rappelle quand même que l'*otjize*, le mélange d'ocre et de graisse dont les femmes himbas s'enduisent le corps, est comme un vêtement. Avec lui, elles ne sont pas nues.

« Laissons le passé où il est, propose-t-il. Et parlons de ta situation.

— Si le passé était enterré, je ne serais pas dans cette prison. »

Il ne relève pas. Il n'est pas devenu diplomate pour rien.

« Sais-tu pourquoi tu es là ? »

Elle a bien une idée, même si elle n'a pas encore lu l'acte d'accusation.

« Le gouvernement namibien t'accuse d'entraver la construction du barrage d'Okawe. »

Elle acquiesce. Il sort de son porte-documents une liasse de feuilles.

« Parmi les chefs d'inculpation, lit-il, il y a : *Incitation au sein de la société himba à l'opposition et à la violence contre le barrage*, et *Actes de sorcellerie et envoûtements à répétition contre le chantier du barrage et ses ouvriers* ! »

Il sourit franchement.

« *Actes de sorcellerie* ! Un gouvernement t'accuse d'envoûter un projet de barrage ! Ce n'est pas magnifique ? Et c'est là ta chance, car les gouvernements et associations occidentaux ne peuvent pas accepter ça ! »

Tulipamwe pense aux Veilleuses qui, mille kilomètres plus au nord, dans l'anonymat et la discrétion la plus totale, continuent leur lent travail de protection du site. Lui promet qu'il va alerter tous les médias, toutes les ambassades, qu'on parlera d'elle dans le monde entier.

« En plus, tu es une femme, et française, tu vas avoir toutes les ONG avec toi ! Mais pour que notre campagne ait du poids, j'ai besoin que tu m'écrives ta version de l'histoire. Comment tu as lutté contre les Chinois. Hein, d'accord ma Tulipe ? »

Elle lui rappelle que, même si elle possède la double nationalité, seule la namibienne s'applique ici.

« En théorie. Mais pour les médias, tu restes française. Franco-Namibienne, si tu préfères. Allez, lave-toi, et ne t'inquiète de rien. Papa est là. Je reviens demain, ou après-demain. Et je te laisse une ramette de papier et des stylos ! »

Il se penche vers elle, renonce finalement à l'embrasser à cause de l'odeur et quitte la cellule avec une petite grimace.

*

Elle cale sa respiration sur les battements de son cœur. Les pulsations ralentissent, elle invoque l'énergie cosmique, elle se relie à la Source, et elle sort du temps. On pourrait la croire en extase. C'est parfois le cas, mais pas depuis qu'elle est dans cette prison, pas encore. Pour l'instant, elle est comme au cinéma, des myriades d'images défilent devant ses yeux. Des Hereros, des Namas, le collier de métal au cou, qui triment dans des carrières pour en extraire les blocs. Le *sjambok*[1] s'abat sur un dos, une fois, dix fois, cinquante fois. Des morceaux de peau, mêlés à des caillots de sang, giclent dans les airs. Les prisonniers sont enchaînés les uns aux autres ; si l'un d'entre eux tombe, si le fil de sa vie se brise, ses camarades, en plus des pierres, devront traîner son corps toute la journée.

Ne pas bouger. Ne pas se laisser entraîner par les émotions. Vaincre la peur, la colère, regarder simplement ce qui a été, et laisser le rayon céleste faire son travail de nettoyage. Lui demander de libérer les âmes qui n'ont pas trouvé la paix. Celles dont les crânes ont été arrachés du squelette, puis bouillis et grattés jusqu'à l'os par les femmes et les sœurs captives, et vendus pour quelques pièces. Heureusement, elle n'est pas seule. Elle sent la force puissante des ancêtres et l'amour de sa mère. Elle change de canal, se relie à encore plus haut. Défilent devant elle les rues de la capitale, les bureaux d'un ministre, les dunes du Namib, et enfin les collines qui entourent le campement de feu son *vrai* père, celui qui l'a élevée.

Elle sait que Jean-Charles ne reviendra pas demain.

Elle sait qu'elle a été trahie par les siens.

---

1. Fouet en cuir semi-rigide d'Afrique du Sud.

I

Racines

Je n'écris pas pour faire plaisir à Jean-Charles. Je n'écris pas plus pour me disculper ni pour sortir de prison. J'écris car le monde doit changer, parce que je suis un des rouages de ce changement. J'écris pour libérer les âmes de mes ancêtres. La lumière a excité les ombres du passé qui demandent la vérité. J'écris pour que la terre entende qu'aux confins de la Namibie et de l'Angola, au fond de la vallée d'Eyahoo, quelques centaines de femmes ont réussi par la simple force de leur conviction à s'opposer aux bulldozers et à préserver la vie. Quoi qu'en disent les médias, quel que soit le jugement des tribunaux, nous avons gagné. Nous avons ouvert un chemin. J'écris pour vous réveiller.

Les femmes de ma lignée maternelle vivent dans le Kaokoland, un désert tourmenté situé à l'extrême nord-ouest de l'actuel territoire namibien. Ma mère, tout comme sa mère et la mère de sa mère, ont grandi au milieu du bétail, au rythme des bêtes et des pluies. Elles ont appris à traire les chèvres avant même de savoir parler puis à mener les vaches aux pâturages, aux points d'eau, et à les protéger des chacals et des hyènes. Elles savent marcher plusieurs centaines de kilomètres sans se poser de questions ni s'arrêter, endurer le froid et la chaleur sans un frémissement, se passer d'eau entre le lever et le coucher du soleil. Comme les hommes et les femmes du Paléolithique, elles savent faire du feu avec deux bouts de bois. Elles savent étrangler une chèvre avec un genou, la dépecer et la manger jusqu'au dernier morceau. Elles savent tanner les peaux et travailler le cuir, elles savent où trouver les baies dans les montagnes, elles connaissent les plantes et les écorces qui soignent les bêtes et les humains, et celles qui parfument les femmes. Elles sont moins douées pour planter le maïs, elles ont même une véritable aversion pour cette occupation, mais si par la grâce de Dieu il a poussé tout seul, alors elles savent le récolter, le moudre en farine et en faire une bouillie qu'elles mélangeront au lait caillé. Elles savent évider les calebasses et les secouer pour produire le beurre et le lait maigre. Elles sont vêtues d'une unique jupe en peau de mouton et de lourds bijoux qu'elles confectionnent elles-mêmes avec des morceaux de métal, de cuir, des graines et tout ce qu'elles peuvent récupérer. Elles connaissent les trois mines desquelles il leur est possible d'extraire le minerai d'ocre : elles savent dès la puberté le réduire en poudre, puis le mélanger à du beurre clarifié pour confectionner une pâte onctueuse dont elles s'enduisent le corps – raison pour laquelle mon peuple est aujourd'hui fréquemment nommé « le peuple rouge ». Elles apprennent aussi à façonner l'*erembe*, une petite coiffe de cuir qui rappelle les oreilles des vaches rousses auxquelles elles cherchent à ressembler, car ces bêtes ont la réputation d'être les plus résistantes. Elles savent que leur vie dépend de celle du bétail, et elles possèdent plus de cinq cents mots pour désigner les bovins, en fonction des dessins de leur robe, de la forme de leurs cornes et du lustre de leurs sabots.

Elles savent qu'elles doivent obéir à leurs parents, puis, après le mariage, à leur mari et aux parents de celui-ci, qui eux-mêmes ont obéi aux leurs, et ainsi de suite. Elles connaissent leur généalogie sur un minimum de cinq générations, souvent plus, et se vivent comme un maillon d'une grande chaîne qui a commencé bien avant elles et qui perdurera bien après elles.

Elles ne savent pas que la terre est ronde, elles ne connaissent qu'un seul mot de vocabulaire pour désigner l'eau, que ce soit la mare, le torrent ou le fleuve, et n'imaginent pas la mer, encore moins les villes et tout ce qui va avec. Mais elles savent ce dont l'Homme est capable. Entre 1904 et 1908, les Allemands ont exterminé quatre-vingts pour cent des Hereros. Ma mère, ma grand-mère et mon arrière-grand-mère sont des Himbas, un sous-groupe des Hereros. Himbas et Hereros, s'ils vivent aujourd'hui différemment, partagent la même culture et appartiennent aux mêmes clans.

J'aimerais pouvoir dire simplement que je suis, moi aussi, himba, et donc herero. Mais, en ce qui me concerne, les choses sont plus complexes. Je suis himba, herero, et plus que cela. Ou moins que cela. Mon clan a néanmoins une certitude à mon sujet : les circonstances de ma venue au monde annonçaient un destin hors du commun. Ma propre naissance a été tant de fois narrée autour des feux qu'elle se confond désormais avec l'histoire de mon peuple. M'en libérer est l'essence de ma vie.

Après la colonisation allemande, il y eut les Anglais, puis les Boers, et enfin sept années de guerre entre l'armée sud-africaine et les indépendantistes de la SWAPO[1]. L'essentiel des combats a lieu sur le territoire de mes ancêtres, les sols sont minés, mon peuple est pris en tenaille entre deux forces aussi violentes l'une que l'autre. La nuit, les indépendantistes de la SWAPO entrent dans les villages himbas et pillent nourriture et bétail. Le jour, l'armée sud-africaine embarque hommes et femmes et les punit d'avoir aidé la SWAPO.

Un jour d'hiver de l'année « Les bouches sont pleines de salive » – ainsi nommée parce que les pluies sont arrivées en retard – un homme blanc au visage cramoisi, accompagné de deux assistants kenyans et d'un interprète herero, sort d'un 4 × 4 neuf et annonce l'indépendance du Sud-Ouest namibien et la tenue d'élections libres.

Avant de se réjouir, Simbatere, le chef d'Omuhonga, réunit les différents gardiens des feux sacrés de la région. Il répète : « Il paraît que ce pays va devenir indépendant. Tout le monde va avoir droit à la liberté.

1. South West Africa People's Organization.

Ceux qui étaient des esclaves vont enfin pouvoir reconnaître la tombe de leurs pères. »

Les sages débattent longtemps de la fiabilité de ces informations. Ils s'interrogent sur la signification du dessin frappé au milieu des portes du véhicule, une succession de cercles entourés de végétaux, et sur le sens des mots *United Nations*. Ils n'ont jamais vu de 4 × 4 aussi rutilant que celui des messagers ; ils ne sont pas non plus habitués au ton simple, direct, du Blanc, qui les informe en souriant, sans rien ordonner. Ils rient de leur maladresse quand ils essaient de répéter son prénom, *Jeanchal*, deux syllabes presque imprononçables lorsque, en accord avec la tradition, on a limé ses deux dents supérieures de devant et cassé ses incisives inférieures.

À la fin de la journée, Simbatere, au nom de tous les responsables des feux sacrés de la région d'Omuhonga, signifie à *Jeanchal* que, puisque les Blancs souhaitent les aider à devenir un pays indépendant, les Himbas sont prêts à les considérer comme des amis et à pardonner les horreurs du passé. *Jeanchal* peut installer son campement dans le lit de la rivière Omuhonga. Mais attention : les Himbas ne laisseront plus jamais des étrangers dicter leur manière de vivre. Que *Jeanchal* et ses compagnons se le tiennent pour dit. Les Himbas n'ont qu'une parole.

Pendant les mois qui suivent, *Jeanchal* et ses acolytes sillonnent les campements, éclairent les Himbas sur le processus de paix en cours et sur les enjeux des prochaines élections. Les hommes se mettent à causer politique, ils s'emportent, veulent à tout prix faire barrage à un gouvernement SWAPO. Certains ont été obligés pendant la guerre de travailler comme pisteurs pour les Sud-Africains et craignent des représailles.

Simbatere ne dit rien quand il voit disparaître le Blanc dans la case de sa dernière-née. Il a donné sa parole, *Jeanchal* doit être traité en ami.

Il ne dit rien non plus lorsque *Jeanchal* refuse la paternité du bébé qui grandit dans le ventre de sa fille. Simbatere explique pourtant au Blanc que les Himbas, comme les Hereros, ont un *oruzo*[1] particulier qui permet d'intégrer les étrangers dans leur organisation clanique. C'est important l'*oruzo*, c'est lui qui décide de l'appartenance à un feu sacré et à une lignée d'ancêtres, et c'est uniquement par l'intermédiaire des ancêtres que l'on peut entrer en lien avec Ndjambe-Karunga, le créateur.

Pour que le Blanc ait les idées claires, Simbatere rappelle que les Hereros sont arrivés du nord et se sont rassemblés sur la colline de Mbeti, près du fleuve Kunene. Mais cette région étant une terre de désert, la plupart des Hereros n'ont pas voulu s'en contenter et ont continué vers le sud. Seuls quelques-uns sont demeurés en arrière.

« Nous avons accepté un pays dont personne ne voulait, continue Simbatere qui s'adresse aussi aux jeunes générations. Comme nous vivons en tout petits groupes, nous avons été une proie facile pour les voleurs hottentots[2]. Ils ont pris tout notre bétail, nous laissant sans

---

1. L'*oruzo* est le patriclan, le clan dont on hérite par la lignée du père.

2. Terme aujourd'hui péjoratif qui désigne les Namas. Mais à l'époque évoquée par Simbatere, même si les Namas volaient

rien. La faim nous a fait franchir le fleuve, et nous sommes allés chercher refuge en Angola, auprès des Ngambwes. Les Ngambwes nous appelèrent "Himbas", ce qui veut dire "mendiants, ceux qui quémandent nourriture et protection", et ce nom nous est resté depuis. Nous n'avons pas de problème avec ce nom, car il nous rappelle d'où nous venons. Nous sommes fiers de ce que nous avons traversé. »

Mais le Blanc ne veut devenir ni Himba ni Herero, il ne veut pas plus épouser la fille. Simbatere ne dit rien, les Himbas ont des solutions à toutes les situations. Si une femme devient mère sans être mariée, l'enfant appartient alors au père de sa mère. C'est simple. Simbatere enduit le ventre de sa fille de graisse sacrée, signe qu'il accepte le bébé comme sien. Il se réjouit d'être à nouveau père ; à son âge, il n'espérait plus un tel cadeau. Pour nourrir la future maman, il décide de sacrifier un bœuf. Les membres du clan du Koudou se régalent et dansent jusque tard dans la nuit. La religion et son hypocrisie n'étant pas encore passés par là, la sexualité hors mariage n'est pas considérée comme un péché, et la venue au monde d'un nouvel être, quelles qu'en soient les circonstances, est toujours une fête. Le Blanc est bien sûr invité à y participer, mais il préfère rester dans sa tente.

À la saison des petites pluies, des soldats rejoignent le campement du Blanc, qui compte désormais une vingtaine de personnes. Ils installent des tentes, en dessous des tables, et sur celles-ci des piles de papiers,

---

depuis longtemps du bétail aux Himbas, ce terme n'avait pas encore de connotation raciste.

des enveloppes, et une grande boîte en plastique transparent. Les membres du clan du Koudou votent pour la première fois de leur vie, et tous les équipements se retrouvent couverts d'ocre et de graisse.

Une fois les urnes pleines, *Jeanchal* vient dire au revoir à ma mère. Il lui laisse une poignée de dollars, un sac de farine, un autre de sucre, il touche son ventre rond et lui souhaite bonne chance, à elle et au bébé. Il promet qu'un jour il reviendra.

Quatre mois plus tard, le Blanc n'est toujours pas revenu, et la SWAPO a gagné massivement les élections. Sur le territoire de mes ancêtres, partout bovins, ovins et caprins gisent, langue pendante, empestant la vallée de leur odeur de mort. Les gardiens des feux sacrés de la région, acculés par la sécheresse, ont mené leurs bêtes vers le fleuve, à la recherche de pâturages. Ma mère étant presque à terme, Simbatere a préféré rester au campement principal et envoyer deux de ses neveux avec une partie du troupeau dans les montagnes, mais il sait que si les pluies n'arrivent pas très vite, le bétail sera condamné. La nourriture est rare – des baies et parfois un ou deux melons sauvages. Les femmes vaillantes doivent marcher une cinquantaine de kilomètres par jour pour rapporter des bidons d'eau à moitié vides. Ma grand-mère a troqué une parure de cérémonie contre deux sacs de farine de maïs à un marchand ambulant.

Deux jours avant ma naissance, le ciel se couvre de nuages. Ma mère ressent les premières douleurs. Elle ne veut pas être considérée comme un animal – seules les femelles du troupeau mettent bas au village –, alors elle quitte le campement et, aidée de deux cousines, s'installe dans une petite clairière. L'une des accoucheuses doit la soutenir par-derrière ; l'autre, placée devant, est là pour m'accueillir dans ses bras. Les trois femmes regardent le ciel avec un mélange d'espoir et d'appréhension.

Au bout de vingt-quatre heures, le ciel est devenu noir. Ma mère est livide. L'une des cousines s'éloigne pour ramasser quelques branchages afin de dresser un petit abri contre la pluie. Quand elle a fini, elle échange un regard appuyé avec son acolyte qui retourne aussitôt au village.

C'est pendant son absence que les nuages éclatent. Des trombes d'eau qui font gicler la terre, bientôt accompagnées de rafales et d'éclairs. Au campement, tout le monde s'affaire, certains courent après les marmites, les peaux et les branches de palme qui s'envolent, d'autres essayent de calmer le bétail. Les enfants dansent dans la boue en tenant des récipients pour recueillir la pluie. À l'entrée de sa hutte, Simbatere, appuyé sur son bâton, sourit au spectacle de l'orage qui tambourine et inonde le village. Les bêtes qui ne sont pas encore mortes sont sauvées. Puis il croise le regard sombre de la femme soudainement revenue et comprend. Bravant les bourrasques de pluie, il traverse le campement jusqu'au feu sacré. Il s'assied entre les pierres hautes, invoquant le secours des ancêtres pour que sa plus jeune fille, sa préférée, ne meure pas. Et, si possible, pour que l'enfant vive – même si la mort d'un nouveau-né n'est pas une grande perte ; comme tous les Himbas, il y est habitué. Il appelle à l'aide ma grand-mère, ses neveux Hevita et Tjamposa, et Kaloo, son oncle arrivé la veille au soir.

Il s'agit de trouver la cause, ce qui empêche l'enfant de venir au monde. Sous la tornade qui balaye leurs terres, les membres du clan du Koudou débattent.

Sentencieux, Kaloo rappelle qu'il faut d'abord chercher la raison d'un accouchement difficile dans la conduite sexuelle de la mère. Des relations avec un autre homme que le géniteur pendant la grossesse provoquent, comme chacun sait, des anormalités susceptibles de rejaillir sur tous les membres du patriclan, y compris sur le bétail. Mais ma grand-mère jure sur ses ancêtres que sa fille n'a touché aucun homme depuis *Jeanchal* ; de plus, elle est allée voir Kambodja, la guérisseuse twa[1], qui a préparé une drogue avec de l'*esangu*[2]. Sa fille s'en est frotté le corps – tous les membres du campement également – et elle en a bu une petite gorgée tous les jours jusqu'à l'accouchement. Tout en essuyant les filets d'eau rougie qui coulent dans ses yeux, ma grand-mère propose que l'on regarde plutôt du côté du Blanc, dont le visage était d'ailleurs presque aussi rouge que le sien. Simbatere ferait bien appel au feu, mais sous cette pluie battante, il est déjà presque éteint. Le patriarche demande que l'on entre dans la case, ou plutôt il crie, car la tempête siffle. Ma grand-mère essaye de rapatrier quelques braises dans l'abri. Kaloo fait remarquer qu'il se passe décidément des choses étranges : pour la première fois,

1. Micro-ethnie qui vit sur le même territoire que nous, qui parle comme nous une langue d'origine bantoue, et dont les membres se sont spécialisés dans l'art de la guérison.

2. Plante au jus âcre et toxique. Utilisée à faible dose, elle protège des mauvais sorts.

la pluie s'invite avec autre chose que de la joie pure. Cette pluie-là les met en difficulté, elle complique l'accouchement de sa nièce et perturbe les tentatives pour trouver une solution au problème.

Pendant ce temps, ma mère, restée seule avec la femme qui la soutient, hurle à la mort. Le petit abri de feuilles supposé les protéger est à terre, des branches et des poignées de sable leur fouettent le visage et le corps. Mais ce n'est rien comparé à la douleur de la parturiente. Ma mère qui se déchire de l'intérieur, moi qui lui vrille le ventre, qui broie ses chairs et lamine ses membres. Moi qui refuse de venir dans ce monde, et qui suis prête à la tuer pour parvenir à mes fins.

Au campement, on s'est souvenu d'une cousine qui a prétendu avoir bénéficié des faveurs du Blanc avant son départ ; le vieux Kaloo a aussi entendu des choses à propos de l'étranger et des femmes des marchands ovambos. Les incartades sexuelles de *Jeanchal* sont maintenant tenues pour certaines, les hommes et ma grand-mère débattent pour savoir s'il est possible que la conduite du géniteur ait une incidence sur le déroulement de la naissance. Dans un couple marié, une infidélité du mari peut mettre en danger la mère et le bébé, mais dans le cas d'un enfant conçu hors mariage… Après tout, soutient Kaloo, ils ne sont unis par aucun rituel, ils ne sont pas passés devant le feu sacré. Si tous les hommes qui rendaient les jeunes filles enceintes devaient être fidèles jusqu'à l'accouchement… Hevita maintient que le bébé, dans le ventre de sa mère, a besoin de l'énergie de ses deux parents, même si l'énergie du père se manifeste de façon invisible. À quoi Kaloo objecte que, puisque le géniteur a refusé le mariage, le père, symboliquement, est désormais Simbatere. Ma grand-mère insiste. « Le visage rouge » s'est vraiment mal comporté avec ma mère, et puis on ne le connaît pas, cet homme était bizarre, peut-être y a-t-il autre chose en lui qui empêche la naissance ? La femme qui a prévenu Simbatere rappelle qu'il y a urgence. Ce dernier propose que l'on exécute le rituel, ça ne peut pas faire de mal. Mais le Blanc n'est plus là. Dans le cas d'un mari absent qui obstrue par ses impuretés le déroulement normal du cycle de la vie, on peut se contenter d'appliquer le rituel sur un objet lui appartenant, un bâton par exemple, avec lequel il aurait gardé les vaches. Mais *Jeanchal* n'a jamais gardé les vaches. Simbatere se souvient d'un crayon que « le visage rouge » avait oublié un jour dans le campement et qu'un des enfants avait récupéré. Il convoque les enfants, on finit par trouver le crayon. On va cueillir des feuilles de mopane[1], qu'on trempe dans de l'eau. Simbatere, en tant que gardien du feu sacré, invective le crayon : « Tu as jeté ma fille aux bêtes féroces ! » Il demande aux ancêtres de nettoyer toutes les souillures du Blanc « au visage en feu » qui pèsent sur ma mère et moi. Il lave le crayon avec le mélange d'eau et de feuilles de mopane.

L'orage cesse. Le soleil fait une percée entre deux nuages, je jaillis du ventre de ma mère, sa compagne est occupée à la soutenir par derrière, et je tombe dans la boue.

---

1. Facilement reconnaissable grâce à ses feuilles en forme de papillons, le mopane est notre arbre sacré.

La nature me salue en se taisant. C'est un moment de suspension. Un répit, la détente qui succède à l'affolement. Mais très vite on constate qu'en plus d'être crottée je suis bleue, et l'accouchée perd beaucoup de sang. La première femme masse le ventre de ma mère pour aider à l'expulsion du placenta, coupe le cordon avec un petit couteau. Elle me tient par les pieds, tête en bas, me tape sur les fesses et aspire avec sa bouche le liquide entré dans mes poumons. Après mon premier cri, elle me berce contre sa poitrine et me félicite pour mon courage. Elle me dit que ce que je viens de vivre a été plus éprouvant que tout ce que j'aurai à vivre dans mon existence et que j'ai de la chance, puisque le plus dur est advenu. Mais elle s'inquiète pour ma mère dont l'utérus, trop épuisé pour expulser le placenta, continue à saigner. Hevita, l'un des neveux de mon père, vient à la rescousse. Il passe ses mains sous l'eau claire, engouffre le bras dans le ventre de la jeune accouchée qui hurle avant de s'évanouir. On appelle Tjamposa, le deuxième neveu.

Nous rentrons au campement en procession, ma mère inanimée portée par les deux neveux, moi dans les bras d'une des cousines qui me susurre des mots doux, l'autre fermant la marche avec le placenta et le couteau qui a rompu le cordon. Puis nous sommes installées dans l'*otjirenda*, un abri de branchages adossé à la hutte principale du village et protégé par les esprits des ancêtres. Alors que les femmes s'occupent de nous, les discussions reprennent autour du feu sacré.

Cette enfant est-elle normale ? Vu les circonstances de ma naissance – j'ai quand même failli tuer ma mère –, ne vais-je pas amener le malheur sur tout le campement, y compris le bétail ? Le rituel a-t-il été efficace ? Jusqu'à quel point ? Chacun a son mot à dire. Certains, ayant peur pour eux-mêmes, demandent que le placenta soit enterré à l'extérieur du village. D'autres proposent qu'un rituel de purification soit appliqué à tous les membres du clan, humains comme animaux. Simbatere, désormais considéré comme mon père, met tout le monde d'accord en décidant d'aller chercher la guérisseuse twa. Des messagers sont envoyés dans trois directions, personne ne sachant où elle peut bien être.

Cette nuit-là et les deux suivantes, ma mère danse avec la mort. Mais mes traits clairs et mes yeux bleus lui donnent paraît-il une lumière à laquelle s'accrocher. On fait venir une cousine pour m'allaiter.

La fièvre de ma mère tombe, elle se remet doucement ; on oublie le rituel et la guérisseuse, qui n'est finalement jamais arrivée. Mon père, sans en parler aux autres, enterre le placenta à l'entrée de sa case. Cette enfant, se dit-il en pensant à moi, a un grand besoin de protection. Aucun espace n'est aussi protégé que la case du gardien du feu sacré.

Quand ma mère peut enfin faire quelques pas, Simbatere convoque les membres du campement devant le feu sacré. Il est impossible de nous garder éternellement, ma mère et moi, dans l'*otjirenda*. Mais avant de m'éloigner de l'espace sacré, il faut me mettre sous la protection de la lignée. Simbatere me prend dans ses bras, me porte vers le ciel et demande aux ancêtres de me regarder.

« Cette enfant est désormais l'une des nôtres, déclare-t-il, elle fait partie du clan du Koudou, elle ne touchera pas l'arbre baobab et ne possédera jamais de bétail sans cornes, ni de mouton sans oreilles. La voici ! »

Il recueille dans une corne évidée un peu de graisse, il l'étale sur mon front, sur mon ventre, puis il me nomme « Mutaeni », ce qui signifie « Regardez-la ! ». Il précise qu'il fait référence au proverbe « Regardez-la, mais ne la mangez pas en lui jetant des sorts ». J'atterris ensuite dans les mains de Kaloo, qui m'appelle Kaimba, « une petite Himba pour les Himbas ». Il spécifie avec un clin d'œil que c'est pour faire taire les mauvaises langues qui évoqueraient ma peau trop claire et mes yeux bleus. Ma grand-mère me donne le nom de Ngavekendje, « celle qui a lutté pour venir ». Certains des membres du campement passent leur tour, ce qui n'est pas très bon signe, mais ils n'ont pas encore oublié les circonstances étranges qui ont présidé à ma naissance. Ma mère, enfin, après avoir longuement réfléchi, me nomme « Tulipamwe », « Nous sommes tous ensemble », parce que, explique-t-elle en s'embrouillant un peu, je suis le fruit de la rencontre de deux peuples très différents ; en plus, je suis si belle ; enfin, parce que, même si ma naissance n'a pas été simple, elle ne veut pas que les gens se disputent à cause de moi : ce nom est un message pour tous ceux qui m'entourent.

Hevita revient de l'enclos avec un jeune veau, il lui coupe un morceau d'oreille et le donne à ma mère. Ce veau est désormais le mien. Simbatere déclare le rituel terminé, les femmes retournent traire les vaches, les hommes reprennent leurs discussions politiques, ma mère et moi intégrons notre nouvelle case.

Plus tard dans la journée, un visiteur vient annoncer que la Namibie est enfin officiellement indépendante, depuis exactement une semaine. Simbatere et Kaloo calculent dans leur tête que cet événement est arrivé en même temps que l'orage et ma naissance. C'est ainsi que je sais que je suis née le 21 mars 1990.

Jusque tard dans la nuit, les hommes disputent sur la signification de ces concordances.

Deux pas dans la largeur, trois pas dans la longueur. Les premiers jours, Tulipamwe marchait en rond. Debout, à quatre pattes, à cloche-pied. Enfermée dans six mètres carrés. Jean-Charles n'était pas revenu. Elle s'y attendait, et pourtant, un matin, la colère l'avait submergée. La voilà frappant le mur de ses poings, de ses pieds, le crâne proche de l'explosion. Elle avait fini par coller son front sur la pierre et avait sangloté comme un bébé. Pourquoi tant de fausses promesses ? Pourquoi si peu d'humains sur lesquels on pouvait compter ? Le ciel bas, annonciateur des premières pluies, pesait aussi lourd qu'une enclume. Désespérée, Tulipamwe avait imploré des bras, une main posée sur elle, quelque chose de chaud contre lequel elle pourrait s'appuyer. Ce jour-là, elle s'était crue seule. Elle n'avait pas senti le souffle qui, tel un parent bienveillant, l'avait enveloppée, emmaillotée. Épuisée par des mois de tensions et de combats, éprouvée par ses rencontres successives avec la mort, Tulipamwe s'était endormie en boule, à même le sol.

Et puis la pluie était tombée, quarante-huit heures d'eau dégoulinant du ciel. À l'aube du troisième jour, le corps et l'esprit régénérés, la prisonnière s'était relevée. Elle avait ôté ce qui lui restait de chemise. Avec les morceaux de tissu, elle avait décrotté les murs et le sol, elle avait décapé, briqué, astiqué. Elle avait fait couler sur sa nuque le dernier filet d'eau qui subsistait dans la cruche. Elle avait levé les bras pour toucher le rayon de lumière qui perçait à travers la minuscule fenêtre placée très haut dans le mur. Elle avait senti sa colonne vertébrale se redresser, elle avait passé la robe en coton apportée par celui qui se disait son père, et elle avait commencé à écrire.

Depuis ce jour, Tulipamwe écrit toute la journée. Assise en tailleur, les genoux repliés contre la poitrine, allongée sur le ventre, elle écrit, et elle y découvre un plaisir nouveau. Et si la prison lui enseignait une liberté supplémentaire ?

Le paradis existe, j'y ai fait mes premiers pas. Il a pour cadre la poitrine toujours accueillante de ma mère et les genoux de mon père. Il a la couleur de l'ocre et du sable et l'odeur du tapis de bouses de vache qui craque sous les pieds à l'intérieur des campements. Il reçoit la chaleur du soleil qui sèche les pâturages et la fraîcheur de l'ombre des lits de rivière. Il vibre des meuglements du bétail et des piaillements nasillards des touracos concolores, il crépite du feu de mes ancêtres, il résonne des chants de ma mère et des histoires de mon père, il retentit des rires de mes cousines. Il a pour nom Kaokoland. Les sept années qui suivent ma naissance, les pluies abondent, et il m'est impossible d'imaginer une enfance plus heureuse que la mienne.

Grâce à des macérations d'*omutindi*[1], ma mère se remet rapidement de l'accouchement. Le clan en déduit que les rituels ont été efficaces. Le lait revient dans sa poitrine et, jusqu'à ma deuxième année, je passe

1. Arbre très rare, qu'on appelle aussi l'« arbre des revenants ». Quand on est malade de partout, on mâche son fruit deux fois par jour et, après deux jours, on se sent beaucoup mieux !

l'essentiel de mon temps entre ses seins ou plaquée sur son dos, ballotée au rythme de sa marche car, dit-on, le vrai domicile de l'homme n'est pas le campement mais le chemin, et la vie est un voyage à faire à pied.

Ma mère n'a pas d'autre enfant que moi. Pourtant, notre tradition aurait voulu qu'il en naisse un autre deux ans plus tard et que je sois dès lors abandonnée au groupe, avec le risque de ne pas survivre si j'exigeais trop de soins. On l'ignore encore, mais la violence de ma naissance a endommagé quelque chose chez cette jeune fille. C'est pourquoi, après le sevrage, je peux rester dans son giron protecteur, tout en m'ouvrant au reste du clan pour profiter de ses enseignements.

Je grandis comme tous les petits Himbas. Nue et enduite d'ocre et de graisse jusqu'à l'âge de un an. Quand je commence à marcher, on me passe un morceau de tissu autour de la cordelette qui ceint mon ventre. J'ai le crâne rasé, excepté une houppette à l'emplacement de la fontanelle. Avant même de savoir parler, j'apprends à trotter, d'abord avec un rouleau de tissu sur la tête, puis avec une bouse de vache, enfin avec une boîte de conserve. L'objectif est de m'inculquer la posture qui, plus tard, me permettra de porter de lourdes charges sans m'abîmer les vertèbres, mais aussi d'avoir un port de tête noble et fier, comme tous les membres de mon clan.

À quatre ans, on me laisse pousser deux nattes épaisses qui tombent sur mon front et qui affirment mon identité de fille. Tôt le matin, ma mère me réveille par des caresses, puis elle m'envoie dans le *kraal*[1] avec les autres enfants. J'y apprends à traire les chèvres, à leur présenter leur petit pour qu'elles l'allaitent, à isoler les chevreaux dans un enclos pour éviter qu'ils ne s'échappent dans le bush, à surveiller les bêtes adultes dans les pâturages et à empêcher qu'elles ne soient dévorées par un chacal. C'est notre travail. Tous les jours pareils. Lorsque nous avons faim ou soif, nous nous allongeons sous une chèvre et nous buvons son lait directement au pis. Nous marchons souvent trente, quarante kilomètres dans une journée, mais ce n'est pas un effort, car nous chantons et jouons en chemin. Ma cousine Muhapikwa, qui a deux ans de plus que moi et qui est déjà réputée pour son sérieux, se charge de garder le cap. Karekare, dont la mère m'a allaitée quelques jours à la naissance et qui est également considérée comme une cousine, s'illustre par son imagination : elle n'a de cesse d'inventer des jeux de rôles, courses-poursuites et autres défis, qui me laissent le souffle court. Aux abords de la piste, je ramasse des baies et des racines avec lesquelles ma mère confectionne des remèdes. Je prends le temps de repérer les fruits les plus mûrs et surtout de remercier les végétaux qui me nourrissent. On dit de moi que je suis de bonne composition, que j'ai un caractère facile, mais c'est que je suis simplement heureuse. Et libre.

La nuit tombée, après la bouillie de maïs, une nouvelle existence s'ouvre à moi. Dans le crépitement et les lueurs orangées des flammes, dans les vibrations de l'espace sacré, monte la voix grave de mon père. Je suis assise entre ses jambes, la main dans celle de ma mère,

---

1. Enclos à bétail situé au centre du campement.

la tête tournée vers l'infinie Voie lactée, et je me laisse transporter par les légendes de mon peuple : l'histoire du chacal qui a faim, l'épopée de notre aïeul Mureti, le récit du mariage de Kata. Les esprits des ancêtres donnent corps aux mots de mon père, ils tourbillonnent et me traversent. Les tremblements qui me saisissent me rappellent pourquoi il nous est interdit de dialoguer directement avec Ndjambe-Karunga. Sa lumière est trop puissante pour nous autres humains. Mais je sais que tant que je resterai sous la protection de mes aïeux, rien ne peut m'arriver.

Pendant les sept premières années de mon enfance, personne ne me ramène jamais à ma peau trop claire ni à mes yeux bleus. N'ayant ni miroir ni eau limpide à ma disposition, je les ignore moi-même. Le nom que ma mère m'a donné, « Nous sommes tous ensemble », a-t-il eu un impact sur ceux qui m'entourent ? Très vite après ma naissance, ce nom, Tulipamwe, prend le pas sur mes autres prénoms, même dans la bouche de mon père. Je suis clairement sa préférée, sa dernière-née comme il dit, mais cette faveur ne suscite pas la moindre jalousie. Au sein du clan, tous m'aiment et me le témoignent.

Très tôt, je montre des dispositions pour dialoguer avec les esprits des ancêtres. À peine sais-je marcher que je rejoins mon père en train d'officier devant le feu sacré. À peine sais-je parler que je lui glisse à l'oreille des messages, lui suggérant de venir en aide à un cousin qui traverse une passe difficile, lui rappelant de remercier un esprit pour ses bienfaits. Mon père se lamente : « Quel dommage que cette petite ne soit pas un garçon, ni née par le mariage ! Elle aurait fait un si beau gardien de feu sacré ! »

Il sait bien que je ne serai jamais gardienne, mais il me transmet son savoir comme si j'allais le devenir : je dois toujours veiller au canal situé au-dessus de ma tête et à une pratique quotidienne pour le nettoyer. Car c'est par ce canal que le dialogue est possible avec les ancêtres ; il faut leur demander protection afin que rien n'entrave cette relation. Mais un gardien de feu sacré ne se consacre pas qu'au lien avec les ancêtres, c'est aussi un chef de lignée qui s'occupe des vivants.

« Et les vivants, ça inclut les animaux et les végétaux, ne prends pas exemple sur la cécité des Blancs qui ne voient que ce qui est de chair et de sang ! »

Au cours de longues promenades dans le lit de la rivière, mon père m'apprend à ressentir sous la paume les corps de lumière des plantes, à discerner leur fatigue et à décider ainsi du moment où il faut bouger avec le troupeau.

« Sur cet aplat de pierre, poursuit-il, est né Mureti, le héros qui a libéré le grand chef Kamaharero des Namas. Sur ce rocher, à l'instant précis où Mureti est sorti du ventre de sa mère, un babouin a crié. Sous cet acacia, Mureti a tué un serpent plus grand que lui. »

Bientôt, je sais l'histoire de chaque pierre, de chaque arbre, et certains jours, mon amour pour la terre de mes ancêtres me paraît sans limites.

Mon père a le malheur de n'avoir eu que des filles, et aucun descendant direct pour reprendre le feu sacré de sa lignée. M'enseigner est une grande joie teintée de frustrations. Il déblatère gaiement sur les corps de lumière des grands acacias qui me permettront, si je sais me relier à eux, de revivifier le mien, et dans la seconde d'après, il s'assombrit sans raison apparente. Il a semble-t-il une dent contre certains jeunes Himbas qui voudraient devenir guérisseurs.

« Ils mélangent de la boue avec du sang et des viscères d'animaux, et à coups d'alliance avec des esprits inférieurs, ils envoûtent les gens ! Ils oublient que nos ancêtres nous ont interdit de toucher à ces choses. Nous laissons ça aux Twas ou aux Hakaonas, qui eux savent faire des alliances droites et justes. Ma fille, notre rôle à nous, dans ce monde, est de s'occuper du bétail. Nos ancêtres veillent sur nous, ta seule vérité, ce sont eux. »

Le monde des Himbas change, mais ces changements n'impactant pas encore ma vie, ma jeunesse et mon insouciance m'empêchent de les considérer avec sérieux. La seule chose dont je me rende compte, c'est qu'au fil des années mon père passe de plus en plus de temps en réunion, avec d'autres responsables himbas, mais aussi avec des hommes du gouvernement. Le soir, il a un visage que je ne reconnais pas. Son canal se bouche à plusieurs reprises. Il feint de parler aux ancêtres, mais autour de lui, l'espace est comme figé, rien ne vibre.

Le rythme des réunions s'intensifie autour de ma septième année. Elles peuvent désormais durer une lune d'affilée. Fini les longues soirées autour du feu entre les genoux de mon père, fini les promenades dans la montagne, toute l'énergie de notre campement est réquisitionnée par l'accueil des invités dans le lit de notre rivière. Fini aussi les nuits où je reste collée contre ma mère. Pour libérer des cases, je dors maintenant avec mes cousines. Les premiers temps, cette animation nous met en joie : nous rencontrons de nouveaux visages, mes cousines et moi donnons des surnoms aux visiteurs et imitons leurs attitudes. Karekare singe celui qu'elle appelle « l'homme-palabre », elle gonfle son torse et fait résonner sa voix grave en s'adressant à une foule imaginaire. Nous sommes aussi missionnées pour chercher de l'eau et du bois et préparer la bouillie de maïs pendant que les garçons s'occupent seuls des chèvres. Le soir, nous dansons l'*ondjongo* dans le lit de la rivière, et personne ne pense plus à nous demander de nous coucher. Et puis, à force de traîner autour des feux, je comprends deux choses : que le gouvernement veut inonder notre territoire, et que ma mère va se marier. Et je sais que mon paradis va disparaître.

L'homme qui sait parler aux foules n'a aucune responsabilité particulière dans notre société. Mais il brille par son intelligence et par sa capacité à comprendre le monde moderne et à le traduire en concepts intelligibles pour les Himbas de la vieille époque, comme mon père. C'est un homme issu des traditions, qui n'est jamais allé à l'école et qui ne sait ni lire ni écrire, mais il a une vision. Celle d'un peuple qui pourrait continuer à honorer les tombes de ses pères librement, celle de femmes qui conserveraient leur jupette en peau de mouton et leur *erembe* si elles le souhaitent, mais il nous rêve en même temps instituteurs, infirmiers, voire médecins. Il refuse d'opposer développement et tradition. Il se veut d'une ouverture absolue à l'autre, à l'étranger, tant que cela ne vient pas bousculer les fondements de notre culture. Il différencie ce qu'il appelle « la tradition » et « les habitudes ».

« La première, dit-il, correspond à nos racines ; sans elles, nous mourrons. Les habitudes, en revanche, peuvent évoluer. Qui a dit que nos femmes devaient être aussi nombreuses à mourir en couches ? nos ancêtres ? Qui a dit qu'un jeune garçon devait succomber à une piqûre de scorpion, alors qu'à l'hôpital d'Opuwo, la capitale du Kaokoland, ils font des injections qui sauvent des vies ? Qui a dit que nous devions marcher autant, alors que les Blancs ont inventé la voiture ? Qui a dit que nous devions rester ignorants, illettrés, que le reste du pays devait nous traiter comme des bêtes sauvages ? Le mois dernier, ma première-née était malade, et même avec les remèdes traditionnels, nous n'arrivions pas à faire baisser sa fièvre. Nous l'avons amenée au dispensaire d'Okangwati, tenu par un infirmer ovambo, mais cet homme était en train de boire à Opuwo. Pendant une semaine, nous l'avons attendu, campant devant la grille, essayant de maintenir en vie ma fille. Est-ce que c'est une existence, ça ? Si nos enfants étaient infirmiers, ils ne nous traiteraient pas comme ça ! »

L'homme qui s'exprime ainsi s'appelle Matumbo. Il a les joues rondes et les yeux malicieux. Dès que j'ai un moment, je me glisse dans le lit de la rivière pour écouter ses discours. Les enfants de mon âge se moquent de moi, répétant des choses qu'ils ont dû entendre de la bouche des adultes du genre « comment une fillette qui n'a encore que deux tresses peut comprendre quelque chose à la politique ? ». Peu m'importe. C'est la première fois que j'entends parler d'un monde plus vaste que le mien. Matumbo aborde tous les sujets, des questions de santé aux pâturages en passant par l'éducation et la propriété de la terre. Mais celui qui revient dans toutes les réunions, c'est le grand barrage que veut construire le gouvernement et l'attitude de ce même gouvernement, qui nous traite comme des babouins. Après l'indépendance du pays, Sam Nujoma, le président, a décidé de bâtir un immense mur sur le fleuve Kunene, qui sépare la Namibie de l'Angola. Le Kunene est le seul fleuve de notre région à être en eau toute l'année, et pendant la saison sèche, la végétation de ses rives sauve de la mort de nombreux troupeaux. Mais Sam Nujoma veut tout inonder, la terre et les tombes de nos ancêtres, il veut tuer les hommes, les bêtes et nos traditions, et il veut donner à cet ouvrage son nom ! Il dit que la Namibie se doit d'être moderne, l'égal des grands pays de l'autre côté de la grande eau, que ce mur apportera l'électricité dans toutes les maisons de la capitale ! Il dit aussi que, nous autres Himbas, sommes une honte pour notre pays. « Comment peut-on encore, à la fin du XXe siècle, vivre vêtu de peaux de bêtes ? » Un membre du gouvernement aurait même déclaré qu'Adam et Ève avaient fini par s'habiller et que les Himbas devraient faire pareil.

À l'époque, je n'ai bien sûr aucune idée de ce qu'est le XXe siècle, encore moins de qui sont Adam et Ève, mais à entendre les réactions de mes aînés, l'heure est grave. Quand je prends conscience que tout ce que je connais – les campements, les lits de rivières, les troupeaux et nos longues transhumances – est en danger, mon premier désir est de me blottir entre ma mère et mon père. Mais ils sont tous deux très occupés. Karekare, ma cousine, ne pense qu'à s'amuser, Muhapikwa travaille pour satisfaire les invités, et je vis ces angoisses dans une grande solitude. Enfin presque. C'est à ce moment-là que je commence à pratiquer l'« étreinte végétale ». Je choisis un magnifique acacia, un arbre de l'époque de Mureti, et plusieurs fois par jour, je me baigne dans son corps de lumière.

J'enserre son tronc autant que je peux, je me plaque contre lui. Après quelques minutes, je m'apaise, ma fatigue glisse sur moi comme l'eau sur les plumes, et je me sens plus forte, invincible même.

De son côté, Matumbo sait encourager le souffle de la révolte. Après chacun de ses discours, les réactions fusent dans le lit de la rivière : « Ce barrage, c'est comme si j'entrais dans votre village de nuit et que je prenais de force tout votre bétail ! », « Si un jour ce barrage est construit, mon cœur se transformera en pierre. Je n'accepterai jamais ce barrage ! », « Ce gouvernement nous coupe la gorge ! On ne va pas se laisser tuer sans rien faire ! », « On va se battre jusqu'à la mort ! ».

J'imagine, terrifiée, mon père luttant avec son pauvre bâton contre une armée de fusils. Mais Matumbo temporise, il affirme, à mon grand soulagement, que des combats armés ne mèneraient à rien. Il faut être moderne dans la lutte, se battre avec des mots et des actions pacifiques. Je ne sais pas trop ce qu'il veut dire par là mais, l'année passée, il a accompagné Vetuyendera, le représentant des Himbas, dans différents pays de l'autre côté de la grande eau, justement pour dénoncer le barrage, et il y a appris beaucoup de choses. Alors, il me semble qu'en ce qui concerne l'avenir de notre peuple, je peux lui faire confiance. Jusqu'au jour où je découvre par une conversation perdue qu'il souhaite également épouser ma mère. Matumbo est un héros, certainement pas un beau-père. Tout mon corps en tremble.

La chose étant trop lourde à porter pour moi, je décide d'en parler à l'intéressée. Avertie de mon projet,

Karekare, pourtant habituée à braver les interdits, me retient, me disant que je vais me faire réprimander. Nous autres enfants, nous n'avons pas l'habitude de nous immiscer dans les affaires des adultes. Et puis, avec toute l'activité nouvelle, ma mère n'est jamais seule. Si elle n'est pas en réunion, elle moud des grains de maïs, fait cuire des morceaux de chèvre… Alors qu'elle est en train de broyer de l'ocre avec les autres femmes, je m'approche et lui murmure à l'oreille que j'ai besoin d'elle. Elle se lève immédiatement, délaissant sa tâche, mais elle est rabrouée par le groupe.

« Tu es l'esclave de ta fille ou quoi ?

— Voici une mère qui ne sait pas enseigner les bonnes manières à son enfant ! »

Ma mère se rassied, les yeux baissés. D'un geste du bras, elle me fait signe de la laisser. À cet instant, je comprends que j'ai vécu une enfance privilégiée, hors normes pour une Himba. Le lien que j'ai tissé avec mon père et ma mère est bien trop fort pour une société dominée par le collectif. Je prends soudain conscience que la communauté himba n'est pas uniquement le petit groupe d'une douzaine de personnes avec lequel j'évolue depuis ma naissance. Nous sommes en réalité un seul et même peuple de trente mille âmes, trente mille âmes qui décidons de notre culture et de nos usages et avec lesquelles je suis indiscutablement liée.

Le soir, pendant que mes cousines et amies dansent dans le lit de la rivière, ma mère m'entraîne derrière la palissade du campement. Nos airs de comploteuses me font d'abord rire. Mais tout l'après-midi elle a été moquée parce qu'elle se laissait interrompre dans son travail par une enfant. Elle me rappelle que, dès quatre ans, j'étais censée dormir avec ceux de mon âge et être élevée par l'ensemble des femmes.

« Regarde tes cousines, elles n'ont pas vu leur mère depuis des mois. Est-ce qu'elles en souffrent ? Non. Elles attendent patiemment qu'elles reviennent avec les troupeaux, elles appellent indifféremment "mama" toutes les femmes de leur matriclan. Je t'ai donné de mauvaises habitudes. Est-ce parce que tu es différente que je t'ai traitée différemment ? Je t'ai eue très jeune, trop jeune pour savoir me comporter en mère. Nous ne pouvons pas continuer ainsi, ce n'est pas correct, ni pour toi ni pour moi. Je suis maintenant arrivée à l'âge du mariage, et la volonté de mon père et du tien est que je me marie avec Matumbo. »

Je ravale mes larmes, ma mère essaie de me rassurer : Matumbo est un homme riche, il a une voiture, un chauffeur – un jeune Himba qui, malgré l'absence de permis, est un as du volant sur piste –, un gros troupeau hérité de son oncle maternel et déjà deux épouses. Elle ne sera pas la première femme, mais Matumbo est un homme juste, qui ne la maltraitera pas, elle ne vivra d'ailleurs pas avec les deux premières conjointes. Matumbo a trop de bétail pour le garder au même endroit, il a besoin d'une troisième compagne pour s'occuper d'un campement supplémentaire et pour lui donner davantage d'enfants qui, à leur tour, s'occuperont de ses bêtes. Bien entendu, ma mère n'ayant dormi qu'avec moi, personne ne sait encore que je l'ai rendue stérile. L'imaginant avec d'autres enfants, je fonds en larmes.

« Pourquoi dis-tu que je suis différente ? je demande à travers mes sanglots. Parce que je vous aime trop, toi et papa ? »

Elle me regarde avec étonnement. Puis elle sourit, me caresse la joue.

« Allez, assez parlé pour ce soir, va jouer avec tes amies. »

Nous restons encore un moment ensemble, elle me promet que je pourrai lui rendre visite quand je le souhaiterai, que je demeure la fille de mon père et que Matumbo n'aura aucune autorité sur moi.

Cette nuit-là, je ne vais pas rejoindre mes cousines dans le lit de la rivière. Recroquevillée dans un coin de la hutte des enfants, je garde les yeux grands ouverts, les fermant seulement quand les autres, de retour de leurs jeux, me poussent pour voir si je dors. À l'aube, je n'y tiens plus. Je sais que mon père, dès le premier rayon du soleil, va marcher derrière la palissade, du côté de l'est. Je l'y attends.

Je suis adossée à un tronc de mopane, une racine coupe-faim dans la bouche, occupée à admirer les traînées roses du ciel, quand sa silhouette élancée arrive vers moi. Son visage est las, ses traits tirés.

« Père, tu vas bien ? je demande.

— Comment peut-on aller bien lorsque l'eau menace les tombes de nos ancêtres ? Comment arrêter la balle du fusil qui vient nous tuer ? Avec la tête ou avec les pieds ? Ma fille, je suis fatigué, toutes ces réunions, tout ce monde à nourrir, et plus assez de jeunes pour mener les bêtes aux points d'eau, et maintenant cette menace sur nos terres… Je suis un vieil homme, mes racines sont profondes, mais mes épaules sont devenues fragiles avec le poids des années. Allez, raconte-moi ce qui te tracasse. »

Je vais droit au but.

« En quoi suis-je différente ? »

Il me dévisage longuement.

« Tu ne sais pas pourquoi tu es différente ? »

Je secoue la tête en signe de négation. Je vois qu'il réfléchit.

« Je t'ai observée l'autre jour aller te soigner au grand acacia. Est-ce que tu en as vu d'autres faire la même chose ? »

Je fais signe à nouveau que non. Il prend ma main et nous marchons ainsi, en silence, jusqu'au rocher du Babouin. L'air est encore frais, mais les calaos et les choucadors piaillent déjà. Je pense à ma mère et à son futur mariage. Où vais-je vivre maintenant ? Mon père hoche longuement le menton.

« Alors, c'est ça qui te préoccupe ?

— Pas seulement. »

Nous sommes arrivés sur le terrain plat situé à l'ombre du grand rocher. Mon père trifouille à travers les hautes herbes pendant un moment.

« Regarde, les traces de l'ancien feu sacré de Kaupangwa, le père de Mureti. Tu te souviens de ce qu'a fait Mureti ?

— Il a tué un très gros serpent qui avait lui-même tué beaucoup de gens et de bêtes dans la vallée, et il a sauvé Kamaharero qui tirait un char à bœufs toute la journée parce que les Hottentots en avaient fait leur esclave.

— C'est ça. Et ce Kamaharero, que sais-tu d'autre sur lui ? »

Je sèche.

« Il était le plus grand des chefs des Hereros. Il a eu un fils, qui s'appelait Samuel Maharero, et qui est devenu lui aussi chef des Hereros. »

Mon père avale sa salive plusieurs fois.

« Et puis, les Allemands sont arrivés. »

Il prononce cette phrase sans me quitter des yeux, son regard me transperce. L'air commence à se réchauffer, mais j'ai soudain très froid.

Ma mère se marie au début de l'hiver, à la période des cérémonies. Comme le veut la tradition, Matumbo arrive à la tombée de la nuit avec ses deux épouses, un frère de circoncision, et quelques membres de son patriclan. La première nuit, ils dorment à l'extérieur du campement. Mon père leur fait porter un mouton, qu'ils préparent et dont ils dévorent la moitié. L'autre moitié nous revient, cuite à point, nous la mangeons avec appétit pour témoigner de notre confiance dans la délégation de Matumbo.

Le lendemain matin, en signe de respect pour nos ancêtres, Matumbo et les siens entrent dans notre village à quatre pattes. Nos femmes les accueillent avec des cris de joie. Tandis que les membres masculins se regroupent autour de mon père, les femmes et les filles rejoignent ma mère dans la case principale. Cette dernière a emprunté l'*ekori*, la coiffe de cérémonie, à une tante, elle s'est enduite d'une copieuse couche d'ocre et de graisse, et elle brille comme le soleil couchant. Je m'assieds à côté d'elle. Ce n'est pas mon premier mariage et je sais que je dois rester sur mes gardes. Soudain, les hommes entrent dans la case en hurlant, ils nous tirent par les mains, les pieds ; nous

nous accrochons à tout ce que nous pouvons trouver, un poteau, une aspérité dans l'une des parois de la case, une marmite. Je me cramponne à ma mère, je lui hurle de ne pas me lâcher. Mais, comme d'habitude, les hommes sont les plus forts. Ils ont gagné ma mère. Elle pleure pour montrer sa tristesse de nous quitter. La tradition impose ces pleurs, mais je sens que ceux-ci sont sincères. Je pleure aussi, mes cousines se joignent à moi, et bientôt la moitié des femmes sont en larmes. Matumbo nous conseille de bien pleurer, de libérer tout ce chagrin, car la soirée sera consacrée à des activités beaucoup plus réjouissantes.

À la nuit tombée, on danse, puis, en accord avec la tradition, on ridiculise Matumbo. Je trouve bizarre de me moquer d'un homme si respecté, mais je sais que l'occasion ne se présentera qu'une fois et j'en profite : mes cousines et moi nous plantons devant lui en balançant toutes sortes de méchancetés, par exemple que sa bouche sent le serpent faisandé, qu'il est aussi gras qu'un porc et que sa mère doit être une truie, que depuis qu'il a sa voiture il n'est plus capable de marcher correctement, qu'il ne sera sans doute pas capable de faire des enfants à ma mère… L'objectif de cette coutume est de tuer le désir sexuel chez l'épousée, puisque les mariés n'ont pas le droit d'avoir de relations avant la fin de la cérémonie. Puis arrive le moment où, pour se venger de l'homme qui a pris l'une des leurs, les femmes se mettent à battre Matumbo. On m'autorise à me joindre à elles. Une tante me donne une branche de mopane bien fraîche, et je fouette Matumbo sur les jambes en hurlant : « Tu prends ma mère ! Voilà pour toi ! Prends ça ! Tu prends ma mère ! »

Quand vient l'heure de se coucher, je suis d'excellente humeur. Étant vierge, je suis choisie pour dormir avec le nouveau couple, façon de l'empêcher de commettre ce qui, cette nuit-là, serait considéré comme un péché. J'ai l'intention de les surveiller toute la nuit, mais je m'endors dans les bras de ma mère ; probablement le meilleur rempart contre les tentations.

La cérémonie dure encore plusieurs jours. Il y a celui où ma mère quitte officiellement le patriclan de son père, celui où elle arrive à quatre pattes, accompagnée de sa délégation, dont je fais partie, devant les ancêtres du feu sacré auquel est rattaché Matumbo. S'ensuivent des danses, des chants, un bœuf entier à tuer, à dépecer et à manger, et enfin le rituel qui intègre la mariée dans le patriclan de son mari. À l'aube de ce dernier jour, Matumbo me convoque devant le feu de ses ancêtres.

« Tulipamwe, je ne suis pas ton père, et tu sais que j'ai le plus grand respect pour celui qui a choisi de l'être. Avant ce mariage, lui, moi et ta mère avons parlé. Nous avons conscience que tu es encore jeune et que tu es très attachée à ta mère. Là où elle sera, tu seras toujours la bienvenue. S'il te faut la protection ou les conseils d'un aîné, je suis là pour toi. Mais si tu préfères retourner vivre chez ton père, ce n'est pas un problème. Ton père et moi sommes d'accord sur le fait que tu es assez sage pour choisir ce qui te conviendra le mieux. »

Je réponds que mon père et ma mère sont pour moi comme le soleil et la lune, j'ai besoin des deux.

« Alors, il va te falloir marcher. »

C'est ce que je décide de faire.

Le nouveau campement de ma mère est situé à une grosse journée de marche de celui de mon père. Je pars avant l'aube, j'arrive après la nuit. Les premiers mois, je suis accompagnée par une tante, un cousin. Mais, puisque c'est toujours le même trajet, on considère finalement que je suis assez grande pour marcher seule. J'y prends goût. Le mouvement de la marche me berce. Bientôt, ma solitude me permet d'accéder à une autre réalité où, comme dans un rêve, les arbres et les plantes me parlent. D'abord, je les entends vibrer, comme s'ils chuchotaient entre eux. Puis, un jour que j'enlace un immense acacia, celui-ci me souffle de m'allonger sous son ombre. Je m'endors immédiatement et, dans mon sommeil, je sens les grands arbres du lit de la rivière se pencher sur moi. Leurs troncs vibrent de cinq corps de lumière différents, leurs branches resplendissent, et dans un langage à eux fait de bruissements et de caresses, ils me disent que j'ai besoin d'eux et qu'ils auront un jour besoin de moi. J'acquiesce à cette évidence. À mon réveil, une porte s'est ouverte. Lorsque je tends la main vers un végétal, il m'arrive de percevoir son émotion, parfois même un message. Je ne suis plus jamais seule dans le bush. Je marche d'un campement à l'autre non plus pour retrouver ma mère ou mon père, mais pour la compagnie des arbres.

Ma mère se plaît dans son nouveau village. Il est très sommaire, mais une petite retenue d'eau naturelle à quelques kilomètres y rend la vie relativement facile. Deux cousines et un neveu sont venus s'installer pour l'aider et lui tenir compagnie, et tous apprécient la liberté de ne pas avoir d'aînés sur le dos. Pris entre les réunions qui le mènent de plus en plus souvent à la capitale et la gestion de ses deux autres campements, Matumbo ne passe pas plus d'une ou deux nuits par lune avec ma mère. Je ne pense pas qu'il ait jamais été question d'amour entre eux deux. Aux yeux de Matumbo, ma mère a surtout pour atout d'être la fille du très respecté Simbatere. Néanmoins, lorsque Matumbo est auprès d'elle, ils s'entendent plutôt bien. Moi aussi, sa présence me sied. Si je ne me permets pas de grimper sur ses genoux comme je le fais avec mon père, j'aime m'asseoir à ses côtés et lui poser des questions sur le monde. Il raconte la capitale, les plats bizarres qu'il y mange, les rues goudronnées et les feux magiques qui arrêtent les voitures.

« Tu te rends compte, s'exclame-t-il, les gens chient dans de l'eau qui est nettoyée avec des filtres et des médicaments, et puis ils boivent cette même eau ! »

Il raconte aussi la *mer*, une étendue d'eau si profonde que, même si on empilait dix hommes debout, les uns sur les autres, ils ne toucheraient pas le fond, et si vaste qu'on n'en voit pas le bout ; et les avions, de grands oiseaux qu'on bourre de gens qu'on bourre à leur tour de nourriture, comme si c'était l'estomac des personnes qui donnait l'énergie de voler aux machines. Matumbo me fait rêver, rire et réfléchir à la fois. Il parle peu du barrage, mais ses yeux pétillants m'insufflent de la confiance et me disent qu'il a un plan. Au moment de me coucher, je lui abandonne ma mère sans amertume, bien trop pleine de toutes les images qu'il a fait naître en moi pour me préoccuper de ma solitude.

Les choses sont plus compliquées chez mon père. Le départ de ma mère et mes absences répétées, ainsi que le stress lié au projet de barrage, lui ont donné un coup de vieux. Dans la confrontation avec ce nouveau monde, il se sent inutile ; pour lui, ce sont les hommes comme Matumbo qui ont désormais les clefs. D'ailleurs, après le mariage de ma mère, les réunions ont presque toujours lieu autour du campement principal de Matumbo. Mon père ne s'y rend jamais. Il prétexte la vieillesse, la fatigue de ses membres, mais je vois bien qu'il se met lui-même de côté. Incapable de se joindre à l'action collective, il rumine tout seul contre le gouvernement qui nous prend nos terres, nos tombes, nos ancêtres, il murmure des paroles incompréhensibles devant le feu sacré. Le soir, sitôt la bouillie avalée, il se retire dans sa hutte. Plus de longues histoires autour du bois qui crépite. De toute manière, qui les écouterait ? Mon père a délégué le soin de ses bovins à un neveu et a envoyé mes cousines avec les chèvres chez un de ses frères. Notre campement semble dépeuplé.

Un jour qu'il me trouve sur son chemin, il me prend la main et me ramène sur l'ancien feu sacré de Mureti. Là, il me tient des propos décousus sur le fait que nous, les Himbas, sommes ceux qui sont restés en arrière et que c'est ce qui nous a sauvé la vie. Notre séjour en Angola nous aurait protégés d'un grand massacre.

« Tu ne sais pas ce que les Allemands ont fait subir aux Hereros. Ils ont pris leurs terres, les ont fait travailler comme des esclaves. Ils tuaient les hommes, les femmes et le bétail, les pendaient sans raison, et, le pire de tout, ils déterraient les morts et vendaient leurs crânes. Ma grand-mère m'a raconté les tombes béantes... À quoi bon les reboucher, la moitié des os avaient disparu ! »

Sa bouche se tord, laissant éclater un rire mauvais. Je veux le ramener au campement, le calmer avec une tisane d'*omutindi*, mais il plante son bâton devant moi et m'empêche d'avancer.

« Tu ris aux histoires de Matumbo, mais tu ne connais rien du monde. La réalité, c'est qu'une nièce de Samuel Maharero qui venait juste de se marier et de donner naissance à son premier-né a été violée et tuée par un soldat allemand. C'était la fois de trop. Samuel Maharero a réuni ses guerriers, et ils ont organisé un raid. En pleine nuit. Ils ont mis le feu à des fermes, tué une centaine d'Allemands. Mais ils n'ont pas touché aux femmes ni aux enfants. Même en temps de guerre, nous avions des lois. Six mois plus tard arrivait un nouveau commandant allemand. Une hyène. Von Trotha, il s'appelait. Dans sa poche, il avait un ordre du roi des Allemands : *Exterminez-les tous ! Hommes, femmes, enfants, vieillards !* Cet homme n'avait pas d'âme, mais il était malin. Samuel Maharero s'était retranché avec tous ses soldats et leur famille au pied du plateau d'Ohamakari. C'est lui qui avait demandé que les Hereros se rassemblent ; il pensait qu'ils seraient plus forts ensemble. Mais la hyène et ses soldats ont encerclé le camp sur trois côtés et, à l'aube, alors que les Hereros dormaient encore, ils ont mitraillé. Le quatrième côté donnait sur le désert du Kalahari. Les Hereros s'y réfugièrent par milliers. Von Trotha y avait fait empoisonner tous les points d'eau. Les premiers Hereros qui cherchèrent à étancher leur soif tombèrent raides morts, la langue noire. Les autres errèrent pendant des jours et des jours dans le désert, jusqu'à l'épuisement. Les Allemands sillonnaient le pays, tiraient sur tous les Hereros qu'ils voyaient. Certains ont été brûlés vifs. Je n'étais pas encore né, mais ma grand-mère m'a raconté les visages sans chair des rescapés qui avaient réussi à les rejoindre en Angola et les histoires qu'ils colportaient. Sa sœur, qui vivait avec un pasteur près d'Omaruru, n'a jamais réapparu. En quelques mois, les trois quarts des Hereros avaient péri. Et ce n'était que le début. »

Mon père lance ça d'un coup, il en est tout essoufflé. Il y a dans sa voix tremblante le son des sanglots trop longtemps retenus, de la douleur sans fond et de la haine. Je veux lui demander des explications, mais je n'en ai pas le courage. Je le plante là et marche jusqu'au vieil acacia que j'enlace en pleurant, sans savoir trop pourquoi.

Le soir, alors que je rentre du lit de la rivière, je reconnais, devant le campement, la voiture de Matumbo. Je me mets à courir, en espérant qu'il apporte une nouvelle, un changement, enfin n'importe quoi qui modifiera la vie du village car, sans ma mère et dans l'état où se traîne mon père, la vie à Omuhonga manque cruellement de joie. Je franchis la palissade en sautant, puis je m'arrête net. Mon père est en réunion avec Matumbo, son chauffeur, et un homme blanc. C'est la première fois que j'en vois un. Je le dévisage. Je me demande pourquoi on appelle ces gens des Blancs, celui-ci étant particulièrement rouge. Je décide de m'éclipser, mais Matumbo me fait signe de les rejoindre. Je m'approche, intimidée, avant de percevoir au visage renfrogné de mon père et à l'air sérieux de Matumbo que quelque chose ne va pas. Le Blanc m'étudie à son tour avec un drôle de sourire. Comme personne ne parle, il dit, dans un mauvais herero :

« Bonjour. Je suis ton papa. »

Une trentaine d'encoches dans le mur. Le matin, Tulipamwe entend les voix des autres détenues qui se défoulent dans la cour. Elle ignore pourquoi elle n'a pas le droit de les rejoindre. L'après-midi et la nuit, elle subit leurs cris. Deux fois par jour, le passe-plats se soulève : une écuelle de bouillie et un pichet d'eau apparaissent. Elle ne sait pas si la main gantée qu'elle entraperçoit est celle d'un homme ou d'une femme, d'un gardien ou d'une détenue. Les premiers temps, Tulipamwe essayait d'engager un début de conversation à travers la porte, mais le silence de son interlocuteur a eu raison de ses velléités de communication. La seule parole qui lui est adressée est celle de cette femme qui chaque matin hurle « Le seau ! ». Tulipamwe fait passer son pot de chambre *via* le passe-plats, saisit le récipient propre qui apparaît, et perçoit le grincement du chariot qui s'éloigne dans le couloir. À deux reprises, des gardiennes sont entrées dans la cellule et, pendant que l'une surveillait la porte d'entrée, l'autre a soulevé sa paillasse, inspecté les fissures entre les pierres et dans les coins, tapé avec sa matraque contre les barreaux de la fenêtre. Elles n'ont pas voulu lui dire ce qu'elles cherchaient. Tulipamwe a eu peur pour ses écrits.

Pour tenir, elle s'est instauré une routine. Avec le premier rayon du soleil, exercices physiques : elle court sur place, saute, pour pallier l'immobilité elle écarte, étire, tord, balance, triangule, inverse. Un brin de ménage, un semblant de toilette. Puis un long moment de méditation, qui l'aide à faire resurgir le passé. Elle se sent comme une excavatrice. Elle ne sait jamais trop à l'avance ce qui va remonter à la surface. Il y a des jours où le butin la met en joie. Ce matin, elle a l'impression qu'un feu d'artifice a explosé dans la geôle. Un vertige. Ce matin, le jour où sa vie s'est déchirée.

Le Blanc sourit en me montrant ses dents, les yeux écarquillés comme pour s'assurer que je remarque ses pupilles bleues. J'examine la texture granuleuse de sa peau, ses bras aussi rouges qu'une plaie, ses cheveux telles des herbes sèches. Je n'ai jamais rien vu de pareil. Puisque mon père fuit mon regard, je cherche celui de Matumbo.

« Je confirme, opine-t-il en soupirant. C'est bien lui qui a introduit l'esprit dans le ventre de ta mère, l'esprit qui, mêlé au sang de ta mère, a créé cette enfant que nous nommons Tulipamwe. »

Il me semble ne plus comprendre la langue himba.

« Il voudrait que tu ailles vivre avec lui. Mais nous allons discuter », ajoute Matumbo d'un ton qui se veut rassurant.

Le Blanc se lève, j'ai l'impression que son bras tendu vers moi va me fendre en deux. Tant que j'ai encore deux jambes, je les utilise pour fuir.

Je cours comme une folle jusqu'au lit de la rivière et plus loin encore, une colline, un autre lit de la rivière, une vallée, la montagne, je bute sur des pierres, roule le long des pentes en criant, pieds et membres en sang, je m'agrippe aux épineux en sanglotant, frappe les arbustes, l'air, le vent ; la terre finit par s'ouvrir, et je tombe.

Tout est noir quand je reviens à moi. Je tremble de froid et j'entends mon nom résonner contre les rochers. Je prie mes ancêtres de me protéger contre les mauvais esprits, les bêtes sauvages, les serpents et les scorpions. Une main se pose sur ma jambe. Je hurle. Puis je distingue, à travers un rayon de lune, le visage de Karekare. Elle crie elle aussi, et bientôt d'autres visages connus surgissent. Matumbo me serre dans ses bras.

Cette fois, je me réveille dans un monde d'un blanc sale. Du lit où je suis immobilisée, je perçois des voix. J'apprends que je suis à l'hôpital d'Opuwo, que j'ai une jambe cassée et que je boiterai probablement toute ma vie. Soudain, ma mère prend la parole, disant que je suis sa seule enfant, qu'elle ne peut pas me laisser partir.

« C'est une Himba, elle a grandi ici, ses racines sont ici, on ne déracine pas un arbre ! » renchérit la voix de mon père.

Puis Matumbo intervient :

« Nous avons besoin de nos enfants. Si, comme tu le dis, tu veux t'en occuper, alors occupe-toi des Himbas, et elle en profitera ! »

Une voix d'homme affirme que « son client » veut que j'aille à l'école.

« Alors, construis une école chez les Himbas ! » propose Matumbo.

Enfin, ma mère s'aperçoit que j'ai les yeux ouverts. Tous se précipitent vers moi, y compris le Blanc au visage rouge. Mes premiers mots sont pour lui : je demande qu'on le fasse partir.

Ma mère me montre mon reflet dans une glace. Ma tête se met à tourner, je ferme les yeux, me concentre sur ma respiration. Mais sa voix résonne contre les murs de la chambre, elle emplit l'espace, ne me laissant d'autre choix que de l'entendre.

Elle aussi a été troublée par l'allure de l'étranger. Pour elle aussi, il a été le premier Blanc. Elle n'était alors qu'une toute jeune femme, les tresses fraîchement ramenées en arrière. Une cuvette naturelle avait piégé l'eau des dernières pluies dans le lit de la rivière ; avec ses sœurs, elle essayait d'empêcher les bêtes de se précipiter toutes en même temps dans la mare. Le Blanc était arrivé à pied, il s'était assis sous l'un des grands acacias, et il les avait regardées tout l'après-midi en griffonnant dans un petit cahier. Au coucher du soleil, ma mère s'était installée à côté de lui. Pour s'assurer qu'il n'était pas un esprit, elle avait touché ses mains, son visage. Elle avait caressé ses cheveux, qui tombaient sur ses épaules comme un bouquet d'herbes sèches. Il s'était laissé faire, puis lui avait offert des morceaux de sucre. C'était la première fois qu'elle en croquait.

À cause de sa chevelure et de sa peau brûlée, elle l'avait surnommé Omuriroyatomba, « feu de brousse ». Elle lui avait appris ses premiers mots de herero. Lui avait essayé de lui expliquer l'alphabet. Elle appréciait la tonalité de sa voix, les sonorités étranges de son langage. Pour pallier son manque de vocabulaire, il plongeait ses yeux bleus dans les siens. Elle n'avait jamais été regardée ainsi. Elle adorait aussi quand il lui demandait de chanter, puis quand il faisait jaillir ce même chant d'une petite boîte noire. C'est lui qui l'avait prise par le bras, un soir, l'entraînant derrière les mopanes du lit de la rivière. Mais, lors de cette première fois, il s'était montré pataud, mal à l'aise, et l'acte avait été rapide, presque brutal. Il n'était pas son premier amant. Elle avait été déçue.

Moi, je fourre la tête dans les oreillers.

« Maman, tais-toi, je ne veux pas savoir, il n'est pas mon père. »

Ma mère est partie dans le passé, le retour du Blanc a réveillé ses souvenirs, et puisqu'il est revenu, j'ai le droit de savoir, estime-t-elle. Sa démarche disloquée, son air perdu quand on s'adressait à lui sans interprète, les plis au coin de ses yeux lorsqu'il faisait apparaître des bonbons au bout de ses manches. Et tous les petits cadeaux qu'il lui avait offerts : du sel, du sucre, des boîtes d'épices et de café, et même, une fois, un petit couteau. Ma mère se souvenait aussi de ce que lui avaient enseigné les femmes de la lignée : dans les affaires de sexe, ce sont les femmes qui ouvrent le chemin du plaisir. Elle ne voulait pas rester sur un échec. Alors, elle avait observé le Blanc. Elle avait scruté ses démons. Un jour qu'elle avait laissé traîner sa main sur son épaule, déposant au passage une large trace rouge, elle perçut son regard inquiet, assista à sa précipitation pour changer de chemise, et comprit ce qui l'empêchait : il ne voulait pas se salir. Il ne voulait pas d'ocre sur ses vêtements. Il ne voulait pas qu'on devine son flirt avec une Himba.

Alors, ma mère aménagea une petite hutte abandonnée dans une clairière, déblaya le sol, étendit par terre une peau de vache bien souple. Elle fit plusieurs allers-retours au point d'eau pour remplir des récipients. Elle disposa à côté de la couche deux tissus propres qu'elle avait troqués contre un chevreau à un marchand ambulant. L'un serait pour retirer l'ocre qu'elle avait sur le corps. Après l'acte, *Jeanchal* se laverait et s'essuierait avec l'autre. Le jour prévu, à la nuit tombée, elle la conduisit dans son antre. L'attention qu'elle avait portée à chaque détail attendrit l'étranger. Cette nuit-là, il fit plus que la contempler. Cette nuit-là dura plusieurs mois. Jusqu'au jour où ma mère, avant que *Jeanchal* regagne sa propre tente, expliqua que l'ocre était rare et cher, et qu'elle n'en avait plus suffisamment pour frotter si souvent son corps. Il le prit mal, accusa ma mère d'avoir mis en place tout ce stratagème uniquement pour lui extorquer de l'argent.

« C'était avant l'indépendance, je savais à peine ce qu'était l'argent ; à l'époque, on faisait surtout du troc ! Mais ce fut la fin de notre relation. Il ne me regarda plus jamais dans les yeux. À partir de ce jour-là, au moment où l'on s'y attendait le moins, son regard s'opacifiait, et il s'isolait parfois de longues heures, dans un mutisme absolu. »

Les mots de ma mère recouvrent maintenant tous les murs de l'hôpital. Ils sont à la fois le feu et l'eau, le métal qui blesse et le bois qui enracine. Ainsi donc, le *Jeanchal* du récit de ma naissance n'était pas une légende.

J'ouvre les yeux, prends le temps de détailler mon reflet : outre ma peau claire et mes yeux bleus, mon nez fin et la forme de mes lèvres ne laissent aucun doute sur mon géniteur.

Le soir même, la fièvre me reprend.

À l'hôpital, tout est très confus, mon cerveau se laisse peupler de visions cauchemardesques. Mon géniteur me jette en l'air et me rattrape avec la pointe de son fusil, il rit et affirme qu'il adore son nouveau bilboquet. Je suis trouée de part en part, des Allemands se saisissent de mon crâne et, après l'avoir fait rouler comme un ballon, ils le raclent au couteau. J'ai les os à nu, de la même couleur que ceux de l'homme blanc, et je marche au milieu des cadavres sans tête de mes ancêtres hereros. Soudain, leurs visages pleins de colère surgissent des buissons, des nuages, ils fondent sur moi par milliers pour hurler leur douleur. Ils sont au moins aussi terrifiants que les Allemands ; alors, je récupère mes os et les enfouis sous le sol d'une hutte. Dans ma fuite, ce qui reste de moi se liquéfie, devient eau, et s'infiltre dans le sable du désert.

Mes moments de lucidité sont rares, mais je peux toujours compter sur ma mère et mon père qui me répètent que, peu importe ma couleur, je suis Tulipamwe, celle qui rassemble tout le monde autour d'elle. La sonorité de mon nom finit par m'apaiser. *Nous sommes tous ensemble…*

« Mais comment être tous ensemble quand tant d'horreurs ont eu lieu ? je murmure.

— C'est ton nom, pas le mien, répond ma mère. Tu trouveras ton chemin un jour.

— Demande à tes ancêtres de t'aider, conseille mon père.

— Mes ancêtres ? Mais quels ancêtres ? Mes ancêtres himbas, hereros, ou mes ancêtres blancs qui ont tué mes ancêtres hereros ? »

Cette dernière phrase, malgré la compassion que lui inspire mon état, met mon père en colère.

« D'abord, c'est moi ton père, donc tes ancêtres sont hereros ! Ensuite, tous les Blancs n'ont pas tué ! Ne les mets pas tous dans le même *kraal* ! Ce *Jeanchal* est français, pas allemand, il n'a pas épousé ta mère mais il ne nous a jamais fait de mal, apprends à le connaître avant d'accuser sa lignée !

— Alors, pourquoi m'as-tu abreuvée ces derniers mois de toutes ces horreurs commises par les Allemands si ce n'était pas pour me parler de moi ? »

Il baisse la tête en s'excusant.

« Cette année a été difficile. J'ai partagé mes fantômes avec toi, ce sont aussi ceux de notre peuple, mais tu étais trop jeune. Je n'aurais pas dû. »

Je souffre d'une méningo-encéphalite. Ma survie est, dit-on, un miracle. Mon père soutient que j'ai été protégée par les ancêtres, mais ce n'est pas le souvenir que je garde de mes hallucinations. Ma mère m'avouera plus tard qu'à l'insu de tous, elle a fait venir un guérisseur twa à mon chevet. Il m'aurait libéré d'esprits en colère, mais d'après lui, une foule d'autres ancêtres attendraient leur heure pour se manifester. Comme ma naissance l'a déjà laissé présager, je suis reliée à des champs de forces contraires et puissants, trop puissants pour une enfant, et si je n'ai pas l'occasion d'apprendre à les libérer progressivement, je risque fort de retomber gravement malade un jour ou l'autre. Il lui a conseillé de m'autoriser à voir le Blanc qui se dit mon géniteur, car fermer une porte derrière laquelle frappe tant de monde mènerait inévitablement au chaos. Mais le voir au compte-gouttes cependant, car je n'ai, pour l'instant, pas la capacité de gérer tous ces fantômes.

Le Blanc me rend visite plusieurs fois à l'hôpital. Il m'offre des cadeaux dont je n'ai que faire : une montre, du savon, une grosse boîte qui prend des images des gens et, plus utile, un couteau qui se replie dans son manche. Je lui avoue que j'ai faim, il m'apporte alors des fruits, de la brioche, de la confiture et du biltong de koudou. Il paye tous les frais médicaux. Il est toujours accompagné par un gros Herero qu'il appelle son « avocat » et qui parle à sa place. D'avocat, je ne connais que ceux qui mettent ou qui empêchent d'aller en prison, mais, selon le Herero, tous les hommes blancs importants ont un avocat pour s'occuper de leurs affaires. Et les affaires du Blanc, en ce moment, c'est moi.

« Écoute, gamine, voici toute l'histoire. Une méchante infection aux testicules l'a privé pour toujours de ses capacités de reproduction. Tu sais ce que c'est ? La petite graine… Enfin, il ne pourra plus jamais être père, il vient de perdre sa mère, et il veut transmettre à sa seule héritière, eh bien, ce qu'il a à transmettre. Il est maintenant marié, il a une bonne situation, et son épouse serait ravie de t'accueillir chez eux, tout est en place ! »

Je marmonne que j'ai déjà un père.

« Les Himbas ont bien plusieurs femmes, pourquoi n'aurais-tu pas deux pères ? »

Je mords dans ma tranche de brioche à la confiture et bafouille que je vais y réfléchir.

Au vu de mon état, Matumbo a accepté que ma mère revienne s'installer provisoirement dans le campement de mon père. La vie reprend, d'abord avec un plâtre et des béquilles, puis des béquilles seulement, enfin sans appui, bien que je coure moins vite qu'avant.

Un jour, des camions et des ouvriers envahissent les abords du lit de la rivière. Ils forent un puits, montent quatre murs bien durs et un toit en tôle, et ils y installent des tables, des chaises et un tableau noir. Le professeur Kapudji, un gros Herero au visage couvert de marques d'acné, débarque de la capitale. Bien sûr, tous les enfants ne pourront pas aller à l'école, les familles ont besoin de main-d'œuvre pour garder le bétail. Mais chaque campement est incité à envoyer au moins un ou deux jeunes étudier, la priorité étant donné aux plus motivés. Sauf que dans notre campement, il n'a jamais été question de motivation. Matumbo et ma mère ont déjà décidé à ma place : mes cousines garderont le bétail.

Je suis curieuse de tout, et j'ai soif d'apprendre. Mais, dès le premier jour, mon père m'annonce que, pour des raisons de pâturage, il doit déplacer son campement et le troupeau une soixantaine de kilomètres plus au nord. Trop loin pour que je puisse y faire des allers-retours quotidiens. Je vais donc devoir dormir, comme la plupart des élèves, à l'école.

Nous sommes une dizaine, de cinq à dix-huit ans, tous himbas, et aucun d'entre nous n'a jamais étudié. Je suis aussi la seule fille inscrite. Lors de cette première année, Mister Kapudji a pour objectif de nous apprendre à lire, écrire, ainsi que des rudiments d'anglais et de calcul. Notre malheur est qu'à chaque mauvaise réponse, il nous frappe à l'arrière de la tête. Et, s'il fait officiellement cours à tous les élèves, je prends rapidement conscience que c'est surtout de moi qu'il attend des résultats. Je m'interroge sur ce mystère jusqu'à ce qu'un grand, Karipe, l'un de ceux que l'on a obligés à venir, me crache au visage et grogne que c'est à cause de moi si cette école a été construite. J'essuie le crachat et me plante devant lui.

« Mon nom est Tulipamwe. Je suis là pour rassembler, pas pour diviser. Alors, si tu as quelque chose à me dire, dis-le correctement. »

Le garçon me fixe longuement, le regard mauvais.

« Tulipamwe, c'est qu'un nom ! Tu ne sais même pas que ton père blanc a payé cette école juste pour que, toi, tu apprennes à écrire ! Et en contrepartie, Matumbo a accepté que tu voyages un mois par an dans les grands pays ! Tu n'es déjà plus des nôtres. »

J'accuse le choc. Matumbo m'a peut-être échangée un mois par an, mais l'école est ouverte à tous.

« Matumbo veut que nous devenions tous savants ! »

Le garçon crache, par terre cette fois, et je le prends comme une victoire. Mais, à partir de ce jour-là, les autres enfants ne cessent de m'humilier. Ils m'appellent « la boiteuse », ou « la fille du Blanc ».

Le soir même de l'incident, mon père, amer, me confirme les propos du garçon.

« Notre monde change, je n'ai plus prise sur rien. Ma propre fille n'ira plus garder mon bétail ! Cet étranger a ensemencé ta mère, mais il t'a refusée devant le feu sacré, et maintenant, c'est lui qui décide de ta vie ! Ma fille, moi, Simbatere, je suis fâchée avec ta mère à cause de toi. Je ne sais plus quoi te dire. Laisse-moi aller en paix, avec mon troupeau et ceux qui me comprennent encore. »

Je hurle que je le comprends, qu'il me manque, mais il est trop tard et il s'est déjà renfermé en lui-même.

Après l'école, je ne suis jamais invitée à danser dans le lit de la rivière. Je fais un feu, m'enroule dans la couverture que m'a laissée ma mère et, recroquevillée en boule sur le sable, j'attends le sommeil. J'apprends à me passer d'une mère et d'un père. J'apprends à avoir froid sans le montrer. J'apprends la faim, et même la soif – la pompe du puits étant verrouillée avec une clef dont Karipe a la garde. Mon seul réconfort est Keyapi, un jeune garçon de cinq-six ans, lui aussi boiteux, abandonné là par ses parents car incapable physiquement de suivre le rythme des transhumances. Nous dormons collés l'un à l'autre et ses pleurs, au milieu de la nuit, retiennent les miens. Pour le distraire de sa solitude, je lui invente des histoires dans lesquelles le peuple des arbres nous invite tous les deux à des danses endiablées. Le matin, je lui susurre les mots d'amour et d'encouragement que ma mère m'a prodigués pendant tant d'années. Environ une fois par mois, ma mère, qui a rejoint le campement de Matumbo, me fait parvenir des provisions par un membre de la famille : de la chèvre séchée, une pastèque. Nous les savourons ensemble, Keyapi et moi, d'accord sur le fait que toute nourriture est meilleure partagée.

À la fin de l'année scolaire, je sais écrire mon prénom, je peux laborieusement réciter l'alphabet, et je connais quelques phrases en anglais comme *My tailor is rich* ou *An apple a day keeps the doctor away*. J'ai aussi perdu plusieurs kilos. Mister Kapudji est très déçu par mon travail. À la sortie du dernier cours, il ne me salue même pas. Mais la voiture de Matumbo m'attend pour m'accompagner à l'aéroport, d'où je vais m'envoler pour la France. Ce qui m'apparaissait telle une punition quelques mois plus tôt se présente maintenant comme une délivrance.

Ma mère, Matumbo et son chauffeur sont très gais. Ma mère est très excitée à l'idée de découvrir la capitale de notre pays, elle qui n'est jamais allée plus loin qu'Opuwo, mais au sourire radieux de Matumbo, je comprends qu'il y a autre chose. Il ne veut rien me dire, si ce n'est qu'il revient d'une manifestation pacifique devant le parlement de Windhoek, avec une centaine d'autres Himbas de toutes les régions. La banquette arrière disparaît sous les cartons de bouteilles de soda et de bière. La voiture roule vers le nord, alors que la capitale est au sud. Nous doublons plusieurs véhicules qui transportent sur leur plateau arrière d'innombrables Himbas. Les hommes sont debout, le bâton levé, et s'accrochent aux barres métalliques en scandant des chants de guerre. Nous dépassons le rocher du Babouin, la voiture serpente entre les pierres d'Omuramba, traverse le lit de la rivière Okombanga. Il n'y a plus de doute possible : nous approchons du village de Vetuyendera, le représentant des Himbas. À pied, à dos d'âne, à cheval, de tous les côtés, les Himbas arrivent.

Nous ne sommes pas encore sortis du véhicule que mon père surgit derrière la vitre. Il ouvre la portière avant, tire Matumbo dehors et l'enlace en riant comme un idiot. Il crie « Merci Dieu, merci, merci ! » puis il se met à baiser la terre. Une vieille femme, apparemment complètement saoule, se jette aux pieds de Matumbo en tirant sur son pagne. Un groupe d'hommes approche en hurlant ; ils lèvent mon beau-père sur leurs épaules et l'emmènent jusqu'au centre du campement. Autour, une multitude d'abris de fortune – un tissu ou une couverture recouvrant trois morceaux de bois –, mais aussi de nombreux restes de bouteilles. Les cartons vides volent et se coincent dans les épineux.

Je rattrape ma mère, qui a rejoint sa place au milieu des femmes, à la droite du feu sacré. L'odeur de la viande grillée réveille mes papilles. J'aperçois mes cousines, qui marchent en file indienne avec une douzaine d'autres jeunes filles, portant sur leurs têtes des fagots de bois et des bidons d'eau. Matumbo est assis à côté du grand Vetuyendera, juste devant le feu. Les hommes dansent autour d'eux en clamant : « Ceux-ci sont des héros ! » Les héros admirent le spectacle, le sourire aux lèvres. Mon père, une bouteille de vin blanc à la main, déambule entre les groupes, rappelant à chacun que la lutte a porté, les grands pays ont entendu, les Himbas ont gagné : le projet de barrage est abandonné !

La fête dure cinq jours. On peut compter une quinzaine de bœufs sacrifiés, une centaine de cartons de bouteilles, des danses pendant soixante heures d'affilée. Matumbo doit raconter une douzaine de fois le combat des Himbas dans ses moindres détails. C'est ainsi que j'apprends que mon géniteur y a joué un rôle, sans trop comprendre lequel. Mon père, qui ne dessaoule pas, me tend régulièrement sa bouteille en me souhaitant un beau et grand voyage. Il est maintenant rassuré sur le compte de mon géniteur, qui est forcément un homme bien puisqu'il nous a aidés dans notre lutte contre le barrage. Pourtant, il se souvient de l'époque où cette grande tige aux yeux délavés avait insinué que ma mère avait pu se faire féconder par un autre.

« Il disait qu'il n'avait jamais demandé un enfant à ma fille. Il répétait ça en faisant tournicoter une brindille dans le sable. Il ne pouvait pas me regarder en face. Un lâche, incapable d'assumer les mouvements de son pénis. Est-ce que son pénis se rendait tout seul dans la case ? Est-ce qu'il se croyait stérile ? Quoique, apparemment, c'est ce qui a fini par lui arriver ! »

Hilare, mon père tombe en arrière, s'accroche à un tronc pour se relever, puis recommence. Ses paroles réveillent en moi de la honte. Pour lui échapper, je pars distribuer des bouteilles de soda avec mes cousines, moudre le maïs, chercher de l'eau. Au bout du troisième jour, ma mère réussit enfin à le faire changer de registre. Mon père se mêle aux danses, frappe du pied et agite les bras avec frénésie, comme il ne l'avait plus fait depuis des années. Après la transe, il s'écroule, épuisé, et j'en profite pour me blottir contre lui.

Aujourd'hui, la route goudronnée parvient jusqu'à Opuwo, mais à l'époque, avant Kamanjab, elle n'est qu'une piste, et plutôt bosselée. Quand la voiture attaque le goudron, j'ai l'impression qu'elle glisse. Sous le soleil de midi, le bitume s'élance à perte de vue. Des phacochères, des antilopes et même des girafes que je vois pour la première fois surgissent devant nous comme dans un rêve.

À l'arrivée à Windhoek, ma mère est éblouie par les myriades de petits feux enfermés dans des boules de verre qui éclairent la ville. Elle peine à imaginer comment des hommes munis de torches ont pu grimper sur des poteaux aussi lisses. Matumbo se moque d'elle, puis il nous fait goûter une nourriture achetée dans une station-essence. Ma mère la prend pour une pomme, alors que c'est du fromage. Rien qu'à l'odeur, je comprends que ce n'est pas pour moi.

Nous dormons dans la cour d'une grande maison, propriété du chef des Hereros, où Matumbo a ses habitudes. Le lendemain matin, il nous emmène voir l'esplanade du Parlement, là où, avec une centaine d'autres Himbas, il est resté une semaine sans bouger. Il rit comme un gamin en racontant les stratégies qu'ils ont dû mettre en place pour faire leurs besoins sans quitter l'endroit.

« Parce que, comme vous pouvez le voir, ici, il n'y a pas de buissons. Il y a des toilettes dans les cafés, mais il faut payer. Ici, il faut payer pour tout ! »

Ma mère semble se sentir mal.

« Où sont les arbres ? murmure-t-elle. Et le bétail ?

— Il n'y a pas de bétail, explique Matumbo. Ici, les gens doivent travailler du matin au soir pour gagner de l'argent, et c'est avec l'argent qu'ils achètent à manger. Ici, il n'y a pas de liberté. Les Blancs pensent qu'ils ont tout inventé, mais ils ont surtout inventé leur propre esclavage ! »

Autour de nous, des hommes et des femmes vont et viennent avec un air très pressé, mais, selon moi, ce n'est qu'une posture : en réalité, ils avancent beaucoup moins vite que nous, les Himbas, lorsque nous nous mettons en marche. En plus, ils ne paraissent pas particulièrement heureux alors que nous autres, quand nous marchons, nous sommes remplis de contentement, et ça se voit. Les gens nous regardent bizarrement. Matumbo intervient : « On va t'acheter un tee-shirt pour l'avion, Tulipamwe. Les Blancs n'aiment pas les tétons. »

Mais un homme en uniforme nous arrête à l'entrée du magasin. Matumbo commence à se fâcher. Une vendeuse herero explique, un peu gênée, que ma mère et moi devons rester dehors à cause de l'ocre et de l'odeur.

« Vous comprenez, il ne faut pas salir les vêtements. »

Matumbo menace d'acheter ailleurs, mais la vendeuse assure que ce sera pareil dans un autre magasin et lui propose de l'accompagner dans les rayons pendant que nous restons sur le trottoir. Bien qu'en colère, Matumbo finit par choisir pour moi un tee-shirt rouge avec le nom de notre pays écrit dessus en paillettes.

À l'aéroport, Matumbo me donne un petit livret, rouge également : mon passeport. Jean-Charles s'est occupé de tout ; maintenant qu'il m'a reconnue comme sa fille, j'ai le droit d'être française et, avec ce carnet, je n'ai pas besoin d'autorisation spéciale pour entrer dans son pays. On s'assied dans un coin de l'aéroport, contre un mur. Encore une fois, un homme en uniforme nous fait déguerpir et Matumbo râle, car il doit nous emmener au café où l'on doit payer et où les gens font encore des réflexions sur l'ocre de ma mère. La serveuse sort un sac-poubelle pour protéger sa chaise.

Ma mère voudrait me faire des recommandations, mais elle n'a aucune idée du monde dans lequel elle m'envoie et les larmes lui montent aux yeux. Matumbo et elle me confient finalement à une femme noire qui parle herero et qui fait remarquer en haussant les épaules que ma tenue n'est pas très adaptée à la France.

Soudain, l'avion est face à moi. Plus grand que mon campement. Plus haut que le plus haut des arbres de la rivière. Sa carapace semble complètement dure, pas comme les ailes soyeuses d'un oiseau. Dans son grand ventre creux rempli de fauteuils, on ne peut rien faire d'autre que s'asseoir. Mon accompagnatrice m'attache avec une sangle pour m'empêcher de m'échapper. Les passagers – une majorité de Blancs – me dévisagent. J'observe leur attitude entre eux, me demandant si dévisager autrui est une pratique courante, un signe de politesse peut-être, ou si cela m'est réservé. L'engin commence à bouger, et j'étudie mes voisins pour savoir s'ils se concentrent ou font quelque chose de spécial, mais ils déchiffrent juste des feuilles. Vu que je ne sais toujours pas vraiment lire, je me replie en moi-même et visualise l'avion qui monte dans le ciel. Ce qu'il fait, après avoir tremblé comme s'il allait se désarticuler. Et puis, je vois des nuages. Je m'attends à un grand choc, pensant que la machine va les fracasser, mais elle s'enfonce dedans comme dans du lait. Désormais, il me semble que tout est possible. Quelque temps plus tard, mon accompagnatrice allume un *movie* sur le dossier du siège avant. Tout est en anglais, je ne comprends pas grand-chose, mais c'est visiblement l'histoire d'un être venu d'une étoile et abandonné par les siens sur notre planète. Il pointe régulièrement le doigt en l'air pour signifier qu'il veut retourner chez lui. Je m'y exerce, me demandant si mon géniteur saurait capter ce signe de détresse.

II

Ombres

J'ai presque neuf ans, et je viens d'atterrir en France. Je suis vêtue du tee-shirt à paillettes que m'a acheté Matumbo, d'une jupette en peau de mouton et d'un cache-sexe en tissu bleu devenu rouge au contact de l'ocre. N'ayant pas encore eu mes premières règles, je ne suis pas ocrée moi-même, mais comme j'ai serré ma mère contre moi avant de partir, j'en garde des traces partout sur le corps. Mon crâne est rasé, à l'exception de deux grosses tresses qui me tombent sur le front telles deux cornes de chèvre. Ces deux tresses, ainsi que mon cou et le collier qui l'entoure, sont enduits d'un mélange de graisse rance et de plantes odorantes calcinées ; tout ce qui touche mes cheveux ou ma poitrine se trouve donc noirci. La dernière fois que je me suis lavée, c'était il y a plus de six mois ; nous avons fait brûler des plantes dans la case de ma mère pour sentir bon. Je suis pieds nus et je n'ai jamais marché avec des chaussures. J'ai quitté mon pays au plus fort de l'été austral ; dans mon village, il peut faire 50 °C à l'ombre. J'ai appris il y a à peine quelques mois que la Terre était ronde, je ne parle pas un mot de français, je baragouine au plus une trentaine de mots d'un anglais très approximatif, et avec beaucoup d'efforts, je sais écrire mon nom et une poignée de syllabes…

Nous sommes en décembre 1998, mon accompagnatrice m'annonce que la température extérieure est de 3 °C ; elle enroule la couverture de l'avion autour de mes épaules, et nous parcourons une succession de boyaux. J'ai l'impression d'être dans l'intérieur d'une araignée géante. Une porte de verre s'ouvre devant nous, je cherche des yeux comment ce prodige a pu se produire, je perçois comme un mur de visages blancs, et deux personnes, un homme et une femme, me prennent par le bras. Ils me sourient, mais il faut que l'homme me passe un vêtement sur les épaules et me salue dans ma langue pour que je finisse par reconnaître mon géniteur. Alors, je lui rends son sourire. Car je comprends que, dans ce monde, je vais avoir besoin de *Jeanchal*.

Dehors, le ciel est bas, pas un arbre, pas un animal. Dans la voiture, je vois le rictus coincé de Daphné, celle que Jean-Charles m'a présentée comme sa femme. Quelque chose ne va pas chez moi. Ils discutent en me jetant des regards de travers et je sens une tension sourde gagner l'habitacle. Je vomis une première fois. Daphné crie et me tend des morceaux de papier, elle-même s'en met un devant le nez. Jean-Charles arrête la voiture, me fait sortir, soi-disant pour respirer alors que l'air est saturé de fumée, puis il me déshabille et m'essuie avec mon beau tee-shirt à paillettes qu'il jette dans une poubelle. Il se baisse pour dire quelque chose à Daphné. J'en profite pour récupérer le cadeau de Matumbo. La voix de Daphné monte dans les aigus, Jean-Charles essaie de me reprendre le tee-shirt mais je tiens bon. Il finit par lâcher, et nous repartons. Daphné a baissé les vitres, le vent glacé me fait trembler. Je vomis une deuxième fois. Cette fois-ci, on ne s'arrête pas. Plus personne ne parle.

Après l'avion et la voiture, nous nous entassons maintenant dans une boîte en verre. Je n'ai plus rien à vomir, donc tout se passe à peu près bien, si ce n'est que Daphné semble avoir du mal à respirer, ce qui me paraît normal vu qu'elle se bouche le nez. Je me retrouve face à mon reflet dans une glace. Est-ce la fatigue, la nausée ? Je suis presque aussi blanche que les deux Blancs qui m'entourent, et mes yeux sont du même bleu que les leurs. Jean-Charles me sourit à ce moment précis, et je lui en suis reconnaissante – notre ressemblance m'est difficile à accepter.

Enfin, l'appartement. C'est grand, c'est même immense, avec plusieurs pièces, comme si l'on avait mis bout à bout plusieurs de nos salles d'école. C'est aussi incroyablement blanc, des murs et des fenêtres partout, et pas un seul courant d'air. À travers les vitres, je découvre un paysage de béton, une infinité d'immeubles qui se mangent les uns les autres, sans même un espace pour la vie sauvage. Par peur de tomber, je m'écarte des ouvertures. Mon vertige grandit quand j'apprends qu'il n'y a pas de feu dans l'habitation.

« Mais comment vous faites pour vous réchauffer ? » je demande dans ma langue.

Jean-Charles me fait toucher un drôle de serpent replié sur lui-même, qu'il appelle radiateur. C'est chaud et, apparemment, il fait office de foyer.

« Et vos ancêtres ? Comment communiquez-vous avec eux ? »

Jean-Charles fait un geste qui signifie qu'il n'a pas d'ancêtres, ou qu'il ne leur parle pas. Nous n'avons pas le temps d'approfondir, Daphné me prend par la main pour me traîner dans une grande pièce recouverte de carrés brillants. Il y a là un lavabo, j'en ai déjà vu à l'aéroport, mais aussi une chose nommée baignoire où coule une eau qui forme de la mousse en tombant. Daphné a changé de vêtements, elle s'est apaisée et m'invite à me déshabiller. Je répugne à ôter mon pagne devant elle ; nous, les Himbas, nous ne montrons jamais nos parties intimes aux inconnus, mais elle insiste et, comprenant que c'est important pour elle, je finis par obtempérer. Elle voudrait aussi que je me sépare de mon collier, or il a été confectionné directement autour de mon cou : pour l'enlever, il faudrait le couper. Comme je refuse, elle s'évertue à le tirer par le haut et me fait tellement mal que je hurle. Elle recule affolée, les yeux pleins de colère. Pour la calmer, je plonge un pied dans l'eau, les mains sur mon sexe. L'eau est bouillante, je me retire en hurlant de nouveau. Je ne vois pas de braises sous la baignoire : comment l'eau peut-elle être si chaude ? J'essaie encore. Ça brûle toujours, mais je m'habitue finalement ; d'abord les pieds, puis les genoux, je m'assieds, l'eau et la mousse montent jusqu'à ma poitrine, c'est doux, léger, ça sent même bon. Je n'ai jamais trempé dans autant d'eau et cette sensation nouvelle me fait un peu tourner la tête. Daphné met du savon sur une éponge et me montre comment me laver : elle veut que je frotte sous les bras, l'entrejambe, les orteils.

La chaleur m'endort et je me laisse glisser. Mais dès que mon collier entre en contact avec l'eau, la mousse blanche se tache de noir ; Daphné me fait alors sortir en catastrophe. Tandis qu'elle m'enroule dans une couverture et me sèche, j'estime la quantité d'eau du bain à environ huit bidons de vingt-cinq litres. Trois heures de marche pour aller au puits, trois pour en revenir. Mes deux cousines et moi, on aurait rempli la baignoire en un peu plus d'une journée. Seule, il m'aurait fallu quatre journées. J'ai du mal à garder mon calme lorsque Daphné retire un bouchon dans le fond de la baignoire. Où va toute cette eau ?

Mais le bain n'est rien comparé à l'endroit où Daphné me guide. Au bout d'un très long couloir, il y a la chambre où elle dort avec Jean-Charles, avec un immense lit surélevé, aussi blanc et doux que la mousse. À cause de mes cheveux et de mon collier qui tachent tout, je n'ai pas le droit de m'allonger dessus, mais rien qu'à le regarder, je comprends qu'ils cherchent à dormir dans les nuages. Dans un coin, un rideau ouvre sur une pièce sans fenêtre, couverte de haut en bas de vêtements. Il y a là plus que la totalité des possessions de plusieurs villages. Daphné en sort quelques pièces et me demande de les enfiler. Je passe avec difficultés une culotte (toujours pas compris à quoi ça sert, j'ai l'impression que mon corps ne respire plus), un pantalon, un tee-shirt et un sweat, le tout un peu grand. Il y a aussi des sacs et des chaussures, des manteaux, des chapeaux, il faudrait une dizaine d'ânes pour tout transporter. Daphné voudrait me prêter l'une de ses paires de baskets. La taille est bonne en longueur, mais mes pieds n'ont jamais été enfermés, ils ont pris leurs aises avec la liberté et leur largeur est telle qu'ils n'entrent dans aucune de ses chaussures. Je finis avec une paire de Jean-Charles. Daphné cache mon collier avec un foulard sombre, plaque mes tresses sur les côtés de mon crâne avec des épingles et m'enfonce un bonnet noir sur la tête. Elle soupire avant d'aller se laver les mains. Je l'entends parler toute seule dans sa langue et je devine qu'elle râle. Où est passé Jean-Charles ? Tout ce qui n'est pas blanc la chiffonne. Je suis une tache dans cet appartement.

Nous voilà dehors à faire les magasins. Le froid est glaçant. J'essaie tout ce qu'on me demande d'essayer, mais après la troisième boutique, je fais comprendre à Daphné que je n'en peux plus, les rues ne sont faites que de commerces de vêtements ; moi, je voudrais trouver une chèvre ou une patte de bœuf, la nourriture de l'avion ne m'a pas rassasiée et je me sens faible. Daphné m'emmène dans un endroit avec des tables. Un homme nous apporte un livre que je n'arrive pas à déchiffrer, mais je suis curieuse et, puisqu'on souhaite enfin avoir mon avis, je fais signe que je suis d'accord pour tout. Daphné elle, semble faire le tri, se contente de montrer deux lignes, puis nous attendons. Elle tente de me parler, demande si je suis « *happy* », mais je ne sais que répondre et nous n'avons pas d'autre mot en commun. Sur son visage, son sourire se craquelle comme la terre trop sèche. À la regarder plus attentivement, je remarque qu'une sorte de colle rose recouvre sa peau et je ne comprends plus sa réaction devant la pâte noire qui enduit mes cheveux et mon cou. Enfin, deux assiettes arrivent. Deux tas de verdure dans lequel se perdent quelques minuscules morceaux de viande. Mais je ne suis pas une chèvre, soudain c'est trop, cette nourriture qui n'en est pas, ces gens peinturlurés et bruyants à côté de nous : je veux un acacia pour m'apaiser. Je me lève. Au milieu de la rue trône un arbre, un seul, de taille moyenne, je ne connais pas son nom. Je l'appelle, me dirige vers lui. Je l'enserre et pose mon front sur son écorce. Je sens que l'arbre est surpris, il a comme une carapace, il n'est pas habitué à un tel contact. Progressivement, il se détend. Mes larmes coulent. Daphné attend, assise sur un banc. Quand j'ai fini, elle caresse ma joue et me tire doucement par le bras.

Dans l'appartement, Jean-Charles apparaît, il me regarde avec ravissement. Au centre du salon est arrivé un arbre immense, tout illuminé d'étoiles, comme si la Voie lactée était descendue sur terre. Mais il a des épines partout, il m'est impossible de l'étreindre, et ses racines ont été coupées. J'ai mal pour lui. Jean-Charles me fixe maintenant droit dans les yeux. Il convoque son meilleur herero, mêlé à un peu d'anglais, et je comprends que, dans sa culture, il est important de garder les murs et les canapés propres : il y a des choses qui peuvent se laver, et d'autres pas. Daphné n'avait pas anticipé le problème du collier, mais il m'assure que nous allons trouver une solution pour que chacun vive la situation au mieux. D'ailleurs, Daphné est déjà en train d'étendre des tissus sur les fauteuils. Jean-Charles m'explique aussi que le lendemain, c'est la fête de la Famille et de l'Amour et que tous les trois, nous formons une famille. Jean-Charles n'a pas fini. Il me confie que, pour Daphné et les autres

Français que l'on va rencontrer, Tulipamwe est difficile à prononcer et que ce serait plus facile pour tout le monde de m'appeler Lili. Tandis que je réfléchis à ma réponse, Daphné me tend une robe pour la nuit et ils me conduisent jusqu'au seuil de ma chambre en me souhaitant de beaux rêves.

C'est la première fois que je me retrouve totalement seule, qui plus est dans une pièce fermée. Mes pieds ne sont pas en contact avec la terre et je me sens tel un arbre déraciné. Je pense au gros épineux qui se meurt dans le salon. Vais-je dépérir comme lui ? J'ai peur de tomber du lit, je m'installe donc sur le tapis avec une couverture. Je cherche le feu, je cherche un corps à côté de moi, je cherche les odeurs et le souffle de la nuit. Je songe aussi à mes parents, sur l'autre rive de la grande eau. Seul Matumbo peut avoir une vague idée de ce que je vis. Pourquoi m'a-t-il envoyée ici ? Pour me rappeler ma mère, je graisse mes doigts dans mon collier et les respire. Je ne sais pas encore visiter les âmes à distance. Alors j'imagine une forêt qui me protège. Derrière son rideau, je redeviens Tulipamwe.

En France, le 24 décembre est l'anniversaire de la naissance d'un héros, Jésus, qui a apparemment fait de grandes choses. Ainsi donc les Blancs honorent quand même certains de leurs ancêtres. Comme l'espace autour de nos feux, leurs églises sont sacrées et je remarque très vite que la vibration de l'air y est différente. J'ai déjà entendu le nom de Jésus : à Opuwo, des hommes ont essayé de nous en parler, mais nos chefs leur ont interdit de dépasser la ville sous peine de mort. Bien sûr, ce n'était qu'une menace en l'air, nous autres, Himbas, ne donnons jamais la mort sans menace réelle, mais nous en avons assez de ces Blancs qui s'acharnent à répandre la parole de cet homme qui n'a jamais rien fait pour nous, qui n'a même jamais mis les pieds en Namibie. Jean-Charles m'apprend que ce Jésus a été tué parce qu'il a parlé d'amour aux hommes. J'ai du mal à comprendre. Dans nos villages aussi, les sages parlent d'amour. Puis je me rappelle ce que mon père racontait sur les premiers Blancs qui nous ont envahis. Des sauvages, des hommes supérieurs par les machines mais capables de violer une femme enceinte, de l'éventrer, et de jouer avec son fœtus. Peut-être que la notion d'amour, dans la société des Blancs, est quelque chose de très récent, et qu'ils ressassent le message de ce Jésus afin de ne pas l'oublier ? Chez nous, il y a longtemps que nous savons que nous devons traiter tout être vivant avec respect.

Après la messe, il y a l'échange de cadeaux, sous le sapin étoilé. Je suis un peu en colère, personne ne m'a prévenue de cet usage et je n'ai aucun présent à offrir. Jean-Charles m'indique que je ne suis pas censée faire des cadeaux, je ne suis qu'une enfant, mais je suis habituée à participer pleinement à tous les rituels. Comme je n'ai rien d'autre à donner, je glisse mes doigts dans mon cou et j'étale un peu de graisse sur le front de Jean-Charles et de Daphné. Je veux partager avec eux les odeurs de mon pays, mais je me doute aussi que mon attitude va mettre Daphné mal à l'aise. J'ignore pourquoi j'agis ainsi. Jean-Charles ne cesse de répéter : « On n'est pas bien, là, tous les trois ? » Moi, je trouve cette soirée sinistre. Pas de chants, pas de musique, pas de danses, pas de rires, pas d'histoires, pas même de contact physique. Ils ne savent pas s'amuser. Les difficultés de langage n'aident pas, nos conversations sont très laborieuses. Mais il y a autre chose. Dans cet appartement, on attend trop de moi.

Dans ma chambre, ce soir-là, je regarde longuement mes cadeaux. J'apprécie la lampe de poche ; d'ailleurs je l'utilise pour aller saluer l'arbre étoilé du salon. Il y a aussi des livres avec des images, des livres vides, des crayons de couleurs différentes et de la peinture. Jean-Charles m'a expliqué que les livres pleins sont pour que j'apprenne à lire et les vides pour que je raconte mon voyage. J'y écris mon nom en capitales, puis j'essaie de me dessiner. Mais le crayon ne veut pas m'obéir, il ne sait pas s'il doit me croquer en pagne ou en pantalon. Avec des tresses ou le bonnet sur la tête ? Noire ou blanche ? Le gris est vraiment trop moche, et je finis par tout gribouiller.

Sans mes ancêtres et quelques arbres rencontrés en route, je dépérirais dans cette ville. Jean-Charles et Daphné ont une armure autour de leur corps, ils ne ressentent aucune des vibrations qui les entourent. Pourtant ils sont faits comme moi de terre, de vent, d'eau, de feu. Dans les rues que je sillonne avec mon géniteur, je fouille le sol des yeux en espérant apercevoir quelque part, cachés, un hommage, une offrande aux éléments. Non, rien. Les Blancs ont fait saigner le ventre de leur mère sans une prière ou un cadeau en contrepartie, ils ne prennent pas la peine de lui parler.

Mais j'apprécie les cafés, au petit matin. J'y vais souvent prendre le petit déjeuner avec Jean-Charles, avant son travail. J'aime le goût du café crème, le cuir des banquettes rouges, le bruit des percolateurs. C'est aussi le seul moment de la journée où mon géniteur est un peu disponible. J'en profite pour l'interroger sur sa rencontre avec ma mère. Il me raconte la fin de ses études d'ingénieur et de son cursus en sciences politiques, le besoin de voir du pays avant d'accepter un poste. Accompagner la nouvelle Namibie vers l'indépendance et la démocratie avait été un défi enivrant. Il avait informé les populations sur les procédures, avait enregistré les électeurs, s'était assuré du bon déroulement des votes. Il s'était senti à sa place. Là où il devait être.

« Et ma mère ? je demande.

— Ta mère ? Elle était magnifique. Nous avons partagé de très beaux moments. »

Je n'en saurai jamais plus. Mes questions le mettent mal à l'aise. Je l'assure pourtant que, dans ma culture, nous discutons très librement de ces choses-là. Il finit par relater sa première confrontation avec des femmes himbas, dans les ruelles d'Opuwo. Il sortait du baraquement qui faisait office de bureau pour se rendre dans celui où il dormait quand soudain, dans la lueur du couchant, apparurent deux femmes presque nues, enduites d'une graisse rouge et simplement habillées d'une jupette en peau de bête. Il s'arrêta net, fasciné. Elles se mirent à lui parler, en herero bien sûr, un dialecte qui sonnait étrangement à ses oreilles. Comme il restait là, immobile, muet, elles se moquèrent de lui. Puis l'une des femmes avança et enfonça sa main dans la poche de son pantalon en toile. Elle cherchait de l'argent. Il se dégagea, se sauva sans se retourner. Le dégoût au fond de la gorge. Cette façon de toujours demander, c'est d'ailleurs aussi, m'avoue-t-il, ce qui l'avait éloigné de ma mère.

« Ce n'est pas pour rien si le nom himba signifie "mendiant". Ils ont ça dans le sang. Après quelques mois, je n'en pouvais plus. Si je les avais écoutés, je serais rentré en slip ! »

Je me tais. Dans ma gorge aussi, il y a quelque chose de coincé. Je le laisse dériver sur son travail, son sujet préféré. Car mon géniteur œuvre au ministère des

Affaires étrangères. Il y est conseiller Afrique. Il épilogue sur la mission de la France auprès du continent africain, la lutte contre l'illettrisme, contre la pauvreté.

« Mais c'est quoi la pauvreté ? je demande, perplexe. Par exemple, quand ma mère n'a pas d'argent pour acheter de l'ocre, elle est pauvre, non ? »

Mon géniteur me tient un discours confus sur le fait qu'on ne doit pas confondre richesse et argent, et que de nombreux Himbas, s'ils vendaient leur bétail, seraient millionnaires. Je lui rappelle que certaines années, chez nous, ont été nommées « Renie ton amoureux ! » ou « Va mourir ! » parce que la sécheresse avait été telle que l'on ne pouvait même plus se permettre de partager la nourriture avec ses proches. N'est-ce pas aussi cela, la pauvreté ? Jean-Charles n'aime pas débattre, il préfère rejoindre son ministère après avoir réglé l'addition.

C'est sur ce même sujet des pauvres que nous avons notre première dispute. Les pauvres à Paris sont reconnaissables parce qu'ils sont assis toute la journée sur des trottoirs. L'un d'entre eux me demande quelque chose, je ne comprends pas vraiment quoi, mais il est accompagné d'une petite fille et je vois qu'ils ont froid, alors je leur donne mon manteau, mon bonnet et mes gants. Jean-Charles rigole d'abord, puis reprend le tout et me le met dans les bras.

« Ça ne se fait pas ! Je ne t'ai pas acheté ces vêtements pour que tu les offres au premier venu, marmonne-t-il entre ses dents.

— Chez nous, on ne laisse pas les gens avoir froid ! Des habits, tu pourras m'en racheter, je marmonne à mon tour. Tu as plein de billets dans ton sac. »

Jean-Charles me traîne par le bras, je me libère et retourne donner mes vêtements. Le visage de Jean-Charles se ferme, il ne dit plus un mot jusqu'à l'appartement. Puis il s'isole dans son bureau. Quand il en ressort, à la demande de Daphné, il me fait à nouveau visiter le logement.

« Tout ce qui est là sera un jour à toi. J'attends de toi que tu en prennes soin, que tu le fasses fructifier et que tu le transmettes à tes descendants. »

Je ne saisis pas le sens du mot « fructifier ». Lorsqu'enfin on me l'explique, je réponds que, dans ma culture, on ne sait faire fructifier que le bétail.

« Mais ma chérie, tu as une double culture. Je respecte ta culture himba, mais je suis ton père et si je t'ai fait venir, si j'ai construit cette école à Omuhonga, c'est pour que tu apprennes la culture qui est la mienne et qui est, que tu le veuilles ou non, aussi la tienne. »

La sonnette retentit. C'est notre dernière soirée, Jean-Charles et Daphné ont invité des membres de leur famille. Daphné a cuisiné toute la journée et elle est très tendue. Nous passons un temps infini à table, les adultes discutant de choses que je ne comprends pas. L'un d'eux me pose parfois une question. Est-ce que les hommes himbas ont plusieurs femmes ? À quoi ressemblent nos cases ? Et qu'est-ce que j'ai préféré dans leur pays ? Là, sans ambiguïté, je réponds que c'était quand Jean-Charles et Daphné m'ont emmenée à la montagne.

« Glisser sur les champs de sucre et faire du feu, ça, j'ai aimé. »

Daphné contextualise : c'était la première fois que je voyais la neige.

« Quand elle est sortie de la voiture, elle s'est précipitée dedans, elle en remplissait sa doudoune, en enfournait dans sa bouche. La pauvre petite, elle a cru que c'était du sucre ! »

Je confirme : « Ben oui, je n'en avais jamais vu autant. Vous savez, nous, on a beaucoup de bétail, mais on manque de tout le reste. »

Je soutiens le regard glacé de Jean-Charles. Mais ses mâchoires qui ne se desserrent pas de tout le dîner font comme des morsures dans mon corps.

Le lendemain, c'est Daphné qui me conduit à l'aéroport. Jean-Charles a du travail. Une brève accolade avec lui, et c'est fini. Une fois arrivées, Daphné me confie rapidement à une hôtesse de l'air. Elle ne se retourne pas. J'ai envie de pleurer, parce que cet homme et cette femme sont mon frère et ma sœur humains et pourtant nous n'avons pas su nous rencontrer. Je vais faire un long voyage, traverser la moitié de la Terre, mais leur esprit n'est pas avec moi.

Dans les toilettes, j'enlève ma chemise et sors de mon sac le tee-shirt de Matumbo. Le lavage en machine ne l'a pas abîmé. Lorsque le tissu touche enfin ma peau, un immense souffle de joie gagne ma poitrine. Je rentre chez moi.

Comme tout bon Himba, Matumbo a plus d'une journée de retard à l'aéroport. Lasse d'attendre, l'hôtesse finit par me confier aux services de police, qui me laissent aimablement m'allonger sur la moquette de leur bureau. Le son de leur voix me tient éveillée. « Pauvre petite. C'est une Himba ? Impossible, t'as déjà vu une Himba arriver de France ? Encore une qui va finir à l'orphelinat ou dans les rues… » Je froisse sur mon ventre le tee-shirt de Matumbo. Dans ma tête, j'échafaude des plans d'évasion. Je m'imagine m'abreuvant aux points d'eau comme une antilope, survivant de racines et de tubercules. J'irai d'acacia en acacia, les arbres me protégeront des dangers du bush…

Quand enfin Matumbo se présente, je suis presque déçue. Déçue aussi de ne pas voir ma mère, ni mon père, ni aucun de ceux auxquels j'ai pensé tous les jours pendant cette longue d'absence. Avec mon jean moulant et mes tennis Adidas, Matumbo me reconnaît à peine. Il sort d'une réunion apparemment houleuse avec le ministre de l'Agriculture qui veut faire payer une taxe aux Himbas sur leurs vaches. Matumbo ne discute que de ça avec son chauffeur durant le trajet. Ce n'est que vers Opuwo qu'il semble se souvenir de moi. Il me demande si Jean-Charles, dans son pays, paye une taxe sur son argent.

« Son argent, c'est un peu comme nos vaches, hein », blague-t-il.

J'énumère consciencieusement tout ce que contient l'appartement de mon géniteur, mais très vite, Matumbo m'interrompt avec un sifflement méprisant.

« Oublie tout ça, c'est des trucs de Blancs. Qu'est-ce que tu as appris là-bas ? »

Je réfléchis un instant.

« Que les Blancs parlent beaucoup d'amour, mais qu'ils ne savent pas ce que c'est. Qu'ils ne savent échanger qu'avec eux-mêmes. Qu'ils vivent enfermés dans une capsule qui les protège de l'extérieur et des autres. Que… »

Matumbo m'arrête. C'est déjà beaucoup pour une si jeune fille. Il ajoute que j'ai tout compris, et qu'il faut que je travaille bien à l'école, pour plus tard apprendre aux Blancs qu'un autre monde est possible. Je l'informe que Jean-Charles m'a fait la même recommandation.

« C'est sans doute le seul point sur lequel nous sommes d'accord ! »

J'aurais aimé raconter la neige, l'arbre étoilé, l'absence de feu sacré à Matumbo. Mais il se remet à discuter politique avec son chauffeur. Récemment, les campements ont été agités par la question épineuse des possessions. Les maris en ont assez de payer le désenvoûteur chaque fois que leurs épouses – qui se laissent trop aller pendant les danses – se font habiter par un esprit. Les hommes voudraient faire passer une loi qui obligerait le clan matrilinéaire à payer le guérisseur.

C'est un point urgent, car plusieurs femmes sont en attente de soins.

Entendre parler des problèmes de mon peuple, dans ma langue, m'aide à revenir parmi les miens. Les anciens disent que l'âme ne peut pas aller plus vite que le galop d'un cheval. La mienne a beaucoup galopé ces derniers temps. Elle se met à voler dès que nous atteignons la région d'Omuhonga. Je me sens déborder d'un amour infini pour chaque arbre, chaque pierre, chaque brin d'herbe. « Enfin ! », hurle mon cœur. Matumbo doit entendre mon cri, car il entoure mes épaules de son bras.

La voiture s'arrête à l'entrée du campement. Je ne suis pas sortie du véhicule que déjà ma mère, mon père, mes cousines et tous les membres du clan se pressent autour de moi, tous veulent me toucher, m'embrasser ; les effusions sont si violentes que j'en perds l'équilibre. Ma mère finit par reculer de quelques pas pour me contempler. Elle semble juger sévèrement mon accoutrement et, pour rendre sa fille à son clan, elle me traîne dans sa case. Après que j'ai ôté mon jean et mon tee-shirt, elle lace une petite peau de chèvre autour de mes reins, enduit de graisse mon collier et mes tresses. C'est seulement alors que nous pouvons nous réunir autour du feu sacré, où mon père remercie la lignée d'ancêtres de m'avoir ramenée en bonne santé. Pendant qu'un cousin, Hevita, tue une chèvre et que la viande cuit, adultes et enfants nous scandons le rythme en claquant nos mains à l'unisson, comme un seul corps. Nos bouches chantent le bétail et la terre, le cercle que nous formons est l'univers, et celui qui se détache du groupe pour se jeter au milieu en devient pour un instant le centre. Mon père et Matumbo y miment les plus belles bêtes du troupeau, bras levés vers le ciel en hommage à leurs cornes, les pieds frappant le sol avec la force des sabots. Quand vient mon tour, je ne sais plus si je dois mimer les vaches de mon père ou un animal du pays dont je reviens. Je n'ai rencontré en France aucun animal qui a la noblesse des nôtres. Mais j'ai besoin de partager le monde que j'ai découvert pour mieux le quitter.

Profitant d'une pause dans le rythme, j'entraîne mes cousines dans la case pour leur montrer les trésors rapportés de Paris. Elles s'extasient devant la lampe à dynamo, le briquet à essence et la couverture de survie plastifiée, mais mes livres d'images les laissent indifférentes, et elles ne posent pas de questions sur mon voyage. Hormis Matumbo, aucun des miens n'a la possibilité d'imaginer le monde au-delà de son horizon. Ma mère me rit au nez lorsque je lui apprends que les Blancs coupent des arbres pour décorer leur case. Quand je veux décrire la neige, mon père me dit d'arrêter mes bêtises. Tout ce qui compte à leurs yeux est que je reprenne ma place dans leur présent, ici et maintenant.

Si j'avais été un chef respecté, ou même juste un adulte, j'aurais raconté mes aventures au coin de dizaines de feux différents, le soir, et tout le monde aurait pu entendre et discuter de mes découvertes. Mon histoire, une fois partagée, serait devenue celle de tous. Mais chez nous, personne ne peut croire qu'une fille de mon âge est déjà porteuse d'une telle expérience. Ce séjour m'a menée sur un chemin qui n'existe pas dans l'univers himba. Il a suffi d'une seule invitation de Jean-Charles pour qu'il me rende différente des miens.

Les humains manquent, mais les arbres restent, et c'est à eux que je raconte la ville qui avale leurs semblables, ma chambre-cercueil, le sapin qui meurt pour des étoiles. Notre communication franchit une nouvelle étape. Ils me confient qu'ils sont au courant des traumatismes infligés à leurs frères de l'autre côté de la grande eau : une vibration invisible les relie les uns aux autres. Selon eux, l'avalanche de mauvais traitements que les Hommes leur ont fait subir les dernières décennies affaiblit la puissance vibratoire du règne végétal et de grands bouleversements sont à venir.

Pour l'heure, rien dans notre petit monde ne laisse présager du pire. Nous avons fait annuler le projet de barrage. Les pluies ont été bonnes. Mes cousines et mon père partent migrer avec le bétail, ma mère rejoint le campement de Matumbo, et je reprends le chemin de l'école.

Les trois années qui suivent, en décembre, je repars un mois en France. Chaque fois, c'est Matumbo qui me conduit à l'aéroport. En échangeant avec moi quelques réflexions complices sur le monde des Blancs, il s'assure que je tiens le choc. Mais je ne suis plus la petite sauvage que Jean-Charles et Daphné ont accueillie la première année ; désormais, je sais à quoi m'attendre. Ce voyage annuel est la marque de ma différence, le prix de mes yeux bleus. J'y vais comme on se résout à son destin, sans joie particulière, sans tristesse non plus.

De retour dans mon pays, lorsque je ne suis pas à l'école ni sous mon acacia, on me trouve de plus en plus souvent avec un livre. Je ne sais plus de quoi parler avec mes cousines. Je m'ennuie avec ma mère. Elle me reproche de m'éloigner des traditions, je lui réponds que si elle voulait une fille à son image, elle n'avait qu'à pas s'accoupler avec un Blanc. Je prétexte le travail et l'école pour espacer mes visites. Quand il est dans les parages, je rejoins mon père autour du feu sacré et nous restons là, à communier en silence avec l'invisible.

Dans l'étroit espace du ciel qui lui est donné d'apercevoir, Tulipamwe fixe le vol immobile d'un magnifique aigle martial et se fige, comme si sa respiration pouvait perturber le rapace.

Lui reviennent les longues marches dans lesquelles Mister Kavari, le nouveau maître, entraînait chaque matin les écoliers. Embusqués derrière les buissons à moutarde, ils observaient le sautillement des touracos concolores et les parades sexuelles des calaos à bec rouge. Ils rendaient visite au vieux Kaloo qui, avec force gesticulations, leur faisait revivre la terrible chasse au lion menée par son groupe de circoncision, l'année où l'on « léchait la lame du couteau » (ainsi nommée à cause de la sécheresse). De retour à l'école, les élèves devaient composer le récit de leur matinée dans un anglais impeccable. Avec Mister Kavari, Tulipamwe devint une bonne élève, la meilleure même. Karipe, le grand garçon qui, l'année précédente, avait monté les autres écoliers contre elle, avait à nouveau essayé de l'humilier et de l'exclure des activités, mais Mister Kavari l'avait remis à sa place. Quelques mois plus tard, Karipe était parti étudier à Opuwo, dans une école gouvernementale.

Tulipamwe prête l'oreille. Dans le couloir, le rythme d'un pas qu'elle connaît. Bruit de clef, grincement de porte. À quatre pattes, Tulipamwe rassemble précipitamment les feuillets épars qui jonchent le sol. Elle se redresse, maladroite. Il ne l'a donc pas oubliée.

Jean-Charles ne s'attendait pas à un tel sourire. Il remarque aussi la robe. Il installe la chaise dont il a pris soin de se munir contre l'une des parois, hésite.

« Je t'en prie, assieds-toi ! »

Il parcourt des yeux les six mètres carrés. Une mauvaise paillasse, un peu de vaisselle, et c'est tout.

« Tu te souviens de Mister Kavari ? lance Tulipamwe.

— Le professeur de l'école d'Omuhonga ? Bien sûr ! Il était mieux que le précédent, non ? »

Le regard tranquille et chaleureux de Tulipamwe le détend. S'il avait su que sa fille était aussi bien disposée à son égard, il serait sans doute venu plus tôt.

« Quand j'avais vu les hématomes sur ton corps, le jour de ton premier bain, j'avais immédiatement passé des coups de fil pour que celui qui avait fait ça soit remercié. Comment il s'appelait, déjà ?

— Mister Kapudji.

— C'est ça ! Et c'est l'ambassade qui m'a trouvé Kavari. Un salaire conséquent, mais il a fait le job, non ?

— Avec lui, je progressais car j'avais le sentiment que notre culture avait une valeur.

— Ah ? Je pensais que tu t'appliquais parce qu'il m'envoyait tous tes bulletins ! »

Un moment de flottement. Tulipamwe prend soudain conscience que, même absent, son géniteur avait été là pour elle. D'une certaine manière.

« Dis-moi, comment c'était pour toi quand je venais à Paris ? Je ne parle pas de la première fois, ni de la fois où… enfin, tu sais quoi. Mais entre les deux. Avant que j'aie l'ocre et la graisse. »

Le père se souvient, un sourire au coin des yeux. Il y avait eu pire période.

« Je crois que, pour Daphné, tu étais surtout une fille qui poussait trop vite, avec une garde-robe à reconstituer chaque année. Moi, j'adorais t'emmener dans les musées, te faire découvrir notre culture. Tu étais tellement naïve, c'était fascinant. Tu sais que nous avons divorcé, avec Daphné ? »

Tulipamwe marque sa surprise. Elle ne l'a pas vue depuis plus de dix ans, mais ça lui fait quelque chose.

« C'est mieux comme ça, la rassure Jean-Charles. Elle était beaucoup trop rigide. Elle t'en a fait voir, hein ? »

La jeune femme hoche vigoureusement la tête. Elle rappelle à son père les détails d'une soirée chez un ministre de ses amis : alors que des invités l'interrogeaient sur les Himbas, Daphné l'empêchait de répondre, répétant haut et fort – pour que tout le monde l'entende – combien c'était difficile d'avoir chez soi une petite sauvageonne. La jalousie de voir sa belle-fille le centre de tant d'attentions, sans doute. C'est vrai, ça n'avait pas dû être facile pour elle.

« Quand même, ils étaient bizarres, tes amis. Ils étaient tous éduqués, et pourtant ils posaient des questions comme "Est-ce que les Himbas aiment leurs enfants ?" ou "Est-ce que les Himbas tombent amoureux ?" Comme si nous n'étions pas des êtres humains. »

Jean-Charles fronce les sourcils.

« Mais qu'est-ce que tu racontes ? »

Elle fait marche arrière. Pas de disputes, pas aujourd'hui.

« Non, rien. Tu as encore le temps d'aller voir des expositions ? »

Les voici à lister les peintres dont ils avaient admiré les œuvres ensemble : van Gogh au musée d'Orsay, Gauguin au Petit Palais, Basquiat au musée d'Art moderne. Elle lui rappelle aussi les soirées où, pour l'aider à apprivoiser la langue française, il lui faisait la lecture des grands classiques. Elle avait particulièrement aimé *Les Racines du ciel*, surtout le passage où le héros raconte comment, du fond d'un cachot d'un mètre dix sur un mètre cinquante, alors qu'il sent qu'il va bientôt étouffer, il fait venir un troupeau d'éléphants en liberté pour repousser les murs.

« J'utilisais la même technique dans ma chambre, mais avec les arbres. Quoique, les éléphants, j'ai essayé ici, c'est très efficace ! »

Ils rigolent, ensemble.

Les retrouvailles sont interrompues par l'arrivée sévère d'une gardienne. Le passe-droit du diplomate, qui lui permet de visiter sa fille dans sa propre cellule, a des limites. Il replie sa chaise, l'embrasse de deux bises un peu gauches. C'est passé si vite que Jean-Charles a oublié d'évoquer son affaire. La matonne s'impatiente. De toute manière, il n'y avait pas grand-chose à en dire.

Restée seule, Tulipamwe se souvient du lendemain de cette fameuse soirée, chez le ministre des Affaires étrangères. Elle s'était plaint à Jean-Charles qu'elle ne percevait pas de respect chez ses amis quand ils parlaient de son peuple.

« Mais si, bien sûr qu'ils vous respectent, avait répondu Jean-Charles. C'est juste que toutes les civilisations ne se valent pas. D'ailleurs, on ne peut pas parler de civilisation en ce qui vous concerne. Vous êtes un peuple sans Histoire, vous vivez dans le présent, et c'est sans doute tant mieux pour vous... »

Ces propos, Tulipamwe les avait aussi entendus dans la bouche des hommes politiques que son père côtoyait. Ces idées devaient traîner dans les couloirs de son ministère. Elle avait souri, mal à l'aise.

« Sans Histoire ? Et les Allemands qui ont exterminé nos frères, et les Sud-Africains qui nous ont colonisés après ? Ce n'est pas de l'Histoire ? »

Le visage de Jean-Charles s'était chiffonné comme du vieux papier.

« Ne commence pas avec ça !

— Mais tu dis que nous n'avons pas d'Histoire !

— Je parle de capacité à se projeter dans l'avenir ! » avait-il craché en claquant derrière lui la porte de son bureau.

Il n'y avait personne pour l'écouter, mais Tulipamwe avait répondu qu'il serait plus facile pour les Hereros de se projeter dans l'avenir si l'on reconnaissait leur passé.

À plusieurs reprises lors de ses séjours chez Jean-Charles, Tulipamwe avait également essayé d'aborder la question des ancêtres. Il était très troublant pour elle de constater que son géniteur n'avait aucune relation avec ses parents ni grands-parents, qu'ils soient morts ou vivants. Une telle solitude n'était pas imaginable pour Tulipamwe. Mais dès qu'elle l'interrogeait sur ses lignées, il blêmissait et s'enfermait dans son bureau. Une fois, alors qu'elle insistait, il avait même renversé la table du petit déjeuner. La seule information qu'elle était parvenue à obtenir était que ses parents étaient décédés et qu'il n'avait ni frère ni sœur. Quel était son clan alors ? Avec qui maintenait-il des liens ? Sur qui pouvait-il compter ?

« Daphné. Et toi », avait-il répondu d'un air sombre.

Maintenant, il ne lui reste plus qu'elle.

Peu avant mes quatorze ans, j'ai mes premières menstruations. Comme la tradition l'exige, je suis inconsolable. Ma mère comprend le sens de mes sanglots et avertit mon père, qui ordonne la construction d'un abri en branchages dans l'espace sacré. Je quitte le village et m'installe avec mes cousines dans le lit de la rivière.

Lorsque le sang a cessé de couler entre mes jambes, mes cousines me saisissent et me traînent devant le feu sacré en criant : « Tu es nubile ! » Un bœuf est sacrifié. Je passe les trois journées qui suivent sous l'abri rituel, les membres de ma famille et des campements alentour me rendant visite et m'apportant des petits cadeaux : des perles, des graines, des pierres d'ocre. Quand le bœuf a été mangé, ma mère m'enduit entièrement d'ocre et de graisse, elle dépose autour de mon cou l'*ohumba*, le coquillage blanc symbole de fécondité, et me rappelle que la tradition me demande d'attendre encore avant d'avoir des relations sexuelles. On coupe mes deux grosses tresses. Aux quelques centimètres de cheveux qui me restent sur le crâne on attache une multitude de petites nattes confectionnées avec les cheveux de mes oncles maternels. Ma nouvelle coiffure tombe sur mon visage comme un rideau.

« Désormais, commente ma mère, tu ne pourras plus baisser la tête. Si tu veux voir devant toi, tu dois la garder haute ! »

Lorsque ma poitrine aura atteint sa pleine maturité, je serai déclarée femme et en âge de séduire ; on basculera alors mes tresses vers l'arrière, je porterai l'*erembe*, la petite coiffe qui symbolise les oreilles de vache, et je pourrai me marier.

Je ne prends conscience des problèmes que pose ma nouvelle féminité qu'à mon retour à l'école. L'ocre tache les livres que me prête Mister Kavari et macule tous mes cahiers. Je me procure des gants de vaisselle, mais impossible d'écrire correctement avec ces caoutchoucs trempés de sueur. Je suis la fille la plus âgée, donc la seule ocrée, et je dois me déplacer toujours parée d'une couverture afin de ne pas salir les chaises et les murs. Et bientôt, je devrai aussi porter les *omihanga*, les lourds bracelets de cheville en perles de métal ; les *ovitenda*, les bracelets de cuivre qui couvrent les avant-bras, et l'*epando*, la ceinture de cuir décorée de perles métalliques ! À eux seuls, ces bijoux pèsent cinq ou six kilos, et il faudra y ajouter l'*oupa*, l'*ombanda*, l'*otipepe*… J'ai du mal à me projeter très longtemps dans ce double statut de femme himba et d'écolière. Étudier, d'accord, mais à quoi est-ce censé me mener ? S'il s'agit de me marier et de m'occuper du troupeau, à la manière de toutes les femmes himbas avant moi, à quoi bon aller à l'école ? Et s'il s'agit de faire de moi une femme éduquée, avec un travail du genre infirmière ou médecin, comme le rêve Matumbo, alors je devrai de toute façon quitter mon habit traditionnel.

Je me confie à ce sujet à Mister Kavari, mais il n'est pas en son pouvoir de décider de mon accoutrement. Au plus froid de l'hiver austral, grelottant dans ma couverture, couper mes tresses et retirer mon ocre devient une obsession. Je repense aux bains bien chauds, plein de mousse, chez Daphné. À la grosse doudoune rangée dans la case de ma mère – si elle ne l'a pas échangée contre un sac de farine.

L'ocre dont j'ai été enduite lors de la cérémonie de passage était mélangée à de la graisse du bétail sacré appartenant à mon patriclan, et même si cette graisse a dû être absorbée depuis longtemps par ma peau, me laver signifierait symboliquement couper le lien avec mes ancêtres. D'autres ont été exclus de la communauté pour moins que ça. Est-ce que mon statut d'écolière peut constituer une exception ? Les arbres, à qui je m'ouvre de mes problèmes, se révèlent étonnamment absents. « C'est ton chemin, à toi de voir, dans un sens… dans un autre sens… » Une sorte d'eczéma se propage désormais sur mes bras. Épuisée par cette situation, je fais passer un message à Matumbo.

Il arrive une semaine plus tard, dans son increvable 4 × 4 rouge. Nous sommes en cours de mathématiques quand il frappe lourdement à la porte, entre sans attendre de réponse et invite sur-le-champ Mister Kavari à le rejoindre dehors. Il ne m'a même pas saluée. Le visage fermé de Matumbo ne me dit rien qui vaille ; soudain j'ai peur, j'ignore de quoi mais je suis fatiguée et j'ai envie de pleurer. Enfin il m'appelle et je le suis, tête baissée, jusqu'à sa voiture. Il s'assied sur le siège conducteur, me laissant debout sous le soleil.

« Alors comme ça, tu veux quitter l'habit traditionnel ? »

Je hoche la tête en avalant mes larmes.

« Pourquoi ? »

Je lui explique mes difficultés avec mes livres.

« Tu sais comment ta mère va réagir si tu t'exécutes ? »

Il a un léger sourire aux lèvres, puis reprend :

« Ce que tu vis n'est pas facile et elle ne peut pas comprendre. Mais c'est toi qui es éduquée, c'est à toi de la comprendre.

— Matumbo, où ça va me mener tout ça ?

— Tout ça quoi ?

— Cette école, ces livres, ces voyages en France ? Pourquoi tu m'as envoyée ici, et chez Jean-Charles ? Tu crois que ça va m'aider à vivre une vie de Himba ? »

Son regard s'assombrit.

« Ma petite, ne crois pas que ce que tu vis ici et en France t'autorise une autre existence que celle d'une Himba. »

Je ne m'y attendais plus, mais mes sanglots explosent à ce moment précis.

« Tu veux quoi de moi ? » parviens-je à articuler derrière le rideau de larmes qui m'empêche de le regarder en face.

Il enfonce son regard dans mes yeux mouillés et articule bien nettement :

« Que tu deviennes une Himba éduquée, capable de comprendre le monde qui nous entoure et de nous en défendre ! »

Puis il descend de la voiture et me serre contre lui.

« Allez, je te veux forte. Un jour tu deviendras chef des Himbas, la première femme chef !

— Mais je ne sais déjà plus garder le bétail. Tout ici m'éloigne des Himbas, je ne vois plus mes cousines, je ne…

— Allez, allez… Tu as raison, à ton retour, on s'arrangera pour que tu étudies moins, et tu retourneras garder les chèvres de temps en temps.

— Mon retour de quoi ?

— Jean-Charles t'invite à passer le mois d'août en France. Il veut t'emmener à la *mer*. »

Pour la première fois, je souris à l'évocation de ce pays.

« Tu iras avec ton ocre et ta graisse, et on le laissera gérer cette histoire, OK ? Comme ça, il en portera la responsabilité. »

Et Matumbo éclate de rire.

D'ordinaire, quand j'arrive en France, les choses se passent toujours de la même manière : la double porte de l'aéroport s'ouvre, Jean-Charles et Daphné apparaissent dans leurs beaux manteaux et j'avance, en pagne, sans bagages, pendant qu'ils m'examinent des pieds à la tête. Plantée devant eux, j'attends quelque chose, une étreinte qui ne vient jamais. Ils finissent quand même par me faire ce qu'ils appellent une "bise", une caresse un peu froide et distante sur la joue. C'est seulement lorsque j'ai été baignée, habillée de neuf, et lorsque mes deux grosses nattes ont été camouflées sous un foulard que Jean-Charles me serre enfin dans ses bras, comme s'il fallait tout ce rituel pour qu'il m'accepte enfin. Ou pour que je mérite ma place. Alors, nous préparons ensemble un repas de viande et de polenta dans la cuisine, et nous pouvons commencer à échanger.

Mais cette fois-ci, quand Jean-Charles me voit apparaître couverte d'ocre et de graisse, il ne peut retenir une grimace. Il fixe Daphné qui se tient la bouche, comme si l'ocre risquait d'attaquer ses dents. Je prends les devants et, sans les toucher, avec un grand sourire, je leur assure que tout part au lavage.

— Oui, je crois qu'on ne va pas avoir le choix », commente Jean-Charles.

À l'appartement, Daphné m'oriente directement vers la salle de bains. Ses bras m'encerclent pour éviter que je frôle les murs. J'effectue le minimum de gestes, me statufiant pendant qu'elle fait couler le bain. Mais à peine suis-je assise dans la baignoire que l'eau est déjà colorée de rouge et le fond est maculé de traces ; je sue du rouge par tous les pores. Daphné fait couler un nouveau bain. Rien n'y change, ce qui la rend hystérique. L'opération se complique encore quand on passe à la tête : mes tresses sont enduites d'une couche d'ocre et de graisse de plusieurs millimètres. Nous autres, Himbas, ne nous coiffons que tous les trois mois – la chevelure doit tenir en place. Daphné veut « couper tout ça », mais Jean-Charles se fâche, hurlant qu'elle ne sait pas ce qu'elle raconte, que les coiffures des Himbas ont un caractère symbolique très important, qu'on ne peut pas me demander une telle chose, qu'elle n'a qu'à me mettre un foulard comme d'habitude et qu'elle ne fasse « pas chier ». Moi, je n'en mène pas large ; nue devant Daphné et surtout Jean-Charles, je veux leur dire qu'ils peuvent faire comme bon leur semble, que Matumbo m'a donné son autorisation pour m'affranchir des codes himbas, mais je sais aussi ce qu'en pensera ma mère et les mots refusent de quitter ma gorge. Nous dînons en silence dans la cuisine, puis Jean-Charles nous annonce qu'il faut partir. Nous roulons une partie de la nuit.

Il faut avoir eu soif, connu la poussière qui râpe la peau, les yeux et la langue pendant des mois, les nuages qui n'arrivent pas, la terre qui se craquelle, les herbes qui sèchent avant même d'avoir poussé, il faut avoir enduré des journées de marche sous le soleil brûlant et vu les vaches de son père crever les unes après les autres, pour avoir une idée de mon état en découvrant la *mer*. Puisqu'elle existe vraiment, alors tout est possible. Après le saisissement et l'émerveillement, viennent le vertige et le sentiment d'être une véritable idiote. Le mot « mer » n'existe même pas en herero. Tant d'ignorance… Et Matumbo qui me croit éduquée ? Alors que cette eau couvre – Jean-Charles vient de me l'apprendre – soixante-dix pour cent de la surface de la planète !

Je suis bête, et la petite centaine de Français qui nagent, sautent, jouent, plongent dans cette eau mouvante en sont la preuve vivante. Ils y sont aussi à l'aise que s'ils y étaient nés. Moi, la seule eau dans laquelle j'ai trempé, c'est celle de la baignoire de Daphné. Je mouille un pied, et je m'enfuis. J'y retourne. Jean-Charles et Daphné sont tout sourire, ils me prennent chacun une main et m'accompagnent. Mon cœur bat tellement fort dans ma poitrine que je crois entendre les tambours de mes ancêtres. J'ignore qui je dois remercier, la vie sans doute, oui je remercie la vie, car mes aïeux ne connaissent pas cette magie des vagues qui lèchent la peau et laissent leur empreinte salée. La vie plus forte que mes ancêtres ? Je bois et j'avale, je bois et je recrache, je suis à genoux et je m'inonde, j'en meurs et Jean-Charles me ressuscite en me portant dans ses bras. Nous rions et, mes aïeux, que c'est bon ! Mais une eau rouge dégouline sur ma figure et mon cou, mon foulard est plein de sang. Daphné hurle. Jean-Charles se fige, me regarde bizarrement. Soudain, il explose de rire : « Ce sont tes tresses, ton ocre qui fuit ! »

Ce soir-là, nous coupons mes vingt-deux nattes. Je les emmaillote dans un tissu, pour les rapporter au pays. Daphné me fait un shampooing, arrange ma coiffure en me complimentant sur ma beauté. J'ai comme un cercle de cheveux noirs autour de la tête, je peux passer mes mains dedans, c'est doux et léger.

La maison donne sur la baie et je ne suis jamais rassasiée de la vue : le soleil qui illumine le paysage sans pour autant le brûler, la mer qui déploie l'interminable ballet des marées. Il y a aussi l'air iodé, les baignades, le sable fin et chaud qui roule sous les pieds. Rien à voir avec la poussière omniprésente de mon désert. Après une journée de mer, devant la baie, j'aide Jean-Charles à faire griller des côtelettes au barbecue et Daphné à préparer les salades. Daphné est plus détendue qu'à Paris, Jean-Charles plus ouvert, plus généreux, presque drôle parfois. Surtout, ils m'accordent une confiance et une liberté nouvelles. Tous les soirs, j'ai le droit d'allumer un grand feu dans le jardin et, lorsque les flammes rougissent la nuit, j'envoie mes pensées aux miens.

Il y a aussi Léna, qui passe ses vacances dans la maison voisine. Elle a deux ans de plus que moi, de longs cheveux blonds qui lui tombent jusqu'aux fesses, et elle surveille avec moi la flambée pendant que les adultes discutent entre eux. Avec elle, je découvre que chez les Blancs, à notre âge, il est normal voire souhaitable d'éprouver de la colère contre ses parents. Ici, on considère nécessaire de passer par des émotions violentes pour devenir des adultes à part entière. C'est en tout cas ce que m'explique Léna, qui ne cache aucune des envies de meurtre qu'elle ressent vis-à-vis de sa mère. Terriblement choquée au début, j'en viens rapidement à lui parler de mes difficultés avec la mienne, et des parts de mon être qui jusqu'alors m'étaient restées inconnues se mettent à émerger. Oui, j'en veux à ma mère de ne m'avoir pas porté assez d'attention au retour de mon premier voyage ; je lui en veux de m'avoir laissée aller à l'école ; je lui en veux d'avoir épousé Matumbo ; je lui en veux de notre complicité perdue. Par-dessus tout, je lui en veux d'avoir forniqué avec un étranger et de m'infliger ce destin sans référence. Léna me félicite et m'assure que je suis sur la bonne voie. Contrairement aux amis de Jean-Charles et de Daphné, elle ne me juge pas, elle cherche seulement à me comprendre et ses questions n'ont qu'un seul objectif : que j'apprenne à mieux me connaître. C'est d'ailleurs elle qui m'enseigne la phrase de Socrate « Connais-toi toi-même ». Une révolution, car la maxime de mon peuple, à l'époque, m'apparaît plutôt comme « Connais tes ancêtres et oublie-toi ».

Léna reste régulièrement dormir avec moi dans une vieille tente que Jean-Charles a plantée sous un pin. Allongées sous la toile, nous écoutons les bruits de la nuit. L'immensité qui nous environne nous procure des désirs d'interdit. Lorsque nous sommes certaines que les adultes dorment, nous sortons de nos sacs, nous escaladons le portail qui donne sur la plage et, à la lueur de la lune, nous nous baignons dans la mer. C'est un bonheur sans nom, une liberté infinie, de flotter, bras en croix, ma main dans la sienne, en regardant le croissant de lune et en comptant les étoiles. Sur la plage, je lui fais entendre les rythmes de mon pays, j'improvise dans ma langue des paroles qui racontent notre amitié, au-delà des différences de nos peuples.

Soudain, un groupe de garçons nous rejoint, ils sentent l'alcool et veulent nous embrasser. Nous courrons comme des folles, bondissons par-dessus la haie. Pour gommer toute trace de notre escapade, nous nous lavons avec des bouteilles d'eau douce, préalablement cachées au fond de notre tente. Sous la clarté lunaire, je rince son corps blanc, elle douche ma peau brune, nous massons nos genoux endoloris par nos exploits avant de nous glisser dans nos sacs.

Le mois passe trop vite. Anticipant notre séparation, Léna m'initie au téléphone portable. J'en ai déjà vu, Jean-Charles quitte rarement le sien, mais je n'en ai jamais touché. Elle m'explique son fonctionnement, les menus, les émoticônes, et plaide ma cause devant mon géniteur pour qu'il m'en achète un. J'ai désormais son numéro pour lui envoyer des messages. Elle entrera en septembre dans une nouvelle école, un lycée très réputé de Paris, et elle devra beaucoup travailler. Je me projette sans joie dans un retour au pays.

Sur le trajet du retour à Paris, tout en conduisant, Jean-Charles me pose d'étranges questions. Si j'aime la France, si j'aimerais étudier dans une bonne école comme ma copine Léna, si j'aimerais la revoir et rester ici plus longtemps. Ce que j'aimerais faire plus tard. Cette dernière interrogation me met mal à l'aise. Je prends un temps pour réfléchir, mais la réponse ne vient pas.

« Elle est bête, ta question. À ton avis, qu'est-ce que fait une femme himba ? Je n'ai pas le choix…

— Comment ça, tu n'as pas le choix ? On a toujours le choix !

— Dans certains mondes, peut-être… »

On roule encore un petit kilomètre en silence, puis la voiture quitte l'autoroute et s'arrête devant une station essence. Jean-Charles se détache, sort de l'habitacle, ouvre ma porte.

« La vie n'est faite que de choix, on a toujours le choix, OK ? dit-il en articulant chaque syllabe. Je suis ton père et, si j'ai une chose à t'appendre, c'est ça, qu'on a le choix, que TU as le choix. »

Les éclats de sa voix, son regard, ses mains qui pressent mes épaules, tout me fait mal. À cet instant, je le hais. Je me dégage d'un coup.

« Tu racontes n'importe quoi, je crie. Tu ne connais rien aux Himbas ! »

Je cours, mais sur une aire d'autoroute, je n'ai pas très loin où aller. Il me rattrape devant une table de pique-nique.

« Jeune fille, dit-il en s'asseyant devant moi, que ce soit clair entre nous : peu m'importe que Simbatere ait mis la graisse sur le ventre de ta mère ou non, tu es qui tu veux quand tu es là-bas, mais, ici, tu es ma fille ! Et parce que tu es ma fille, je souhaite t'offrir ce qu'il y a de mieux dans ce monde. Il te faut des diplômes et une éducation autrement plus complète que celle que tu peux recevoir dans ton école d'Omuhonga. Dès demain, tu vas passer des tests pour connaître ton niveau. »

Comme je relève la tête, il croit bon d'ajouter :

« J'ai déjà pris des rendez-vous.

— Des tests ? Pour quoi faire ?

— Mais pour aller à l'école, pardi !

— À l'école, ici ? Et… mes parents, ma famille ?

— Je les préviendrai. Si tu n'es pas scolarisée ici maintenant, ce sera trop tard après.

— Et si je refuse ?

— Tu es libre. Mais je ne paierai pas ton billet d'avion de retour pour la Namibie. »

En moi se dispute une multitude de sentiments contraires. Je le déteste de me mettre dans cette situation, je le déteste de n'avoir pas été franc, de décider à ma place. Mais cette proposition vient aussi ouvrir une porte sur un avenir qui m'était jusque-là interdit.

Jean-Charles ne s'attendait pas à des résultats si catastrophiques. Les tests que j'ai effectués révèlent qu'en français et en mathématiques, j'ai à peine le niveau d'un élève de CM1. Au vu de mon incompétence, le pensionnat où il pensait m'inscrire en troisième – le degré théorique des enfants de mon âge – refuse mon admission. Jean-Charles fait des pieds et des mains, alerte tous ses amis et, au bout de deux semaines, m'amène à l'institut Notre-Dame de Colmar, en Alsace, où l'on m'accepte dans une classe de sixième. Il m'explique à l'occasion le principe du pensionnat, et l'idée de commencer une nouvelle vie que j'imagine pleine d'une liberté similaire à celle que je viens de connaître me séduit.

Situé à la sortie de la ville, le pensionnat est un ancien couvent entouré de murs. La directrice, une petite dame qui cache ses cheveux sous un voile, insiste pour qu'on l'appelle *mère Françoise* et nous fait visiter au pas de course les salles de classe, le réfectoire, la chapelle, le jardin, et enfin les chambres, dans les combles, où l'on m'attribue un lit face à une fenêtre qui donne plein nord. Il y a des croix partout, y compris sur la poitrine de la dame Françoise. Je ne connais de la religion chrétienne que la messe de Noël et la naissance de Jésus entre une vache et un âne, sur une paillasse de foin, signe de richesse à mes yeux. Innocemment, je demande la raison de la présence de toutes ces croix et si elles ont une signification. Celle qui veut qu'on l'appelle *mère Françoise* tourne alors vers Jean-Charles des yeux comme des couteaux.

« Cette jeune fille n'a donc pas reçu d'éducation religieuse ? »

Jean-Charles bredouille : « Là où elle a grandi… les croix… enfin bon, elle a un peu de retard. »

« Eh bien ! Nous allons rattraper le temps perdu ! Cette croix, ma fille, Notre Seigneur Jésus y est mort pour racheter nos péchés. Pour nous sauver. »

Jean-Charles me chuchote qu'on en reparlera. De retour dans son bureau, Françoise nous précise que le premier office est à sept heures, suivi du petit déjeuner, et que les cours commencent à huit. Elle continue sur les principes éducatifs et les valeurs de l'institution : discipline, travail, et d'autres choses que je ne saisis pas. Rapidement, mon esprit s'échappe de la pièce. Je ne comprends pas pourquoi je devrais l'appeler mère, ni la fonction des barreaux aux fenêtres, et je ne comprends rien non plus à cette histoire de croix. Surtout, il y a quelque chose, une sorte de vibration dans l'air, qui m'agresse. J'ai repéré un très vieux chêne, qui a certainement plein de choses à raconter, malheureusement il est placé au centre du jardin, sous le regard de tous, et je devine qu'il sera compliqué de créer une intimité avec lui.

Je veux m'ouvrir à Jean-Charles de tous ces doutes, mais il ne m'offre pas le tête-à-tête promis. Visiblement mal à l'aise, il prétexte des affaires importantes à Paris et l'horaire du train pour me laisser.

À mon entrée dans la classe, je remarque que je dépasse la totalité des élèves d'une à deux têtes et qu'elles sont toutes blanches. Sourires en coin, messes basses. On me libère une table au dernier rang, à côté d'une grosse fille aux cheveux gras qui pousse ses affaires avec humeur. Pendant ces premières heures de cours, chacune peut constater que je ne connais ni le carré ni le losange, que mes notions d'orthographe sont très limitées, et que j'ignore tout de la date et du lieu de naissance de Jésus. À la fin de la matinée, on ne se cache plus pour se moquer de moi. Je déjeune seule, la table à laquelle je choisis de m'asseoir au réfectoire se vidant à mon arrivée : « Y a une drôle d'odeur tu trouves pas ? Mais qu'est-ce que ça pue ! » « Y en a qui seraient mieux dans la savane ! » À l'étude, c'est la traversée du désert, et le dîner, en silence, à écouter sœur Marie lire l'Évangile, me rend perplexe. Il y est question d'aimer ses ennemis, de faire du bien à ceux qui nous haïssent, de se laisser voler sans rien dire, d'être capable de pardonner jusqu'à soixante-dix-sept fois.

Au coucher, je découvre que mes trois compagnes de chambre ont poussé leur lit aux extrémités de la pièce. Mon sac a été fouillé et l'appareil-photo que Jean-Charles m'a offert a disparu. Toute la nuit, je ressasse les propos de Jésus, essayant d'y trouver un lien avec la manière dont je suis accueillie. Je pense aussi à mes ancêtres. Lors de la grande tuerie, de nombreux Hereros étaient christianisés, la fille du grand

Samuel Maharero jouait même du clavecin et chantait à l'église. Ils avaient donc entendu ces discours, ils y croyaient. Seuls les Himbas du Kaokoland avaient interdit aux missionnaires de franchir la frontière de leur territoire.

À l'aube, j'ai comme une révélation. Les Blancs ont fait entendre aux Hereros, et sans doute aux autres peuples noirs d'Afrique, les paroles de ce Jésus pour mieux les assoupir, prendre leurs terres, les réduire en esclavage et les abattre. Je pense être la première à le comprendre, et l'ampleur de ma découverte me donne le vertige. Le stratagème est malin, la duperie énorme.

Au cours de catéchisme, je ne peux me taire. Je demande à Madame Françoise si l'enseignement de Jésus à propos du pardon est valable lorsque sa famille, son village, son peuple se font massacrer. Peut-on pardonner des chrétiens qui envahissent un village et éventrent des femmes enceintes pour jouer au ballon avec leur fœtus ?

L'atmosphère dans la classe s'est soudain refroidie. D'un ton sec, Françoise rétorque que la prière est le plus puissant moyen d'action et qu'elle-même prie pour toutes les brebis égarées, y compris moi, puis elle reprend sa lecture de l'Évangile selon saint Luc. Mais son corps n'exprime rien d'autre que de la rigidité et le désir de pouvoir. Je m'interroge : combien d'êtres humains ont utilisé le nom de Jésus pour asservir les autres et justifier leurs actes ? Vu le manque de cohérence que je découvre dans le monde occidental, sans doute des millions. Pauvre Jésus qui, apparemment, voulait tout le contraire…

Ce court échange a cependant pour effet de faire changer d'attitude quelques-unes des filles de ma classe. Est-ce par pitié pour les horreurs que j'ai dévoilées ? Certaines d'entre elles m'aident aux devoirs du soir. Les lits de mes camarades de chambre retrouvent leur place.

La vie au pensionnat reste peu prodigue en joies. La nourriture sans goût, les ressorts qui percent la literie, le froid glaçant, tout cela me passe au-dessus de la tête : je suis une Himba et je sais déjà, comme Socrate, manger pour vivre et non vivre pour manger. Mais nous vivons au rythme des sonneries, du réveil, de la messe, des repas, des cours ; sans arrêt nous sommes coupées dans ce que nous faisons, il faut se dépêcher pour tout et respecter les horaires, au risque sinon d'écoper d'heures de retenue. La discipline, pour Madame Françoise, c'est aussi l'appeler « Mère » et ne pas poser les questions qui dérangent. Elle appelle ça le respect.

Je suis régulièrement collée. Le pensionnat est de toutes manières trop loin de Paris pour que je rentre chaque semaine, et Jean-Charles et Daphné sont rarement disponibles pour un week-end en Alsace : ils ont des obligations sociales, des « dîners ». Quand Jean-Charles m'appelle, le dimanche soir, nos discussions se ressemblent toutes.

« Elle n'est ni de mon matriclan ni de mon patriclan, je ne peux pas l'appeler "mère" !

— Tu dois finir l'année ici. On n'a pas le choix.

— *On n'a pas le choix* ? Comment ça, *on n'a pas le choix* ? Qui m'a soutenu le contraire récemment ?

— Non, mademoiselle, quand on a fréquenté l'école d'Omuhonga, on n'a pas le choix ! »

Je lui en veux d'être si peu présent. Après tout, c'est lui qui m'a envoyée à l'école d'Omuhonga, lui qui m'a poussée dans cet institut, et j'estime qu'il devrait me soutenir. Loin des miens, loin du feu, de ma terre et de toute autre force de la nature, je me console avec les conseils du vieux chêne. En quelques bruissements de feuilles, il parvient à me faire mettre des mots sur l'évidence de mon sort. Où sont l'amour, la joie, la vie entre ces murs ? Et si je ne les vois nulle part, pourquoi rester ?

Aujourd'hui, Madame Françoise a des yeux pétillants. Elle voudrait, en plus de nous faire travailler l'expression écrite, nous valoriser, et elle nous demande de relater dans une rédaction une action dont nous sommes fières. Depuis le lever, je pense beaucoup à mon père, il me manque, et je raconte la première fois qu'il m'a donné une chèvre à étouffer. C'est un moment fort, une responsabilité, car nous autres essayons de tuer proprement, de limiter au maximum les souffrances de l'animal. En même temps que nos genoux empêchent la bête de reprendre son souffle, nous lui parlons, nous l'apaisons, nous la préparons à sa mort et nous la remercions pour le don de sa vie.

Mais j'avais oublié que ce récit est destiné à une femme, Madame Françoise, qui n'a pas ouvert son esprit en voyageant dans des contrées lointaines. Aussi, au moment de rendre les copies, elle brandit la mienne en hurlant que nous avons là un exemple flagrant de sauvagerie primaire, que mon passif me fait écrire des insanités animistes, que mes camarades doivent faire tout leur possible pour me ramener dans la voie du Seigneur, et d'autres choses qui ne sont pas très claires. Le soir même, j'appelle Jean-Charles.

« Laisse-moi rentrer !

— Ma fille, aucune autre école ne veut de toi. Fais un effort !

— C'est ton dernier mot ? »

Je n'ai guère de doutes sur ma capacité à escalader le mur d'enceinte. Il me faut juste déjouer la surveillance d'une des filles de Madame Françoise qui dort dans l'antichambre. Je l'ai déjà fait pour rendre visite au chêne.

Plus tôt dans la soirée, j'ai fabriqué des bretelles avec mes draps pour porter mon sac de voyage sur le dos. Je n'ai pas d'argent, mais il y a une grande forêt non loin qui saura m'accueillir. Je prends soin d'éteindre mon portable.

J'ai beau frotter depuis un bon moment un bâton contre une bûche, aucune étincelle n'apparaît. Mes paumes sont en sang. Moi, une Himba, je ne sais pas faire de feu. Je ne connais pas la densité des bois de cette région. Je ne connais pas cette humidité qui trempe chaque particule de la forêt. Chez moi, la pluie ne tombe qu'en été, on peut dormir dehors sans attraper froid. Ici, elle glace jusqu'à la moelle des os, elle me fait trembler et tousser. Je ne connais pas non plus les fruits qui nourrissent, ni les écorces ni les racines qui soignent. Mes pièges ne fonctionnent pas. En ce mois de novembre, même les arbres commencent à s'endormir, leur sève rejoint la terre et je ne les entends plus. J'attrape un hérisson, je me blesse en le dépeçant, sa chair crue me rend malade. Vomissements, toux, fièvre et tremblements. J'aperçois entre les troncs les visages de mes aïeux, les profils aux lèvres rondes des grands-parents de mon père se déforment, ils dégorgent, rendent leur dernier espoir et souffle de vie, éructent leur incompréhension et leur stupeur qui se transforment en haine. Je la vois, je la sens, cette douleur et cette haine, elles habillent les branches, elles tapissent les sous-bois, elles moussent et m'étouffent.

La forêt endormie me susurre un message. De nouveaux visages naissent de mon expire, leurs profils n'ont pas de lèvres, leurs yeux sont comme un morceau de ciel, bleus, et pourtant ils ne voient rien, ne comprennent rien. Soudain, ils ont cent bras munis de mitraillettes et des casques allemands. Non, je dois délirer, ce sont les branches, je préfère penser que ce sont les branches, mais les branches tirent des coups à répétition, elles jettent des grenades, explosent la forêt. Les branches empoisonnent l'eau qui suinte sur les feuilles et qui s'infiltre dans le sol. Je suis à la fois branche, poison et empoisonnée. Je suis à la fois grenade, explosion et explosée. Je suis à la fois herero et allemande. Terrorisée, je parviens à allumer mon portable. J'appelle Léna.

« Viens, viens me chercher, viens, toi qui me connais et m'aimes un peu, parce que je ne sais plus qui je suis. »

Avec l'arrivée de l'hiver austral, sa cellule s'est transformée en glacière. Elle grelotte, à l'écart des murs gelés, recroquevillée sous la couverture élimée de la prison. Elle tient bon, même si, depuis qu'elle est enfermée, c'est sans arrêt des provocations. Les rats, les gardiennes, les détenues. Celle qui vient ramasser son pot le matin le renverse dans sa cellule, on chie dans sa gamelle, on lui supprime des repas. Voici plusieurs semaines que la détenue de la cellule voisine hurle vingt heures par jour. Tulipamwe a écrit au directeur de la prison pour demander que la femme soit soignée. Au lieu de l'ausculter, ils l'ont frappée toute la nuit. Tulipamwe ne l'a plus entendue pendant deux jours, et puis le troisième, ils l'ont sortie dans un sac. « Overdose de calmants », a dit l'une des surveillantes.

Des bruits de pas résonnent dans la coursive. Mais Tulipamwe ne veut plus regarder par la fenêtre ; pour se hisser à son niveau, elle doit exécuter des acrobaties exténuantes. Elle se sent si proche, dans la façon dont elle est traitée, dont elles sont toutes traitées, d'un animal qui voudrait mais ne peut parler. Heureusement, la luminosité est assez forte pour lui permettre d'écrire la plus grande partie de la journée. Faire glisser le stylo sur le papier l'aide à s'échapper, à relativiser. Ne pas oublier *pourquoi* elle est ici. Quand la fatigue et les privations l'atteignent trop, elle pense à ses ancêtres, à son séjour dans la forêt alsacienne. Elle et les siens ont déjà traversé tant d'épreuves ! Elle tressaute. Un bruit de clef dans la porte, une lumière comme toujours aveuglante. Une gardienne lui ordonne de se lever. Menottes dans le dos. Déambulation dans des couloirs sombres, escalier étroit en pierre usée. Elle ferme ses oreilles aux cris qui percent les murs. Au sous-sol, une succession de pièces séparées du couloir principal par des barreaux épais. On lui enlève les menottes, la pousse dans l'une d'elles. Fermeture de la grille. Une table, deux chaises. Une femme blanche, brune, tailleur-pantalon, se lève et la salue.

« Je suis avocate pour Human Rights Watch. Léna de la Mareille m'a alertée sur votre situation. »

À l'évocation de ce nom, Tulipamwe se redresse.

« D'abord, comment allez-vous ? »

Le visage de cette femme est une bouffée d'air, un paysage à lui seul. Tulipamwe assure qu'elle va très bien, mais ses traits émaciés révèlent l'ampleur de son mensonge.

« Vous avez été maltraitée ? »

Tulipamwe hausse les épaules. L'avocate pose sa main sur la sienne. Elle lui promet une couverture et des repas réguliers.

« Bon. Nous n'avons pas beaucoup de temps. Vous êtes accusée d'avoir envoûté une équipe de travailleurs chinois, ce qui aurait entravé la construction du barrage d'Okawe. Avant de poursuivre, j'aimerais que vous commentiez. »

Pour la première fois depuis des mois, Tulipamwe rigole. Que dire ? Comment expliquer ?

« Alors, si on considère qu'un envoûtement est une énergie sale que l'on projette sur quelqu'un d'autre, non, je n'ai jamais envoûté personne. Par contre, il est vrai que j'ai utilisé ma connaissance des énergies pour faire capoter ce projet. Mais je n'ai jamais travaillé contre les ouvriers du chantier. Je travaille pour le vivant. Avec la lumière. »

L'avocate fronce les sourcils.

« Attendez, je ne vous suis pas tout à fait. Vous confirmez que vous avez eu une quelconque influence sur les membres du chantier ?

— Indirectement, oui.

— C'est-à-dire ?

— C'est-à-dire que j'ai demandé à l'univers, au monde invisible, d'empêcher cette zone d'être détruite. »

L'avocate se retient de sourire. Tulipamwe lit dans ses pensées : son interlocutrice hésite à lui faire envoyer un psychiatre. Pour revenir à une dimension plus terre à terre de l'affaire, la prisonnière demande quels éléments sont présents dans le dossier.

« Eh bien, hésite l'avocate, il y a une première déclaration d'un certain Karipe qui affirme que vous êtes une guérisseuse de grand talent et que vous avez fait des alliances avec toutes sortes de démons. Vous auriez même ressuscité un mort. Et puis, les responsables des travaux témoignent d'une série assez incroyable de calamités qui se sont abattues sur le chantier. »

Tulipamwe la scrute, évalue ses capacités.

« Vous ne croyez pas que j'ai pu arrêter un barrage rien qu'avec des pensées positives, n'est-ce pas ?

— Non, en effet.

— Alors, défendez le dossier dans ce sens. Soyez cohérente avec vous-même. Peu importe que l'envoûtement soit un sport national en Namibie, peu importe que, par trois fois, mon peuple ait fait appel à une guérisseuse twa pour me sauver la vie.

— Si l'on exclut toute intervention du monde invisible, comme vous l'appelez, il n'y a en effet rien de très solide contre vous. Mais est-ce que vous êtes prête à nous suivre, en tout cas à ne pas nous contredire ? »

Soudain, Tulipamwe est fatiguée de cette discussion.

« À qui voulez-vous que je parle, du fond de ma cellule ? De toute manière, cette histoire ne se plaidera pas au tribunal. »

L'assurance de Tulipamwe étonne son interlocutrice. Mais la gardienne frappe les barreaux de sa matraque : la demi-heure réglementaire du parloir avocat s'est écoulée. Tulipamwe a encore des questions en suspens.

« Vous avez des nouvelles de Jean-Charles Suren ?

— Nous sommes bien sûr en contact avec votre père. Il voyage beaucoup ces temps-ci, nous avons du mal à le joindre. »

Pendant que la gardienne lui enfile de nouveau les menottes, Tulipamwe prend aussi des nouvelles de Léna, puis elle crie que la couverture, c'est urgent, peut-être aussi quelques vêtements, et rebelote, couloirs, escalier, coursive, jusqu'à son cachot glacé. Elle n'a plus la force de rester assise, elle médite maintenant allongée.

Je ne compris pas tout de suite pourquoi on s'était tant inquiété. Ma disparition avait été annoncée dans la presse, les journaux télévisés, mon visage placardé sur tous les murs de la région ; les gendarmes avaient ratissé le département et plus loin encore. Personne ne saisissait comment j'avais pu leur échapper. Moi non plus d'ailleurs, car je n'avais fui personne. Il faut dire que nous, Himbas, sommes experts à construire des abris qui se fondent dans la nature, nous jouons à ce petit jeu dès notre plus jeune âge.

Sur mon lit d'hôpital défilent policiers et journalistes qui veulent tout savoir de mes techniques de survie. Après trois semaines dans la forêt, je suis ce qu'ils appellent « une miraculée ». Je réponds volontiers à tous, mais lorsque je comprends que mes propos vont être publiés, je mens sur un point : je ne peux pas avouer que je n'ai pas réussi à faire du feu. Si jamais ce manquement arrivait aux oreilles de mon peuple… Moi, Tulipamwe, fille du clan du Koudou, si j'étais parvenue à allumer un feu, j'aurais pu tenir des mois. On ne m'aurait pas retrouvée dans cet état.

Jean-Charles, qui me rend visite tous les jours, me confie qu'il m'a crue morte. Que, même quand on lui a montré mon corps, il me croyait encore morte. Je ne ressemblais plus à rien. Un sac d'os couvert de moisissures, griffé des pieds à la tête, en état d'hypothermie avancée. On a dû me couper l'index de la main droite – une méchante blessure, la gangrène avait commencé à se propager – et deux bouts de doigt de la main gauche qui avaient gelé. Bref, j'y ai laissé quelques plumes.

Jean-Charles veut me laisser le temps de me remettre. À ma sortie de l'hôpital, je réintègre ma chambre dans son appartement. Une infirmière vient tous les jours changer mes pansements. Daphné n'est pas ravie de m'avoir à domicile, j'entends parfois des éclats de voix venant de la cuisine, mais Jean-Charles refuse de me renvoyer en Namibie dans cet état. Pour m'occuper, il met à ma disposition les trois premiers rayons de sa bibliothèque, les étages du haut n'étant, d'après lui, pas encore de mon âge. Je dévore les aventures de D'Artagnan et de Julien Sorel. C'est prenant, mais je ne peux m'empêcher de me demander pourquoi ces hommes et ces femmes sont si compliqués. Ils ne peuvent aimer une personne du sexe différent sans se tourmenter et culpabiliser. Léna, qui me rend visite après ses cours, m'explique que c'est à cause de la religion, que celle-ci a inculqué aux chrétiens que le sexe est péché et qu'il est plus convenable d'en souffrir. J'ignore si je dois la croire, je n'ai rien entendu de la sorte dans les discours de Jésus. Mais j'ai d'autres soucis : les hallucinations de la forêt reviennent me hanter la nuit. Et j'implore en vain mes ancêtres de me libérer.

Même si je décide d'en parler à Jean-Charles, je ne parviens pas à lui révéler précisément la nature de mes tourments. Je lui dis seulement que le sommeil me fuit, que mes nuits sont pleines de terreurs. Que mon ancienne blessure à la jambe s'est réveillée, que mes doigts manquants me lancent.

En bon stratège, il établit un plan de bataille. D'abord, il statue que l'oisiveté ne me réussit pas, et il m'inscrit à des cours par correspondance. Un professeur particulier m'aide à étudier. Il demande aussi les services d'un kiné pour faire travailler ma jambe et mes mains. Enfin, il m'envoie rencontrer Madame Audrey.

Madame Audrey, une vieille dame toute ridée qui, dans sa jeunesse, a bourlingué sur la plupart des continents, est psychologue. Ethnopsychologue, plus précisément. Dans son bureau trônent des masques dogons, des statuettes hopis, des bouddhas du Cambodge. Elle ne connaît pas les Himbas, mais elle me pose beaucoup de questions, veut tout savoir de mes croyances et se montre particulièrement intéressée par les liens qui nous attachent à nos ancêtres. Je lui raconte mes hallucinations et mes cauchemars. Très vite, elle émet l'hypothèse d'un secret de famille, d'une ombre, et me suggère d'interroger mon père, voire mon grand-père s'il est encore vivant, sur leurs ascendants. Ont-ils fait la guerre ? Si oui, laquelle ? Quel rôle y ont-ils joué ?

« Oh, mais mon père m'a déjà tout révélé. Chez nous, la transmission est très importante, je suis à peu près sûre qu'il ne m'a rien caché.

— Je ne parle pas de votre père himba, mais de votre père français, celui chez qui vous habitez.

— Oh, lui ? Mais il n'est pas mon père !

— Votre mère est bien tombée enceinte suite à un rapport sexuel avec lui ? Donc, quel que soit l'affectif en jeu, il est votre père. Votre géniteur, si vous préférez. Vos cellules portent en elles cinquante pour cent de son ADN. »

Ses yeux trop francs, sa voix trop claire, tout m'énerve chez elle. C'est Simbatere qui a mis la graisse sur le ventre de ma mère, j'appartiens au clan du Koudou, tout le monde chez moi peut en attester ! Mais Madame Audrey n'en démord pas. Elle répète que mon corps est porteur de l'histoire de Jean-Charles et de celle de sa famille. Que je dois commencer par accepter cette vérité.

Le soir même, je suis prise de convulsions, accompagnées d'hallucinations. Madame Audrey m'a montré la structure de l'ADN et, dans mes visions, les deux brins se battent entre eux. La partie himba est de loin la plus agressive, elle essaie d'anéantir la blanche. Je suis un vrai champ de bataille, chacune de mes cellules me fait souffrir, avec des douleurs fulgurantes au niveau de mon index perdu. Les médecins se succèdent à mon chevet. Enfin, je suis hospitalisée, et l'on me diagnostique épileptique. Je regrette les guérisseurs de mon pays, car je comprends que les anticonvulsivants, s'ils peuvent calmer mes crises, ne guériront pas mon mal. J'invoque l'aide de mes ancêtres, mais ils s'avèrent les plus violents, veulent faire la peau à Jean-Charles et à tout ce qu'il m'a légué.

Une nuit, mes ancêtres himbas et hereros, petits bonhommes vivant à l'intérieur de mon corps, envoient leurs lances dans toutes les directions, sans distinction, aveuglement. J'ai beau leur hurler d'arrêter, ils déchirent mes chairs, peu importe que j'aie mal, que je meure, ils ont besoin d'assouvir leur vengeance. Un métis aux yeux bleus, tout comme moi, prend le contrôle de mon être en reprenant les paroles de Jésus : « Pardonnez jusqu'à soixante-dix-sept fois. » Aucun des Hereros ne l'écoute, alors il s'adresse à moi : « Ce corps est le mien, et c'est à moi de décider ce qui s'y passe. »

Je me réveille en larmes.

Je suis à peu près rétablie et j'en profite pour faire de courtes promenades dans le quartier avec Léna. Les conseils du métis et de Madame Audrey continuent de tourbillonner dans ma tête. Je comprends que, si je veux survivre, je dois modifier de toute urgence quelque chose en moi. Accepter d'être la fille de Jean-Charles ? Ne voyant aucune alternative, je décide de m'engager sur le chemin de cette filiation, ce qui me donne le droit et le devoir de me renseigner sur mes nouveaux ancêtres.

Je commence donc à cuisiner mon deuxième père. Néanmoins, je garde en mémoire ses réactions violentes lorsque j'ai essayé de le questionner sur ses parents. Pour l'amadouer, je l'appelle « papa ». Moi qui connais sa faiblesse pour la dialectique, je m'efforce, avec l'aide de Léna, d'élaborer des raisonnements imparables.

« Puisque je t'appelle "papa", comme tu l'as toujours souhaité, lui dis-je un soir au dessert, j'accepte désormais d'appartenir à ta lignée. Mais on ne peut adhérer entièrement à une chose sans en être pleinement conscient. Tu sais aussi que, pour les Himbas, sans de bonnes relations avec la lignée, il est impossible d'occuper une place harmonieuse dans le monde. Afin de réunir en moi les deux parties, himba et française, et de les faire coexister de façon équilibrée, afin que l'une enrichisse l'autre et vice versa, j'ai besoin d'en savoir plus sur toi et sur ceux qui t'ont précédé. Pour ne rien te cacher, cela donnerait aussi du sens et de la chaleur à ce "papa" qui, pour l'instant, me blesse encore un peu les lèvres. »

Mes petits discours le font sourire, et il me livre les informations au compte-gouttes : ses parents se sont rencontrés à la fin de la Seconde Guerre mondiale, près de Reims. Lui avait une vingtaine d'années, elle en avait dix-sept ; elle avait perdu ses parents dans un bombardement et s'occupait de jeunes enfants dans un orphelinat. Une beauté. Lui était lieutenant artificier dans la Wehrmacht. Je sursaute.

« Un Allemand, donc ?

— Oui, avoue-t-il en soupirant.

— Quoi, ton père est allemand, et tu ne m'en as jamais parlé ? »

Jean-Charles hausse les épaules, les yeux rivés au sol.

« Tu sais, les Allemands n'étaient pas tous ce que tu crois…

— « Ce que je crois » ? Mais qu'est-ce que tu sais de ce que je crois ? »

Un long silence s'installe entre nous. Tel un brouillard dense que nous regardons l'un et l'autre surgir des profondeurs. Nous sommes dans le couloir, au seuil de ma chambre, et nous n'osons plus bouger.

« Alors, ton père, quel genre d'Allemand était-ce ? »

Jean-Charles déglutit difficilement, sa pomme d'Adam semble complètement bloquée. Il finit par murmurer :

« Mon père était un Allemand amoureux. Un Allemand qui a trahi son pays pour aimer ma mère. »

Puis il tourne les talons. Comme chaque fois que nous abordons le sujet de sa famille, il regagne son bureau pour s'y enfermer. Mais cette fois-ci, je le suis.

« Papa, tu vas gentiment me raconter ce secret de famille que tu me caches, OK ? Sinon, il me tuera. C'est pas moi qui le dis, c'est l'ethnopsychologue chez qui tu m'as envoyée. »

À ma grande surprise, Jean-Charles hoche la tête et me demande de le rejoindre dans la pièce. Il saisit un album photo et s'affale lourdement dans un fauteuil.

Jeanne et Karl. Au moment de la retraite allemande, Karl choisit de rester avec Jeanne. Il avait d'abord fait passer à la Résistance des documents qui détaillaient les options de retraite des troupes allemandes. Puis, au lieu de faire sauter une série de ponts sur la Marne comme ses supérieurs le lui avaient demandé, il avait bombardé le dépôt de munitions allemand. Karl et Jeanne, le premier mariage franco-allemand d'après guerre. Deux ans plus tard, Karl s'était fait naturaliser, avec les remerciements du gouvernement français qui l'avait qualifié de « héros », et il avait transformé son patronyme « Zuren » en « Suren ». S'ensuivit une belle carrière dans le corps des Mines, Jeanne avait ouvert une petite boutique de couture dans le centre de Reims. Jean-Charles me montre les photos : mes grands-parents à bicyclette, en voiture, devant la cathédrale de Reims… Le couple a l'air heureux, même si je note une grande tension dans les mâchoires de mon grand-père. Ma grand-mère, une femme aux longs cheveux clairs, irradie une force de vie très forte, mais je distingue aussi dans ses yeux beaucoup de colère.

« Tu vois, rien de particulier, soupire Jean-Charles, si ce n'est qu'ils ont mis dix-huit ans à m'avoir ! Il paraît que j'ai été conçu le soir de la signature par de Gaulle et Adenauer du traité de l'Élysée qui, après trois guerres, officialisait enfin l'amitié franco-allemande. Je suis en quelque sorte un symbole de la réconciliation entre les deux pays ! Et puis, peu de temps après que ma mère est tombée enceinte, mon père a déclaré un cancer fulgurant, trois mois d'agonie, et voilà. Je devenais orphelin de père. »

Dans un premier temps, cette histoire suffit à calmer ma curiosité. Je reprends mes études, mes séances chez Madame Audrey, je commence à sortir avec Léna et quelques amis à elle, un film au cinéma, un verre place de la Sorbonne. Mais mes crises reprennent. Alors je reviens à la charge. J'apprends que le père de Karl est mort sur le champ de bataille, à la fin de la Première Guerre mondiale, quand son fils était lui aussi dans le ventre de sa mère. Mon grand-père avait donc été élevé en partie par son oncle, avec lequel les rapports n'avaient pas été faciles. La mésentente avec le reste de sa famille aurait même été, outre la beauté de ma grand-mère, l'une des raisons qui l'aurait poussé à rester en France après la guerre.

Puis, un soir, alors que nous regardons ensemble le journal télévisé – un reportage faisant état de la dégradation de tombes de juifs –, Jean-Charles balance son verre de whisky contre l'écran et hurle :

« Mon grand-oncle était un putain de nazi ! Voilà, t'es contente ? Il était médecin SS à Dachau. Maintenant que tu le sais, tu crois que tu vas mieux vivre ? Tu crois que je vis comment avec ça, moi, hein ? Il s'appelait Karl Zuren, comme mon père ! Et moi, je suis leur seul héritier à tous les deux. »

Il est parti s'enfermer dans son bureau, alors je frappe à la porte de leur chambre et je demande à Daphné ce que sont « un putain de nazi » et un « SS ». Elle ouvre et me regarde, presque avec douceur, en répétant « Oh, pauvre petite ! », « Oh, pauvre petite ! », et m'explique que les nazis ont tué beaucoup de gens. Je compatis, mais ils ne sont pas les seuls, et je ne comprends pas pourquoi Jean-Charles et Daphné en font une telle affaire.

Les journées sont longues, je tourne en rond dans l'appartement. Pour passer le temps, je feuillette les livres de la bibliothèque de Jean-Charles. Je n'attends pas sa permission pour m'aventurer hors des étagères autorisées, et je découvre ainsi de magnifiques et étonnants textes d'Apollinaire, d'Aragon ou encore de Georges Bataille. Jusqu'au jour où, juchée sur un escabeau, je tombe sur une série d'ouvrages sur la Seconde Guerre mondiale. Je saisis alors ce qu'est un nazi et ce que signifait, à une certaine époque, être juif.

Je remets le sujet sur le tapis.

« Papa, lui dis-je un soir en posant ma main sur son épaule. J'imagine combien la découverte de ce qu'était ton grand-oncle a pu être difficile pour toi. Je comprends pourquoi tu as cherché à me la cacher. Mais ça ne doit pas t'empêcher d'être en lien avec ta lignée, au contraire. À un certain niveau, ton père a déjà réparé une partie des horreurs commises par ton grand-oncle. Il n'a pas trahi l'Allemagne, il a dit non au régime nazi et a choisi la vie. Remercie-le pour ça, relie-toi à lui. Et puisque tu es le seul héritier de ton grand-oncle, tu dois réparer ce qu'il a fait. Il faut aller en Allemagne, demander pardon à ceux qu'il a tués ou torturés. Si tu ne le fais pas, ce sera à moi de le faire ! »

Bien sûr, Jean-Charles m'envoie balader.

Un jour que je suis seule à l'appartement, mon regard quitte la grande bibliothèque et s'oriente vers les rayonnages qui entourent le bureau de « papa ». Certains sont couverts d'une plaque de verre fermée à clef. Sur les dos des ouvrages ainsi protégés, je peux lire : *A History of Namibia*, *Germany in Africa*, *German Colonial Rule in Namibia*, *The Herero-German War in 1904*, *German Atrocities and Breaches of the Rules of War in Africa* et *The Herero Genocide*. À côté, une épaisse chemise en carton sur laquelle est écrit *Karl Zuren*. Sans réfléchir, je fouille toutes les boîtes, les tiroirs, pour trouver la clef. Je la découvre dans un petit éléphant en porcelaine. Quand je sors la pochette de l'étagère, elle me brûle les doigts, je la laisse tomber par terre. À genoux sur le parquet, j'écarte les élastiques, ouvre les rabats. La première chose que je vois est une carte postale du début du siècle montrant un soldat allemand réjoui qui empaquète une pile de crânes humains. Derrière lui, des Hereros faméliques enchaînés en ligne, le cou pris dans une énorme bille de bois. Une légende ajoutée au feutre indique que le soldat est le lieutenant Karl Zuren.

Tout est là. Des dizaines de photos avec Karl Zuren brandissant fièrement son fusil au-dessus d'un tas de cadavres. Karl Zuren, la chicotte à la main, et des hommes au dos ensanglantés. Karl Zuren devant une ligne de Hereros pendus. Karl Zuren devant une ligne de corps brûlés. Karl Zuren devant un champ de crânes. Karl Zuren, le sourire jusqu'aux oreilles, enlaçant deux femmes hereros cadavériques. Sur toutes les photos, l'éclat de ses yeux montre son excitation, sa joie. Dans une lettre à sa fiancée, il se vante de la facilité avec laquelle il s'enrichit dans la colonie : il lui suffit d'ouvrir les tombes, la nuit, et de s'emparer des crânes, les réserves sont inépuisables et ils en proposent un si bon prix en Allemagne. Ses soldats adorent ces escapades nocturnes, c'est vivifiant. Il lui envoie un collier en ivoire et en argent finement ciselé, trouvé sur le macchabée de la fille d'un chef. Il chante ses talents de faussaire : les chefs hereros refusent trop souvent de signer les traités et de brader leurs terres, alors il imite leurs signatures, se contente parfois d'une simple croix, qu'importe si les nègres savent lire et écrire. Son zèle lui a valu une promotion. À un ami de Berlin, il écrit le bonheur d'avoir autant de négresses sous la main, qu'il partage avec ses soldats, plus dévoués encore du fait de sa générosité. D'ailleurs, Karl ne quitte jamais son appareil, il s'est construit une petite chambre noire où il développe lui-même ses photos. Dans une enveloppe, une série d'images pornographiques : une femme herero, nue et assise sur un rocher, écarte les jambes. Une seconde, nue encore, soulève ses seins avec ses mains. Mais la maigreur des corps, les regards vides et les visages abattus contredisent la liberté des postures. L'une des photos montre cinq soldats allongés, le pantalon baissé, sur autant de femmes noires, avec pour arrière-plan les sables du désert. On ne voit pas le visage des femmes, mais autour d'elles, des soldats les regardent en souriant. J'imagine qu'ils attendent leur tour. Les noms des cinq violeurs sont écrits au dos du document. La dernière enveloppe, de grande taille et particulièrement épaisse, porte l'inscription *Obersturmführer K. Zuren, 1940-1944.*

Quand Daphné revient de ses courses, j'ai balancé sur les murs ou par la fenêtre la plupart des affaires de Jean-Charles, j'ai vidé ses bibliothèques, renversé ses étagères. Prévenu, il se dépêche de rentrer. Daphné a essayé de me maintenir mais ma force est sans limites, ma belle-mère gît à moitié assommée contre le sofa. Debout au milieu de la pièce, je ris comme une possédée, la masse de documents à bout de bras. Lorsque Jean-Charles tente de me faire asseoir, je le frappe au visage, nous roulons sur le parquet, je reçois plusieurs claques, il est sur moi, je ne peux plus bouger, mais je peux encore parler.

« Comment as-tu pu faire un enfant avec ce bagage ? »

Il se relève, blême, abat son poing sur son bureau. Il dit qu'il voulait m'en protéger, qu'il n'est pas responsable des actes de son grand-oncle, qu'il est le premier à en avoir honte. Moi je crie qu'il avait le choix de perpétuer la lignée ou non, que j'aurais préféré ne jamais venir au monde, c'est déjà assez difficile comme ça, grandir entre deux cultures, n'être ni de l'une ni de l'autre, mais là… Il n'avait qu'à engrosser une Allemande, une femme qui partageait un passé similaire ! A-t-il idée de ce que ça fait d'être à la fois d'une lignée de génocidaires et de génocidés ?

« Comment je vais vivre avec ça, maintenant ? Tu n'avais pas le droit de baiser ma mère, pas avec cet héritage. Tu as fait *comme ton grand-oncle*, tu es *comme ton grand-oncle* ! »

À ces mots, il me soulève jusqu'à ma chambre, me balance comme un paquet sur mon lit, m'ordonne de faire mon sac.

Je rentre en Namibie.

Matumbo a la délicatesse de ne pas poser de questions. Il pousse simplement un petit sifflement admiratif en découvrant ma coiffure afro. Ses yeux tombent sur mes bouts de doigt rognés. Je le sens désolé mais il est pressé, il a une réunion au ministère de l'Agriculture et me laisse à l'entrée de l'autoroute avec un peu d'argent et quelques instructions. Je dois prendre un taxi collectif jusqu'à Opuwo ; ensuite, je trouverai bien une voiture qui m'amènera à Omuhonga… Matumbo me lance que je peux rejoindre mon père ou l'école en l'attendant, que l'on parlera à son retour, qu'il tuera même une vache pour me réintégrer dans la communauté, mais là, il a des affaires autrement plus urgentes à régler.

La peur ne me lâche pas du trajet. Peur de rentrer et de me montrer sans mes tresses, sans mes doigts, mais surtout telle que je suis désormais, avec le sang d'un monstre dans mes veines. Comment regarder mon père en face, alors que le grand-oncle de mon géniteur a probablement violé ses aïeules ? Comment embrasser ma mère, alors que j'ai coupé mes tresses sans l'accord de mon clan, que j'ai manqué à ma parole de rentrer, que j'ai même, l'espace de quelques semaines, appelé un autre « papa » ? Et tout ça pour quoi ? Pour finir maudite par cet autre père. Maudite deux fois.

Incapable de rejoindre le campement d'Omuhonga, je traîne plusieurs jours à Opuwo. Quand j'ai épuisé mes économies, je fais la manche devant la station-essence, quémandant des piécettes aux touristes. Mais ceux-ci ne donnent qu'aux femmes traditionnelles qui vendent des bijoux et qui valent la peine d'être photographiées. Je fouille les poubelles derrière le passage des Occidentaux. Je vends à un jeune Herero plus en fonds que moi mon téléphone portable inutilisable en Namibie, puis mes habits, enfin la totalité du contenu de mon sac. Jimmy, qui achète mon appareil-photo en contrepartie d'un repas, m'offre également une douche, une nuit dans un lit propre et quelques conseils. Si je ne veux pas revenir dans ma famille, j'ai deux solutions : soit vendre mon corps, mais c'est assez peu rémunérateur dans la région. Soit, beaucoup plus rentable, vendre mes talents de polyglotte. Car, pendant ma nuit agitée, j'ai parlé anglais et français, et il l'a remarqué. Les touristes sont très demandeurs d'interprètes pour les guider dans les campements himbas. C'est du gâchis que de ne pas en profiter, il suffira simplement d'éviter les campements des miens.

Je reprends mon poste devant la station-essence, où je propose désormais des visites journalières commentées dans les campements himbas pour trois cents dollars namibiens, plus le gîte et le couvert. Généreux, les touristes ajoutent en général un pourboire, souvent aussi quelques objets – un couteau, un vêtement, une couverture. En une journée, je peux gagner l'équivalent d'une belle chèvre.

Bizarrement, la plupart des voyageurs répugnent à donner de l'argent aux Himbas que nous visitons. Ils offrent plutôt de la farine, du sucre, des couvertures. J'ai beau leur assurer que nous connaissons l'argent, que nous en avons même besoin puisque nous devons payer les vaccins de nos vaches, nos soins au dispensaire, l'école des enfants, j'ai beau leur parler de mon beau-père qui a même un compte en banque, rien n'y fait. Ils ont peur que leur argent nous « pollue » ou qu'il nous rende alcooliques.

Ma peau claire, mes yeux bleus et le fait que je ne porte ni l'ocre ni les tresses posent également problème. Pour les Occidentaux, je ne suis qu'une métisse, une « demie ». Or ils veulent de l'*authentique*, de vrais primitifs qui n'ont jamais vu de touristes. Ils ont recours à mes services d'interprète, ont besoin de moi pour pénétrer dans les villages et discuter avec les *véritables* Himbas, mais mes explications n'ont aucune valeur, ils mettent en doute tout ce que je leur raconte. Au lieu de valoriser ma part himba, ces virées m'amènent à douter l'avoir jamais été. Malgré la bonne nourriture et les cachets d'aspirine que je peux m'acheter, je m'affaiblis de jour en jour. Je me mets à tousser. Mon état commence à faire fuir les Blancs.

Un matin, Matumbo débarque à la station-essence. Je n'ai pas le temps de disparaître. Il m'attrape par le bras, me pousse sur le siège avant de la voiture.

Nous roulons sans un mot jusqu'au campement de mon père. Tout le clan y est réuni : mon père, ma mère, mais aussi mes oncles, mes cousines, mes cousins et même Janita, la grande guérisseuse twa, qui ne se déplace que pour les affaires importantes. Mais au lieu de m'embrasser et de se jeter à mon cou comme ils l'avaient fait à chacun de mes retours, tous me crachent dessus, me traitent de prostituée, de chacal. Matumbo me traîne jusqu'au feu sacré, les autres suivent en continuant à m'insulter et en me jetant de petites pierres ou des morceaux de bois. Je vois bien qu'ils font en sorte de rater leur cible mais je me protège quand même avec les bras et baisse la tête pour ne pas croiser leur regard. Ils prennent place autour du feu, Matumbo et un de mes oncles me tiennent fermement chacun par un bras, et mon père annonce que j'ai trahi la lignée. Les ancêtres sont en colère contre moi. Par mon comportement, j'ai mis en danger tout le groupe, car j'ai oublié d'où je viens et qui sont les miens. Matumbo et mon oncle m'obligent à relever la tête, et mon père me crache au visage. Ma mère me qualifie d'ingrate, de sans-cœur ; pour elle, en coupant mes tresses, j'ai offensé ses frères qui avaient donné leurs cheveux pour les confectionner ; elle me reproche d'avoir préféré la vie des Blancs, alors que c'est son lait qui m'a permis de grandir, et elle me crache à son tour au visage. Mes oncles me blâment de ne penser qu'à moi, mes cousines de ne plus être la même, et ils me crachent encore au visage. Je n'arrive plus à me contenir, je suis comme une outre percée. Seul Matumbo ne dit rien, il se contente de m'empêcher de fuir. Mon père insiste pour que toute la colère soit exprimée, rien ne doit rester enfoui, et j'ai droit à un second tour au cours duquel tous me frappent du plat de la main. Enfin, Matumbo prend la parole.

Oui, je me suis montrée faible, j'ai trahi, mais lui aussi a fauté. Il m'a sortie du chemin des ancêtres, il m'a demandé de suivre le Blanc pour en saisir le secret et le rapporter aux Himbas, mais lui, Matumbo, n'avait pas conscience que ce secret serait trop lourd à porter pour une enfant. Tout le clan m'a laissée seule avec des difficultés que lui-même n'aurait peut-être pas su gérer. Les ancêtres n'ont pas davantage compris sa démarche, eux aussi n'ont pensé qu'à eux. À ces mots, tout le monde réagit avec colère, mais Matumbo impose le silence. Le monde a changé, nous ne pouvons plus vivre comme avant, en ne nous occupant que de nous-mêmes. Le projet de barrage nous a démontré que de nouvelles menaces peuvent survenir de l'extérieur et que nous avons besoin de nouvelles alliances. De même, on ne peut juger mon attitude à l'aune de nos connaissances habituelles. Si j'ai failli dans ma mission, alors c'est l'échec de tous. Il affirme que je me suis crue perdue, abandonnée, indigne de vivre, mais qu'en vérité je suis une pionnière. Il salue mon courage. Puis il se dresse devant moi et me demande d'exprimer à mon tour mes griefs et ma colère. Il m'ordonne de le frapper.

« Fort, plus fort ! », répète-t-il à chaque coup.

Enfin, Janita, la guérisseuse, vient me faire boire une potion. Selon elle, les circonstances m'ont obligée à commettre des choses contraires aux lois de mes ancêtres, et il faut sacrifier une vache afin d'apaiser leurs esprits et de me permettre d'être réintégrée dans la communauté.

Puis c'est le trou noir, je ne me souviens plus de rien. D'après mes cousines, j'ai livré le secret d'une lignée de Blancs qui empoisonnait mon sang. Une double malédiction : d'abord, une capacité à fermer leur cœur, ce qui les rend insensibles à leur environnement et les autorise à commettre le mal sans en avoir conscience. Ensuite, une avidité et une ambition démesurées, qui les incitent à se creuser la tête et à faire de nouvelles découvertes, mais qui ne sont hélas reliées ni à la terre, ni au ciel, ni aux ancêtres.

Mon père, mes oncles et Matumbo ont médité longtemps mes paroles, puis Janita a tiré de moi une quantité indéfinissable d'esprits et de fantômes, aussi bien noirs que blancs. Je suis restée dans une sorte de coma deux jours et deux nuits, temps pendant lequel les miens ont sacrifié et mangé la vache offerte par Matumbo.

À mon réveil, ma mère me cajole tel un bébé, rit, m'embrasse, mes cousines également, suivies de mon père et de mes oncles, puis Matumbo me porte jusqu'au feu sacré. Là, mon père invoque les ancêtres et leur signale que sa fille est enfin de retour. Mais une nouvelle fille est également née cette nuit, et elle se nomme Deux-Moitiés. Car Janita a découvert que j'ai ramené de France une autre personne, comme si je m'étais dédoublée. Il n'était pas possible de chasser l'une sans mettre l'autre en danger. Pour éviter qu'elles ne se disputent la place dans mon corps, il était important de reconnaître chacune des deux. Simbatere reste le père de celle que je suis depuis la naissance. Matumbo se propose d'adopter celle venue de France.

En appelant Matumbo « papa » pour la première fois, je suis submergée par un sentiment de gratitude. J'ai maintenant deux pères himbas. Je reviens d'un long voyage.

Plus tard, dans la soirée, mes deux pères m'informent que, pour me permettre de continuer à étudier dans les meilleures conditions, les ancêtres ont accepté que j'abandonne l'ocre et les tresses. En contrepartie, je m'engage à mettre au service de la communauté le pouvoir que me donneront les connaissances acquises.

En adoptant ma deuxième moitié, Matumbo me permet d'échapper à mon double lignage, à un moment où je suis complètement incapable de l'assumer. Il m'a sans doute sauvée de la folie.

En toute logique, je devrais intégrer une classe de sixième ou de septième année[1], ce qui signifie partir en pensionnat à Opuwo, voire plus loin. Mais mes pères m'estiment trop fragile pour vivre en ville, ils pensent que j'ai besoin de renouer avec mon environnement, avec mon clan et la tradition. Je n'ai moi-même aucune envie de réitérer l'expérience vécue à la pension Notre-Dame, j'aspire au calme et à la sécurité, un cocon à l'intérieur duquel ma double identité puisse s'épanouir.

Je rejoins donc l'école de Mister Kavari. Ce dernier m'aménage un programme particulier, avec beaucoup de temps libre et de lecture. Il se charge, quand il va à la capitale, de trouver des ouvrages susceptibles de satisfaire ma curiosité. J'approfondis ainsi ma connaissance de la période de la colonisation allemande.

1. L'équivalent, dans le système français, de la sixième ou de la cinquième.

J'apprends que les Hereros n'ont pas été les seuls à être exterminés, il y a eu aussi les Namas, une ethnie de pasteurs avec lesquels les Hereros ont longtemps été en guerre. Mais, face à la brutalité des Allemands, les deux peuples ont fini par faire la paix, quoiqu'un peu tard. À l'instar des Hereros, l'élite nama était christianisée. C'était un peuple éduqué, indépendant, armé et mobile, qui se considérait comme l'égal des Blancs. Hendrik Witbooi, le chef de l'un des clans namas les plus puissants, ne se contentait pas de connaître la Bible par cœur, il la commentait, discutait le moindre de ses versets. C'était aussi un fin lettré et un lecteur régulier des quotidiens du Cap. Dès 1892, il avait tout compris de la conférence de Berlin et de ses conséquences pour les peuples africains. Il avait un réseau de correspondants établi dans le monde entier, et c'est grâce aux nombreux courriers qu'il leur envoyait que l'on peut avoir aujourd'hui d'autres traces qu'allemandes sur ces événements. Savant stratège, Hendrik Witbooi était également un chef spirituel exigeant. Alors que les Allemands avaient massacré plusieurs de ses enfants, il faisait accompagner les femmes allemandes et leur progéniture chez les missionnaires pour les mettre à l'abri des combats. J'aime aussi beaucoup l'histoire de Jacob Morenga, dit « le Napoléon noir », un métis nama-herero qui a su rallier à lui des hommes de toutes origines, même paraît-il un Blanc australien ! Il avait commencé le combat avec onze hommes ; deux ans plus tard, il en avait près de trois cents. Fervent partisan des techniques de guérilla, il se faisait un devoir de vivre presque entièrement des provisions de ses ennemis. Une nuit, il vola les chevaux d'une patrouille allemande qui dormait à quelques mètres autour du feu et laissa une lettre au commandant pour lui demander de mieux nourrir ses bêtes à l'avenir, car il n'avait que faire de montures si efflanquées. La Namibie a bien mérité son surnom de « terre des braves » ! Mais comme les Hereros, les Namas qui n'avaient pas été tués par les Allemands finirent dans les camps de concentration. Lorsque les Allemands quittèrent le pays, la moitié des Namas n'étaient plus. La plupart des Hereros et Namas christianisés portaient des prénoms hébraïques : Jacob, Salomon, Moïse, Samuel, Deborah... Je sais désormais aussi comment ont été traités les juifs en Europe. De tout cela, je ne parle à personne. Génocides, camps de concentration et travaux forcés sont mon jardin secret.

Les Himbas de mon clan ont entendu les reproches voilés de Matumbo et, afin de consolider mon identité himba, ils se font un devoir de m'impliquer dans toutes les activités collectives. Mes relations avec ma mère s'apaisent, elle m'avoue qu'un médecin d'Opuwo lui a révélé qu'elle ne pourrait plus avoir d'enfants et qu'elle m'en a longtemps voulu de l'avoir tant abîmée ; elle a aussi détesté me voir partir à l'école, puis en France, comme si moi, sa fille unique, je trahissais sa culture et ses choix de femme. Mais ma double identité règle tout. Elle ne s'adresse qu'à Tulipamwe, celle qui est sortie de son ventre. L'autre, la deuxième moitié, ne l'intéresse que pour les démarches à effectuer en ville, les papiers à remplir.

Elle n'est d'ailleurs pas la seule. Cette année-là, de nombreuses nouveautés troublent notre quotidien. Le gouvernement nous oblige à marquer notre bétail, à vacciner nos bêtes ; des fonctionnaires viennent contrôler les troupeaux. En quelques mois, bulldozers et tractopelles élargissent les pistes, les 4 × 4 roulent plus vite, les accidents se multiplient. De petits hommes au teint jaune commencent à s'installer en périphérie des villages et à vendre toutes sortes de choses pour un prix dérisoire. Opuwo se démultiplie, la ville qui n'avait connu qu'un seul supermarché ces deux dernières décennies se dote de trois grandes surfaces alimentaires, de deux magasins de vêtements, d'un de bricolage. Rapidement, les Himbas prennent l'habitude de solliciter mon aide pour comprendre le fonctionnement de leur nouveau téléphone portable ou pour déchiffrer leur dernier relevé bancaire.

Les usages et les contraintes évoluent, les mentalités avec, et le rapport des Himbas à l'école s'en trouve lui aussi modifié. Alors que, depuis la création de l'école d'Omuhonga, le nombre d'élèves n'avait jamais dépassé la douzaine, la plupart des Himbas se mettent à vouloir y envoyer au moins un garçon par famille. Bientôt, Mister Kavari me demande de l'assister en cours. D'abord, il s'agit de quelques heures par semaine d'initiation à l'anglais, ou alors je le remplace quand il n'a pas trouvé de voiture pour le ramener assez vite de la capitale. Mais les élèves sont chaque mois plus nombreux, il faut créer une deuxième classe, et l'année suivante, je m'installe sous une grande tente avec les petits. Réalisant l'un des rêves de mon deuxième père, je deviens ainsi la première institutrice himba. Matumbo me fait construire derrière l'école une petite case en terre battue dans laquelle, luxe suprême, je peux me tenir debout. Sa forme rectangulaire, normalement réservée aux Hereros, alors que les Himbas ont opté pour la forme circulaire, me permet d'y installer un vrai lit, avec matelas, et un petit bureau.

Afin de permettre aux enfants dont le campement est proche de s'occuper du bétail, je fais classe l'après-midi. Le matin, je travaille à ma propre éducation, dévorant des livres sur mes nouvelles passions, l'histoire de l'Afrique et de l'Europe. En fin de journée, je reçois les parents d'élèves qui me réclament des conseils que je suis souvent incapable de donner. Les femmes ont-elles plus de chances de survivre à un accouchement difficile à l'hôpital ou à l'extérieur du campement ? Comment empêcher les enfants de se poster sur les pistes pour quémander des bonbons, la vitesse des voitures représentant un danger pour leur vie ? Comment sanctionner les touristes qui entrent dans les campements et prennent les habitants en photo sans permission ? Peu à peu, je développe une technique qui consiste à répondre, comme Socrate, uniquement en questionnant mon interlocuteur, l'amenant ainsi à faire son propre chemin. Mon ignorance passe pour de la sagesse, et on insiste pour que j'assiste, moi, fille et pas encore tout à fait adulte, à toutes les réunions importantes. C'est une sorte d'adoubement. On m'accepte himba et différente, et on me respecte comme telle.

Mes cousines viennent parfois me chercher le soir tombé. Elles ont toutes deux été promises à des hommes plus âgés qu'elles n'aiment guère, alors que mes pères m'ont accordé le droit de choisir ma vie. Nos trajectoires diffèrent, mais mon identité double nous permet d'échapper à la comparaison et à la jalousie. Nos danses, toutes les trois dans le lit de la rivière, me relient à l'enfance, à l'insouciance. Au milieu de la nuit, il m'arrive de penser à Léna, ou au secret de Jean-Charles. Je m'interroge souvent : est-ce que Matumbo sait ? Mais je suis bien occupée, ce que je fais a du sens, mes deux pères sont fiers de moi, ma mère me montre, par plein de petits gestes, qu'elle m'aime – ou du moins qu'elle aime ma moitié Tulipamwe –, et j'écarte bien vite ces pensées mortifères. Tout comme j'évite de me demander pourquoi, depuis mon retour de France, les arbres ne me parlent plus. Je suis, je crois, simplement heureuse, et j'ai très envie de le rester.

Mon bonheur dure quatre ans. Puis Matumbo a besoin de moi, et il me prie d'honorer ma dette.

Matumbo a convoqué une grande réunion. Dans le lit de la rivière, les hommes sont assis d'un côté, sur leurs pliants, les femmes d'un autre sur un tissu pour ne pas salir leur ocre. Seul être féminin à ne pas être ocré et à bénéficier d'un siège, je me tiens toujours à la frontière des deux groupes, ni complètement femme ni totalement homme – une nouvelle espèce créée par la modernité. À la demande de Matumbo, je pianote sur mon téléphone pour rappeler aux anciens que nous les attendons. Les téléphones ont radicalement changé le temps himba : auparavant, il nous fallait des mois pour réunir la totalité des responsables de la communauté ; désormais, quelques jours suffisent, mais l'horaire reste très aléatoire. Autour de moi, ça discute bétail, pluies, pâturages, rien que de l'habituel ; personne ne se doute du cataclysme qui s'apprête à nous tomber dessus.

Enfin, mon premier père et les autres chefs de lignée rejoignent le cercle de parole. Matumbo remercie d'abord les femmes qui se sont exceptionnellement déplacées en nombre. C'est grâce à moi, plaisante-t-il, moi qui donne l'exemple d'une demoiselle impliquée dans la vie de la communauté. Mais il ne faut pas oublier que seule ma double identité m'autorise à me vêtir.

« Mesdames, je vous en prie, l'ocre est votre force et votre beauté, ne suivez pas Deux-Moitiés sur ce point ! Sauf si vous voulez vous passer de mari et travailler toute la journée ! »

L'assemblée rigole, le fait que je n'aie pas de petit copain est étrange pour tout le monde, on aime bien me taquiner là-dessus. Une fois qu'il a séduit son auditoire, Matumbo retrouve son air grave.

« En sortant du supermarché, je demande à un jeune Herero de me lire la première page du journal, et j'apprends que le gouvernement a décidé, sans nous consulter, la construction d'un nouveau barrage sur notre territoire. Nous savons tous aujourd'hui ce que signifie un barrage : des routes goudronnées, le paludisme à cause du lac de retenue, des milliers de travailleurs qui camperont sur le chantier pendant plusieurs années, montreront peu de respect pour nos chefs de clan et nos lois, voleront notre bétail, violeront nos filles, propageront des maladies du sexe, brûleront notre bois de mopane et feront de nos terres un désert. Surtout, le lac inondera vingt-huit tombes de nos ancêtres, des ancêtres de la plus grande importance, comme Katjira Muniombara et Vatima Tjitaura. Ce barrage sera le plus haut barrage d'Afrique. Il sera la mort de notre mode de vie, la mort des Himbas ! »

Un calao crie. L'assemblée est sous le choc. Mes oncles s'apprêtent à intervenir, à hurler qu'ils ne vont pas se laisser faire, mais Matumbo calme tout le monde d'un geste.

« Nous avons gagné une première fois. Cette fois-ci, nous avons une arme supplémentaire. Nous avons Deux-Moitiés, qui connaît le secret des Blancs. Avec elle, je n'ai aucun doute, nous vaincrons ! »

Je regarde Matumbo sans y croire. Cet homme, qui m'adresse son plus beau sourire, vient de me transpercer le cœur, et il n'en a même pas conscience. Il me semble que le sol vibre sous mes pieds, alors que c'est mon corps qui fait trembler ma chaise. Il faut que je parte, que je fuie, n'importe où. Je cours me réfugier dans ma case. Tandis que la réunion suit son cours, je convulse sur mon lit, ressens des décharges électriques dans ma tête, des milliers d'informations se libèrent et m'envoient des images qui se télescopent dans mon crâne. Devant moi ondulent l'ombre de mon père, sa présence rassurante qui n'est plus qu'un souvenir, mais aussi le visage de Jean-Charles et celui de son grand-oncle, les branches des arbres qui m'ont menacée dans la forêt alsacienne, les murs blancs des hôpitaux, ceux de l'appartement de Paris, Daphné et ses bains moussants, à nouveau le visage de Karl Zuren… La douleur à ma jambe et à mes doigts est intenable et je mords mes draps.

Quand Matumbo frappe à ma porte, je suis en sueur, mais les convulsions et les hallucinations se sont calmées. Il ne comprend pas pourquoi je suis partie. Je lui ris au nez : qu'attend-il précisément de moi ? Il s'assied sur l'unique chaise, prend son temps pour réfléchir.

« Dans un premier temps, que tu m'accompagnes à toutes les réunions avec le gouvernement. Je n'ai pas confiance dans leurs interprètes. Ensuite, on verra. Il nous faudra peut-être aller en Europe. »

Je dis d'accord pour l'interprétariat. Ça, je suis capable de le faire. Je n'ai pas la force de parler du reste.

Pour la première réunion avec le gouvernement, trois officiels, suant sous leur costume trois-pièces, accompagnés de gardes du corps, chauffeurs, cuisiniers, interprètes, au total une quinzaine de personnes, toutes de l'ethnie ovambo, débarquent sur le fief d'Omuhonga. L'intégralité des responsables himbas, y compris notre représentant à tous, Vetuyendera, les attendent sous les arbres.

Nous avons appris l'existence de cette réunion dite d'information dans les journaux, que Matumbo rapporte désormais chaque semaine. Les responsables himbas sont vexés que le gouvernement n'ait pas pris soin de les prévenir. Ils ont encore tous à l'esprit la manière dont, dix-sept ans plus tôt, le gouvernement avait annoncé le projet du premier barrage. D'abord, une lettre rédigée en anglais avait été envoyée à notre représentant Vetuyendera. La lettre avait mis plusieurs mois à trouver son destinataire, à une époque où ni lui ni aucun de ceux qui l'entouraient ne savaient lire, puis elle avait traîné des mois au fond de sa case. Un jour, Vetuyendera pensa à la faire lire à une ethnologue de passage. Quand il apprit qu'une retenue d'eau allait être construite sur le fleuve Kunene, il s'était réjoui : « Magnifique, notre bétail va enfin pouvoir boire toute l'année ! », et il s'était empressé d'annoncer la bonne nouvelle autour de lui. Lorsque, douze mois plus tard, des 4 × 4 rutilants siglés *NAMPOWER* appartenant au ministère de l'Énergie avaient déboulé dans son campement, Vetuyendera avait reçu les fonctionnaires avec tous les honneurs, les pressant de commencer rapidement la construction, car le bétail avait soif. Ces derniers n'avaient pas démenti, ni rectifié.

« Ce vieux fou pense que son bétail va avoir accès à l'eau du barrage, laissons-le rêver, il nous facilite la tâche. »

Il avait fallu attendre encore une année supplémentaire pour qu'un chercheur norvégien, qui faisait sa thèse sur les conséquences du futur barrage, décide de visiter chaque campement inondable et d'expliquer, cartes à la main, que l'eau monterait jusqu'aux montagnes. Pendant ce temps, le gouvernement avançait sur le projet, annonçant à tort et à travers que les conséquences sur la société himba seraient dérisoires ; d'ailleurs, ces derniers attendaient le barrage avec impatience, affirmait-il. La Banque mondiale avait accepté de financer l'étude de faisabilité, rien ne semblait pouvoir stopper la construction du grand œuvre. Sauf qu'une fois conscient de la réalité du projet, notre représentant Vetuyendera, accompagné du jeune Matumbo, s'était rendu en Allemagne, en Suède, en Suisse, ils avaient enchaîné les émissions de radio et de télé, avaient fait entendre leurs voix, et la Banque mondiale avait fini par se désengager. Sans la Banque mondiale, plus de financeurs possibles. Fini le barrage. Les Himbas avaient gagné contre le gouvernement !

C'était juste avant mon premier voyage chez Jean-Charles.

En ce mois de septembre 2009, les responsables de mon peuple sont donc assis sous les arbres, les mains serrées sur leurs bâtons, bien déterminés, cette fois-ci, à ne pas s'en laisser conter. Les officiels, gras et bedonnants – pourquoi les membres du gouvernement sont-ils tous gras et bedonnants ? –, sortent de leurs véhicules flambant neufs et, d'un regard distant, parcourent l'assemblée. Cette trentaine d'hommes à l'air chargé de rancune – les femmes se tiennent en arrière, derrière un premier rideau d'arbres – semblent les laisser de marbre. Ils se font quelques messes basses, rigolent un peu en attendant que les chauffeurs installent leurs fauteuils, puis le premier s'apprête à parler. Chose très rare chez les miens, l'un de mes oncles lui coupe la parole, affirmant que nous savons très bien ce qu'ils ont à nous dire, que nous avons lu l'information dans les journaux et que nous refusons tout projet de barrage. À la demande de Matumbo, je traduis, du ton le plus neutre possible. Un grand silence suit notre intervention. L'homme regarde ses compères, un sourire aux lèvres.

« Alors, vous ne voulez pas connaître le développement qui vous attend ? »

Matumbo se lève. D'un geste, il intime le silence aux autres.

« Nous ne connaissons qu'une sorte de développement, celui qui respecte notre mode de vie. Mais ce barrage ne va pas respecter la vie. Vous voyez cette route qui mène à Opuwo ? Pour la construire, vous avez tué des arbres. Et si vous tuez des arbres, vous tuez du bétail, et vous nous tuez. Parce que nous n'avons pas d'autres moyens de survivre. Aujourd'hui, je conduis une voiture, j'utilise cette route pour me rendre en ville. Pourtant, chaque jour, je regrette le temps où je marchais. Je me rends à Opuwo et dans la capitale pour essayer de préserver le mode de vie de mon peuple que vous tentez par tous les moyens d'éradiquer. Quand je suis en ville pour ces réunions qui ne mènent à rien, je prends le temps de la regarder, et elle m'apprend tout ce que je ne dois pas faire. Vous nous proposez de l'électricité, mais l'électricité mène à l'alcool, parce qu'elle mène à un frigidaire qui refroidit la bière, et un homme qui pense à la bière froide ne pense plus au bétail. Nous ne voulons pas de votre développement. Nous sommes heureux comme nous sommes. »

L'Ovambo rigole à nouveau. Je l'entends dire à ses voisins : « Ces babouins ont vraiment de grandes dents ! » Puis il fait remarquer que les Himbas ne représentent que 1,4 % de la population namibienne et qu'ils ne peuvent pas empêcher le reste du pays de s'éclairer et de boire des bières fraîches devant la télévision, à l'instar de toute personne civilisée. Le vieux Vetuyendera se lève alors, bien qu'il tienne à peine sur ses jambes, et brandit son bâton tout en déclarant d'une voix chevrotante que ce barrage est une tuerie, un massacre.

« Alors tue, si tu veux, mais ne fais pas semblant de demander la permission aux gens, tue-les au moins proprement ! »

L'officiel commence à perdre patience.

« Mais pourquoi vous tuerais-je ?

— Pourquoi tu tues la terre, alors ? Tu tues tout, de la vie du bétail jusqu'à celle des hommes. Je suis né dans les années du début. Je ne suis pas d'humeur à parler maintenant avec de jeunes garçons qui ne comprennent pas même ce que c'est que tuer. »

Vetuyendera retombe sur sa chaise, essoufflé. Comme mon père, il a énormément vieilli. Les autres responsables himbas s'apprêtent à prendre la parole à leur tour, mais les trois Ovambos se sont déjà levés, les chauffeurs replient les fauteuils.

« Nous ne sommes pas les bienvenus ici, affirme l'un d'eux, nous perdons notre temps. »

Ils nous saluent d'un geste de la main et les trois 4 × 4 démarrent dans un nuage de poussière.

À la demande de Matumbo, je fais le tour des rédactions de Windhoek. J'épluche les archives, tous les articles que nous n'avons pas vu passer, je rencontre les journalistes. Matumbo me paie de nouveaux vêtements et un passage chez le coiffeur et, prétendant que je suis une journaliste française – j'ai toujours un passeport français –, je vais rencontrer des politiques, des ingénieurs, et même le ministre de l'Énergie. Matumbo se réjouit de notre petite tromperie qui lui rappelle l'unique film d'espionnage qu'il a visionné dans sa vie, à l'occasion d'un voyage en avion. Il rit tel un môme en m'attendant derrière les immeubles gouvernementaux, démarre en trombe dès que j'apparais, comme si nous avions la police aux trousses. Il se prend pour le héros du film, un certain « Jamesi Bonde », et il me surnomme désormais son « agent très secret ». Le soir, nous débriefons à voix basse devant une bouillie de maïs, dans la cour du chef des Hereros où il a ses habitudes. Interdiction pour moi de parler à aucun Herero de ce que je fais. Pour tous ceux qui nous connaissent, nous sommes là afin de me trouver une école d'interprétariat. Ses yeux pétillent, et je dois avouer que je ne suis pas peu fière lorsque, avant de m'envoyer au feu, il inspecte ma tenue et ma crédibilité. Je me prends au jeu, qui s'avère rapidement payant.

J'apprends ainsi que le gouvernement, pressé, a décidé cette fois-ci de se passer de l'aide et des financements de la Banque mondiale, ce qui l'autorise à ne pas suivre nombre de préconisations environnementales. Le barrage sera financé directement par le constructeur, sans doute un consortium franco-allemand, qui se remboursera ensuite grâce à l'électricité produite. D'après les ingénieurs, le lac d'accumulation de ce barrage-là sera beaucoup plus petit que le premier, seulement soixante kilomètres carrés, mais le mur de retenue montera jusqu'à deux cents mètres : un sacré chantier, qui nécessitera un minimum de six mille travailleurs pendant au moins six ans. Ce ne sont pas seulement quelques dizaines de Himbas qui seront touchés, mais bien l'ensemble de la région qui sera transformée. Les chercheurs qui ont participé à l'étude de faisabilité me précisent qu'ils ont tous noté, dans leur rapport, la nécessité de verser un dédommagement conséquent aux Himbas, de mettre en place des règles strictes, avec des agents chargés de les faire respecter, afin de limiter les dégâts que les futurs ouvriers occasionneront dans l'organisation sociale et économique de notre peuple. Mais le gouvernement n'a pas prêté attention à leurs propositions.

« Donner deux milliards de dollars namibiens à des babouins ? Autant les faire brûler », a commenté un parlementaire.

Matumbo est persuadé qu'il y a, derrière le projet de barrage, une volonté politique de supprimer simplement notre mode de vie traditionnel. Selon lui, la SWAPO n'a toujours pas pardonné aux Himbas leur neutralité pendant la guerre d'indépendance, elle ne leur pardonne pas non plus de voter DTA[1], le parti de l'opposition, depuis la création du pays. Curieuse d'avoir un autre point de vue que celui de Matumbo, je questionne plusieurs chercheurs et journalistes. Je leur rappelle les propos d'un parlementaire, dix ans plus tôt, qui avait affirmé qu'avoir des gens encore vêtus de peaux de bêtes sur le territoire était une honte pour la Namibie ; je rappelle aussi l'absence de dispensaires, de forages d'eau potable, d'écoles adaptées, et surtout, depuis l'affaire du premier barrage, le refus du gouvernement de reconnaître les chefs himbas, sauf s'ils ont porté allégeance à la SWAPO, alors que les responsables de toutes les autres ethnies du pays, quel que soit leur parti politique, touchent une pension leur permettant de se déplacer et d'organiser des réunions. Depuis l'indépendance, le gouvernement n'a pas fait un geste ni dépensé un centime pour les Himbas. Mes interlocuteurs hochent la tête avec gravité, ils me trouvent très bien renseignée pour une petite Française. Ils commencent tous par dire qu'ils ont du mal à croire à une réelle stratégie visant les Himbas, « on n'est quand même plus au temps des Allemands et de l'extermination », et de l'avis de tous, la Namibie a vraiment besoin de cette électricité. Mais ils reconnaissent aussi que le gouvernement a clairement une dent contre nous. Plusieurs d'entre

1. *Democratic Turnhalle Alliance*, Alliance démocratique de la Turnhalle.

eux ne comprennent pas pourquoi des alternatives, avec des panneaux solaires ou des éoliennes, ne sont pas étudiées.

Ces références à l'occupation allemande me font frémir. Entre deux rendez-vous, je me suis rendue sur l'emplacement de l'ancien camp de concentration de Windhoek, à côté du fort allemand d'Alte Feste. Il n'en reste pas une trace, pas même une plaque commémorative. En revanche, pas très loin, se dresse la statue d'un cavalier armé d'un fusil, en hommage aux soldats et civils allemands morts pendant la guerre qui les opposa aux Hereros et aux Namas. Pas un mot sur les soixante-quinze mille morts indigènes.

Un soir, alors que je mélange la bouillie de maïs dans notre petite casserole de fortune, sur un feu tout aussi petit, Matumbo m'annonce que nous avons fini notre mission à Windhoek.

« Tu as été un excellent agent double, Deux-Moitiés. »

Je comprends que nous allons rentrer à Omuhonga, mais il me tend un billet d'avion. Je le regarde, interloquée.

« Je dois m'occuper du bétail. Tu te débrouilles très bien toute seule. *Jeanchal* est prévenu, il t'attend. »

Un billet pour le lendemain, en direction de Paris. Aller simple.

« Fais comme moi il y a quatorze ans, va porter notre parole dans les pays au-delà de la grande eau, ne dors pas, ne te repose pas, raconte-leur ce qu'on nous fait. Tu reviendras quand le projet aura été annulé. Et alors nous fêterons la victoire de Deux-Moitiés. »

Jean-Charles m'attend à l'aéroport. Il me serre longuement dans ses bras. Ses yeux humides me disent qu'il est heureux de me retrouver. Sur le trajet jusqu'à l'appartement, il redouble d'attentions. Daphné est en voyage d'étude à l'étranger, alors il a pris sa journée, il est à ma disposition. Sa carte de crédit dorée aussi. Il m'emmène déjeuner dans un restaurant très chic, La Coupole, où il a apparemment ses habitudes puisqu'il y salue tout le monde. Il ne cesse de me présenter comme sa fille. Les serveurs, les clients, tous se montrent étonnés et ravis : ils ignoraient que Jean-Charles avait une fille. Je ne démens pas ; à mes yeux, ils sont autant de personnes que je pourrais alerter sur notre situation. D'ailleurs, à un vieil ami de Jean-Charles qui demande ce que je viens faire en France, j'essaie de parler du barrage. Mais mon français est rouillé, je bafouille, et Jean-Charles me coupe rapidement pour répondre que nous allons profiter des retrouvailles, que nous verrons ensuite. Une fois que nous sommes seuls, j'explique à mon géniteur que du temps je n'en ai pas, c'est tout vu : je suis ici pour stopper le projet de barrage qui menace mon peuple.

Jean-Charles se décompose. Je me sens désolée pour lui, mais je ne veux pas lui mentir.

« Tu croyais que j'étais venue pour toi ? »

Jean-Charles se trouble, bredouille que oui, c'est ce qu'il avait voulu croire. Il garde les yeux baissés un long moment, jouant avec le sucre de son café. Puis il m'interroge sur mes intentions.

« Alerter la presse, parler aux médias, que l'on m'entende à la radio, à la télé, il faut que tout le monde sache ce que le gouvernement veut faire chez nous !

— Arrête de dire tout le temps "chez nous" ! Chez toi, c'est aussi ici. »

Il s'agite pour demander l'addition, fuyant mon regard. L'embellie a été de courte durée.

À l'appartement, les peintures ont été refaites, et ma chambre a été débarrassée des peluches et des jouets d'enfant. Personne n'y a vécu depuis longtemps, et tout y est un peu froid. Dans le salon, il y a de nouvelles plantes, certaines montent jusqu'au plafond, ce qui donne un semblant de vie, mais elles n'émettent pas grand-chose. Des plantes industrielles, sans doute.

C'est assez étonnant d'être dans cet appartement en l'absence de Daphné. Seule avec Jean-Charles. Nous dînons en tête à tête, un plat sous plastique que mon géniteur passe dans un four rapide. Il a l'air soucieux. Pour le dérider, je lui raconte mes élèves à Omuhonga, leur désir d'apprendre, les questions qu'ils posent sur la France.

« Tu vois, ma scolarité a quand même servi à quelque chose ! »

Comme il m'écoute, les yeux un peu dans le vague mais un léger sourire aux lèvres, je me risque à poursuivre. Peut-il m'aider dans ma campagne contre le barrage ? J'ai besoin qu'il me mette en contact avec des journalistes, qu'il me glisse des noms, des adresses. Tant qu'à faire, qu'il m'achète aussi un téléphone ! Mais Jean-Charles se prend déjà la tête entre les mains, il la secoue en répétant : « Lili, Lili, pourquoi faut-il toujours que tu appuies où ça fait mal… ? » Il semble vraiment souffrir. Je ne comprends pas. Je demande ce qui se passe. Alors, il se met debout, les deux mains plaquées sur la table, le regard rivé à ses pieds.

« Il se passe, ma petite, que je suis conseiller aux Affaires africaines au Quai d'Orsay et que la France espère bien obtenir le contrat de construction de ton barrage. Que la France est également en train de discuter avec le gouvernement namibien le droit d'exploiter la mine d'uranium de Trekkopje. Qu'il y a beaucoup d'intérêts en jeu et que, si l'on apprend que j'aide une activiste anti-barrage, je ne donne pas cher de ma peau ! »

J'accuse le coup. Je riposte avec ce que j'ai sous la main.

« Ton grand-oncle a massacré les miens, et toi, tu soutiens un projet qui va finir de tuer mon peuple ! »

La baffe part toute seule. Je porte la main à ma joue. Jean-Charles regarde sa paume. Après un moment qui semble une éternité, il tourne les talons et, d'une voix rauque, me demande de ne plus prononcer le nom de son aïeul dans cette maison.

À l'aube, nous nous retrouvons dans la cuisine, devant une cafetière pleine. Il n'a pas été le seul à réfléchir. Je suis calme, et c'est presque avec douceur que je lui demande de m'expliquer comment, dix ans plus tôt, il a pu aider les Himbas à se battre contre le projet du barrage d'Epupa. Il pousse un long soupir. Puis des mots sortent de sa bouche, comme une longue complainte.

« Il y a dix ans, nous étions très mal placés pour répondre à l'appel d'offres concernant la construction du barrage. Nous savions que nous n'allions pas être retenus. Par contre, des gisements de gaz sous-marins venaient d'être découverts au nord du pays, et ils pouvaient se révéler très rentables. C'est pourquoi nous avons soutenu et accompagné la campagne anti-barrage, au profit de la seule alternative possible à l'époque : le Kudu gaz. Mais le gisement n'a pas tenu ses promesses, et, finalement, nous n'avons rien fait.

— Donc ce n'était pas du tout pour aider les Himbas ? »

Un nouveau soupir.

« Non, je n'ai pas essayé d'aider les Himbas, j'ai juste fait mon travail.

— Comme ton grand-oncle a fait son travail d'officier SS, et avant ça, de lieutenant des Schutztruppe. »

Je m'attends à une réaction brutale, mais Jean-Charles plonge son visage dans sa tasse bouillante et évite mon regard.

« Je vais t'acheter un ordinateur, reprend-il quand il a fini son café. Mais je ne veux pas entendre parler de ce que tu fais. Tu utiliseras ton nom et ton passeport namibiens pour toutes tes démarches. Je ne peux rien te proposer de plus.

— Et démissionner ? Changer de travail ? Ça, tu ne peux pas faire ? »

Son poing fait sauter le couvercle de la cafetière. L'explosion n'a été que différée.

« Et comment je nourris ma femme et ma fille après ça ? Tu crois que c'est aussi simple ? »

Sa colère n'est qu'une façade ; derrière se cache une peur qui me glace les os. Je comprends qu'il ne changera pas si facilement. C'est à ce moment-là, il me semble, que je cesse d'avoir peur de lui.

« Ne me mêle pas à tes choix. Je suis une Himba, je suis de ceux qui savent vivre avec rien. »

Le lendemain, Jean-Charles m'achète un téléphone et un ordinateur, il m'explique comment surfer sur Internet, le principe des mots-clefs avec le moteur de recherche ; pour le reste, je n'ai qu'à me débrouiller. Puis il me laisse seule dans l'appartement. La porte de son bureau est fermée à double tour.

Je n'ai encore jamais tapé sur un clavier. J'enchaîne les mots-clefs : « barrage », « Himbas en péril », « minorité menacée », « peuples premiers ». J'apprends que nous sommes loin d'être les seuls à être mis en danger par la modernité, celle-ci semble avaler la nature et ceux qui vivent avec comme le lion dévore l'antilope. Il suffit qu'il y ait la possibilité de faire de l'argent quelque part pour qu'une multinationale ou un gouvernement se mette à creuser, forer, raser, brûler. Jarawa, Panará, Murunahua, Awá, Zo'é, Akuntsu, Guarani, Kawahiva, Nukak, Baka, Pygmées, Bushmen… La liste est longue, les armes diverses, cependant une seule vérité émerge : ceux qui n'ont pas de canons n'ont aucun autre droit que celui de mourir.

Je suis novice sur la Toile, mais ces premières découvertes me mènent à des révélations plus choquantes encore. Au Congo belge, la soif de l'ivoire et l'exploitation du caoutchouc ont été responsables, en vingt-trois ans, de probablement dix millions de morts. Les Guanches, aux Canaries, estimés à environ quatre-vingt mille personnes avant la venue des Européens, ont disparu en soixante-trois ans. Les Tasmaniens ont été exterminés en cinquante ans. Quatre-vingt-dix pour cent de la population d'origine du Mexique a été éliminée en un siècle. Les cinq millions d'Indiens qui vivaient dans les actuels États-Unis avant l'arrivée de l'homme blanc ne sont plus qu'un quart de million à la fin du XIXe siècle, soit cinq pour cent. Il y eut aussi les Hottentots en Afrique du Sud, les indigènes d'Océanie, les aborigènes d'Australie… Au contact de l'homme blanc, les *nègres* mouraient comme des mouches. Les *nègres* n'étaient pas toujours noirs, ils vivaient parfois aux Amériques, en Australie, sur les îles du Pacifique, mais les *nègres* noirs étaient bien sûr « les moins humains », donc les plus maltraités. Les causes de leur mort variaient : massacres, maladies, famines, mauvais traitements, travaux forcés et esclavage. Peu de voix dites « civilisées » s'en offusquaient.

Pour justifier ces exterminations, j'apprends qu'à partir du XIXe siècle, la théorie selon laquelle l'homme blanc est destiné à éradiquer le sauvage devient de plus en plus commune. Après Darwin, il est jugé normal que le faible soit éliminé par le fort. C'est démontré, argumenté. Validé par la science. Un anatomiste anglais, Robert Knox, n'a aucun problème, en se fondant sur l'étude d'un seul cadavre noir, à établir catégoriquement que les races noires sont inférieures, et condamnées à disparaître. À l'époque, protester contre cette affirmation témoigne d'un manque d'éducation ;

toute personne qui a suivi les progrès des sciences naturelles des précédentes décennies sait que, comme la lumière dévore les ténèbres, la race blanche éliminera prochainement les races sauvages. L'impérialisme est un processus naturel, exterminer des sauvages presque un principe philanthropique. Un militaire, après la répression d'une révolte de paysans noirs en Jamaïque, soutient même qu'il y a « de la pitié dans un massacre ».

À Omuhonga, j'avais passé des années à essayer de m'instruire, mais aucun des ouvrages que m'avait rapportés Mister Kavari ne m'avait ouvert les yeux sur cette vérité : les empires occidentaux s'étaient construits sur l'extermination. Le génocide des Hereros n'était qu'un épisode parmi d'autres. Pire, toutes ces atrocités avaient été commises par des individus soi-disant hautement cultivés. Les Blancs les avaient justifiées par la prétendue supériorité de la civilisation occidentale. Le fait que les exactions perpétrées contre mon peuple ne soient toujours pas reconnues par le gouvernement allemand, que de nombreux historiens continuent à refuser le terme de « génocide », alors que l'ordre d'extermination donné par le Kaiser était clair et que quatre-vingts pour cent des nôtres ont été décimés en quelques années, montre à quel point ces hommes nient la réalité. Ils sont incapables d'assumer la part de monstruosité en eux.

Soudain, tout devient limpide. Tout est lié. Le génocide des Hereros, le barrage… Comment Jean-Charles peut-il comprendre le potentiel de destruction de ce projet, alors qu'il vient non seulement d'un peuple mais d'une lignée qui, depuis des siècles, extermine, torture, nie toute humanité à ceux qui ne sont pas à son image, et cela en toute impunité ? Les anciens empires européens ont été des génocidaires avérés sans la moindre conscience de leurs crimes, et jamais condamnés. Comment alors les sensibiliser à la cause de ces quelque trente mille Himbas dont la culture et le mode de vie seront mis à mal par un barrage ? Que pèsent-ils face à des milliers d'emplois à pourvoir, de l'uranium à exploiter, et des milliards à se partager ? Il faut être portée comme je le suis par l'énergie d'un peuple pour espérer modifier le cours des choses.

De la même façon qu'à Windhoek, j'essaie de prendre contact avec les journalistes les plus connus. Grâce à Internet, je trouve les coordonnées des émissions de radio, de télé ou des rédactions. Le téléphone sonne la plupart du temps dans le vide. Quand par hasard on décroche, on prend mon numéro, mais personne ne rappelle jamais. Mes mails et courriers restent sans réponses. Je me déplace jusqu'aux sièges des médias. Mais pénétrer dans la maison de la Radio ou dans les locaux de TF1 est autrement plus difficile qu'en Namibie, où il suffit de pousser une porte pour entrer dans n'importe quel ministère. Puisque je ne peux y dépasser l'accueil, j'y guette les journalistes dont je reconnais les visages. Je les interroge : savent-ils qu'un crime, un nouveau génocide culturel, se prépare en Namibie ? Mais ça ne modifie pas le rythme de leurs pas pressés. Certains d'entre eux appellent même la sécurité. Je reviens le lendemain et le surlendemain avec une pancarte *Aidez-moi à sauver mon peuple du barrage d'Okawe (Namibie) financé par la France*. On vient me demander ce qu'est la Namibie, où ça se trouve. Les curieux ne sont pas journalistes, mais stagiaires, ou le personnel chargé de la maintenance. Tous me promettent qu'ils en parleront au « rédac chef ». Aucun chef ne vient jamais me voir.

Au fil des jours, à force de rester plantée dans le froid avec mon panneau à essayer d'attirer l'attention d'humains qui se foutent de leurs congénères, je sens la violence monter en moi. « Exterminez toutes ces brutes ! » La phrase résonne dans ma poitrine, elle tape contre mes côtes, « EXTERMINEZ TOUTES CES BRUTES ! ». C'est comme si les millions d'êtres humains torturés, violentés, massacrés par les Blancs se l'appropriaient et la renvoyaient à travers mon thorax, « EX-TER-MI-NEZ-TOU-TES-CES-BRU-TES ! », il y a dans ce cri de vengeance toutes les souffrances et toutes les désespérances de mon peuple ainsi que de tous les peuples de couleur, « EXTERMINEZ TOUTES CES BRUTES ! », je comprends alors Samuel Maharero, mon aïeul, quand il a organisé son expédition punitive contre les Allemands du Sud-Ouest africain, « EXTERMINEZ TOUTES CES BRUTES ! », des milliers d'âmes se bousculent à la porte de mon cœur et demandent réparation. Mes membres tremblent, je sens mes lèvres couvertes d'écume. Au beau milieu du parvis de la tour de TF1, je supplie mes ancêtres de ne pas saturer ma poitrine, de laisser un peu d'air pour mes pensées pacifistes. On m'emmène vers l'hôpital le plus proche. Quelques jours plus tard, la même chose se reproduit dans le métro, puis dans la rue en rentrant chez Jean-Charles, mais j'ai le temps de m'asseoir et de prendre les cachets que l'on m'a prescrits pour atténuer la crise.

Au dîner, Jean-Charles et moi nous interdisons d'évoquer ma journée. Nous nous fixons, sans un mot. C'est à cette période que je commence à l'appeler « JC », comme si prononcer son nom était devenu un effort désormais inutile. Parfois, nous nous promenons et mangeons une glace sur les bords de la Seine dans une relative sérénité. Mais, un soir, après avoir vu au cinéma *Les Mines du roi Salomon*, un film d'aventures idiot qui met en scène des Noirs sauvages et grotesques, la colère de mes aïeux me surprend et, avant d'avoir pu avaler mon comprimé, je finis étalée sur le trottoir, bras et jambes tressautant dans tous les sens. Celui qui n'est plus que JC – deux simples lettres qui n'ont rien à voir avec les initiales de l'autre, le Christ que j'aurais bien aimé connaître et qui aurait sans doute adoré garder nos chèvres – me fouille, trouve le flacon dans une poche de mon blouson et me fourre une pilule dans la bouche.

Ainsi, je découvre qu'il sait pour mes crises. Il prétend que des médecins de l'hôpital de Boulogne l'ont prévenu. Je me demande s'il ne me fait pas plutôt suivre.

Matumbo m'appelle tous les trois jours, mais je n'ai aucune bonne nouvelle à lui annoncer, et la pression qu'il me met semble précipiter les crises qui se multiplient. C'est épuisant, et j'ai le moral au plus bas. Je dois changer de stratégie, mais comment ?

C'est dans ce contexte que Léna sonne enfin à l'appartement. Elle a terriblement maigri, un teint blafard et des cernes noirs sous les yeux.

« Oui, ben t'es pas mieux ! » me lance-t-elle, répondant à mon regard inquiet.

Elle me raconte qu'elle a passé, pour la troisième année consécutive, un concours afin d'entrer dans une école normale, concours qu'elle vient encore de rater. Ses parents sont très déçus, elle n'a plus goût à rien. Je ne comprends pas bien pourquoi tant d'enjeux pour une école qui, si je me fie à la manière dont elle transforme les jeunes femmes en zombies, semble tout sauf normale. Mais je laisse les problèmes des Français aux Français. Cinq années sans nous voir ! Je raconte à mon amie tout ce qui m'empêche de vivre et de respirer : la découverte de mon arrière-grand-oncle génocidaire et du sort des Hereros, les thèses raciales, ce que l'Occident a élevé au rang de science pour justifier ses massacres, et maintenant ce barrage, sans doute l'ultime projet de destruction visant mon peuple car après il n'y aura plus personne à éliminer. Léna m'écoute avec attention, s'offusque, crie au scandale, à la révolution : elle qui fait pourtant des études d'histoire n'a jamais entendu parler de ces tragédies.

Léna passe les journées suivantes entre mon ordinateur et la Bibliothèque nationale, à vérifier chacune des informations que j'ai relevées. Tout s'avère exact. Un pan de son monde s'écroule, d'autant plus violemment que ses aïeux ont tous été impliqués, d'une manière ou d'une autre, dans les colonies, l'un y faisant fortune en exploitant les ressources sylvestres du Gabon, l'autre en tant que recruteur de soldats mercenaires dans toute l'Afrique noire. Ainsi donc son nom qui, sitôt qu'elle le prononce, provoque l'attention et le respect de ses interlocuteurs, mais aussi son niveau de vie – le bel appartement dans le cinquième arrondissement légué par son grand-père, la maison de campagne en Charente – tout a été rendu possible parce que des hommes et des femmes à peine reconnus comme tels à l'époque ont été maltraités puis exterminés. Elle est assise sur un tas de cadavres, et soudain, à ma plus grande joie, sa vie prend un sens nouveau. Se battre contre les menaces qui pèsent sur mon peuple n'est plus uniquement une échappatoire à sa situation personnelle. Un soir, après avoir rédigé quantité de courriers aux ONG de défense des minorités, elle décrète que notre combat ne doit pas se limiter au barrage, que nous devons voir plus grand.

« Par exemple ?

— Tu ne trouves pas qu'il y a quelque chose à rééquilibrer ?

— Pourquoi crois-tu que je suis ici ? N'oublie pas mon nouveau nom : Deux-Moitiés, qui veut aussi dire deux missions. »

Léna pousse un juron. Elle s'est coupé le doigt sur la tranche d'une feuille. Une goutte de sang sur sa peau blanche. Je la lèche en remerciant mes ancêtres de n'être plus seule.

Plus tard dans la nuit et pendant toutes celles qui suivent, d'autres de nos liquides se mélangent. Je ne suis pas vierge ; maîtresse à Omuhonga, je me laissais quelquefois visiter le soir, mais c'est la première fois que mes étreintes prennent une dimension métaphysique. L'aimer – elle qui m'aime si bien en retour – me réconcilie avec ma part blanche. Mais un baiser d'elle est aussi une caresse sur les plaies de ma négritude. Serrer Léna dans mes bras, c'est accéder à la paix, c'est être enfin entière, au-delà des tares de mes deux moitiés. Quand je jouis dans sa bouche, des pans d'inconscience se déchirent, et des millions de plaintes, tous ces cris de mes ancêtres fouettés, violentés, torturés, se transforment en éclairs de joie. Elle et moi, ensemble, devenons l'humanité, dans tous ses âges, du chimpanzé jusqu'à l'homme de demain, dans toutes ses couleurs, dans toute sa diversité ; et l'appartement de JC, aux heures où il arpente les couloirs du Quai d'Orsay, résonne des hurlements les plus divers.

Mes crises s'espacent, puis se calment.

C'est lors de l'une de nos étreintes enflammées que Daphné rentre, après un voyage d'étude de trois mois au Moyen-Orient. Inquiétée par nos cris, elle ouvre la porte de ma chambre. Et crie, elle aussi.

Daphné crie encore dans la cuisine le soir quand elle demande à JC de me faire interner. Entre mes crises d'épilepsie – elle croit bon de rappeler que pendant l'Antiquité, lorsque les Romains croisaient un épileptique, ils prenaient soin de cracher dans un pli de leur toge pour éloigner le démon – et mes déviances sexuelles, je dois à tout prix être prise en charge. JC parle trop bas pour que nous entendions sa réponse, mais nous n'avons pas besoin de réfléchir longtemps. Nous n'avons aucun retour des ONG que nous avons contactées ; hormis dans les couloirs du Quai d'Orsay – sans doute aussi dans les bureaux d'Areva et du ministère de l'Énergie –, personne en France ne situe la Namibie sur une carte, tous ignorent qui sont les Hereros et les Himbas. Dans ces conditions, impossible d'alerter l'opinion publique. « Que celui qui veut faire bouger le monde se déplace d'abord lui-même », cite Léna, pensive. J'ignore encore que Socrate ne parle pas d'un déplacement géographique, et je prends sa phrase au pied de la lettre.

« Mais oui, bien sûr ! je m'écrie, ravie. La Namibie n'a jamais rien signifié pour la France, alors personne ne réagit ! Mais si on évoquait le sujet du barrage en

Allemagne, l'accueil serait complètement différent ! Et le consortium qui veut construire le barrage est franco-allemand ! »

Avec Léna, je me sens prête à tout vivre, à tout affronter. À quatre heures du matin, je fais les poches des costumes de JC. Deux cartes de crédit, dont une dorée pour laquelle j'ai déjà noté le code, une trentaine d'euros en monnaie, deux cents en billets. Je crochète la vitrine en verre, prends la chemise contenant les documents sur Karl Zuren et laisse un mot :

Je pars en Allemagne empêcher ce que tu t'évertues à perpétuer. L'ordre des choses doit changer. Si tu interviens, j'envoie la carte postale de ton grand-oncle violant les petites Hereros au Quai d'Orsay. Son nom est fièrement écrit, de sa main, au dos, personne n'aura de mal à faire le rapprochement. Ne t'inquiète pas, tu auras de mes nouvelles.

Léna et moi quittons l'appartement. Au pied de l'immeuble, je retire autant d'argent que la banque le permet.

Nous choisissons Berlin. Une auberge de jeunesse, pour commencer. Léna parle bien allemand et noue tout de suite des amitiés. Moi, je ne comprends pas un mot, et les sons gutturaux de cette langue provoquent des décharges électriques dans mon corps. À Paris, l'appartement de JC avait été comme un refuge, un garde-fou, mais là, quelque chose en moi implose. L'Allemagne, la liberté, la ville… c'est trop.

Alors que la France ne compte qu'une dizaine de Namibiens sur son sol, l'Allemagne a le luxe d'héberger une association de Namibiens d'origine ovambo, et une autre pour les Namibiens d'origine herero ! J'entre en relation avec ces derniers. Dès notre première rencontre, Hosea, un Herero grand et noir comme la nuit, qui circule dans Berlin aussi naturellement que s'il y était né, qui y travaille, qui a des amis allemands, et qui y semble même heureux, propose de s'occuper de moi. C'est pour lui un devoir puisque nous sommes du même matriclan. Lui est arrivé à Berlin à l'âge de treize ans, dans le cadre d'un programme germano-namibien offrant la chance à de brillants élèves de suivre une éducation de qualité. Il se souvient très bien de ses premières années en pension, de la première neige qu'il a, lui aussi, prise pour du sucre. Il m'emmène visiter la place du marché des Gendarmes, l'île aux Musées, le Sony Center, un morceau de l'ancien Mur, la porte de Brandebourg, avec l'idée de me donner des repères. Il veut me rendre libre d'aller où je le désire. Mais moi, je ricane. Libre dans Berlin ?

« Hosea, comment puis-je être libre dans cette ville, alors qu'il y a encore tant d'âmes accrochées à mes basques et claustrées dans leur haine des Allemands ? Tu ne comprends pas cette haine ? La haine n'existe que pour essayer de contenir la douleur. Il y a d'abord la douleur des violences commises sur nos aïeux par les soldats du Reich, puis la négation, jusqu'à aujourd'hui, de toutes ces violences. Tu sais qu'une association de Hereros en Namibie demande, depuis vingt ans, des excuses ? Juste des excuses ! Et parce qu'elles n'arrivent pas, des dizaines de milliers d'âmes ne trouvent pas le repos. Et tu me parles de liberté ? »

Hosea me regarde avec de grands yeux étonnés. Il est charmant, mais complètement insensible au monde de l'invisible.

« C'est du passé tout ça, faut avancer ! Allez, viens, petite sœur, je vais te montrer le meilleur moyen de pardonner ! »

Curieuse, je suis Hosea sans discuter. Autour de nous, un homme est tout enveloppé d'un plastique de couleur, un autre est à moitié nu sous une cape, un troisième arbore une robe de mariée déchirée. Sur la place, déjà, nous sentons la terre vibrer. Ce n'est pas vraiment de la musique, quelque chose me saisit par le sol et fait remuer mes membres. Enfin, après presque trois heures d'attente, nous entrons dans un bâtiment que Hosea appelle le « cœur de Berlin ». Instantanément, mon corps se disloque, se contorsionne. Je connais les rythmes de mon peuple faits des claquements de mains et des sons de nos voix, je connais le piano classique que JC et Daphné écoutent à longueur de soirée, j'ai déjà entendu des percussions dans une rue de Paris, mais rien qui s'apparente à ces vibrations. Je suis la vibration. Et en même temps que je me désarticule, à travers les faisceaux de lumière qui clignotent et perforent l'obscurité, je vois Hosea en transe, des hommes et des femmes qui s'embrassent, qui se collent ; aux abords de la piste, des couples se caressent et se pénètrent. Le scintillement des couleurs vives me fait perdre mes repères, tous ces mélanges me libèrent. Alors, nous faisons « des choses », Hosea et moi, puis lui et des Allemands, et moi et d'autres Allemands. Hosea m'apporte une délicieuse boisson vert fluo, me fait respirer une poudre blanche, je perçois au-dessus des danseurs des canaux qui s'ouvrent, qui deviennent des autoroutes à esprits, et une fulgurance me traverse. Pourquoi ne pas utiliser ces ouvertures qui se produisent au moment du coït pour y semer des graines de conscience ? Je me déhanche de plus belle pour exciter de nouveaux Allemands, et tandis qu'ils s'enfoncent en moi, je leur parle du génocide de mes ancêtres, des soixante-cinq mille Hereros massacrés par leurs grands-pères, j'observe mes paroles qui s'infiltrent dans les trous de leurs corps de lumière et qui s'inscrivent dans les profondeurs de leur âme, j'échauffe, j'embrase ; la jupe déchirée et le tee-shirt par-dessus la tête, je deviens une marathonienne du sexe, et en même temps que ma jouissance, je hurle dans leurs oreilles un cri qui signifie « Homme blanc, par mon sexe je te renvoie tous les maux que ton peuple a provoqués chez le mien ».

À chaque coït, je me sens un peu plus légère.

Je viens de découcher trois fois de suite. De retour à l'auberge, je découvre une Léna inconnue, hystérique, qui veut à tout prix savoir où j'ai passé mes nuits. Elle hurle qu'elle était à deux doigts d'appeler la police, que je suis complètement inconsciente. Elle sanglote qu'elle s'est *terrrrriblement* inquiétée pour moi, mais mon retour en chair et en os ne la tranquillise pas. Sa réaction me déroute. Je lui jure que je n'ai rien fait d'illégal, rien qui nous mettrait en danger, et je lui raconte mes aventures par le menu pour qu'elle puisse en juger par elle-même.

« Une expérience incroyable ! Il faudra que tu viennes la prochaine fois ! »

Léna est blême, elle secoue la tête entre ses mains et répète inlassablement « Mais tu te rends compte, mais tu te rends compte ! ». Je concède que ma nouvelle méthode de rééquilibrage des énergies interethniques est certes un peu lente, qu'elle n'est peut-être pas très réaliste à grande échelle, mais que je ne vois pas en quoi elle fait du mal à la relation herero-allemande, au contraire. Si tous les Hereros faisaient régulièrement et avec plaisir l'amour avec des Allemands, les liens entre les deux peuples n'en seraient que meilleurs. Quoi de mieux qu'une relation sexuelle consentie et appréciée des deux côtés pour établir une vision empreinte d'humanité et de respect ? Léna se désespère un peu plus à chacun de mes mots, alors je continue mes suppositions :

« Quoi, tu aurais aimé être à ma place ? »

Et puis, sans crier gare, Léna jette son ordinateur contre le mur.

« Et moi, je suis quoi pour toi ? Ça signifie quoi, toi et moi ? » hurle-t-elle en rouant ma poitrine de coups.

Je suis plus musclée qu'elle et n'ai pas trop de mal à la contenir, mais je ne comprends rien. À l'époque, je n'ai pas encore exploré les habitudes sexuelles des Blancs, j'ignore que le sexe est si compliqué pour eux. Léna ne sait plus que crier et pleurer, deux yeux noirs pleins de colère et les joues ravinées par les larmes. Soudain, j'en ai assez. Je viens de passer deux jours et trois nuits à danser et à forniquer, je suis fatiguée de ses jérémiades. Devant mon air fermé, elle se reprend :

« C'est plus fort que moi, si tu fais l'amour avec une autre personne, j'ai l'impression que tu ne m'aimes plus. »

Elle a l'air tellement sincère que je la crois, mais, chez moi, c'est tout le contraire : un homme ou une femme qui n'a pas plusieurs amants n'est pas apprécié. Une bonne épouse favorise les relations extraconjugales de son mari, elle s'en enorgueillit. Un mari intelligent, avant de rentrer dans son village, passe un minimum d'une nuit dans le lit de la rivière le plus proche pour que la nouvelle de son retour se répande et que l'amant de sa femme ait la possibilité de s'éclipser discrètement, afin que l'honneur de tous soit sauf. La jalousie, ou la notion de possessivité, est considérée comme un grave défaut. À mesure que j'avance dans mes explications, le regard de Léna s'éclaircit.

« Alors, ça n'a rien à voir avec le fait que tu ne m'aimes pas ? Parce que, tu vois, dans notre culture, la notion d'amour est fortement liée à celle de fidélité et d'exclusivité. Deux amoureux s'appartiennent l'un à l'autre ! »

Fidélité à un clan, à une idée, ça je connais, mais fidélité à un corps ? Un corps n'appartient à un autre que lorsqu'il est esclave. Il faut vraiment ne pas avoir connu la violence des maîtres blancs pour l'ignorer.

Ce jour-là, malgré notre fatigue mutuelle, Léna et moi discutons longtemps. Je raconte nos mères qui reçoivent leurs amants dans la même case que celle où elles dorment avec leurs enfants. Elle décrit les pierres jetées contre la femme adultère, la honte et le déshonneur qui s'abattaient il n'y a pas si longtemps sur la jeune fille enceinte. J'explique le jeu de l'*ouruwo* que nous pratiquons enfants : ceux qui ont quatre-cinq ans miment les chèvres, ceux qui ont sept-huit ans imitent les vaches, et les plus grands imitent les adultes. Y compris les relations sexuelles. Oui, à quatre, cinq ans, une petite fille himba peut être pénétrée par un petit garçon du même âge. Mais ce n'est pas considéré comme une relation sexuelle, c'est un jeu.

Nous concluons que, pour continuer à nous aimer sans trop souffrir, nous devons toutes deux faire des efforts. J'accepte de ne plus découcher afin de ne pas insécuriser Léna. Cette dernière promet de ne plus me considérer comme sa propriété. Nous ne savons pas trop encore ce que chacune de nous est prête à supporter, aussi, plutôt que d'entrer dans les détails, Léna se met à parler capotes, protections, maladies.

« Et si tu attrapes le VIH ! »

Je n'ai jamais entendu parler de ce truc.

« *Véiache*, qu'est-ce que c'est ? »

Je découvre une nouvelle menace qui pèse sur le monde, et paraît-il plus particulièrement sur le mien car, selon Léna et les statistiques, dix-huit pour cent des Namibiens en sont porteurs. Quant au préservatif, il me faut un certain temps avant de déduire des cris d'orfraie de Léna qu'il s'agit du petit sac plastique que mes partenaires avaient mis sur leur sexe. Rassurée, Léna finit par changer de sujet. Mais nous savons toutes deux qu'il est loin d'être clos.

Léna, brillante stratège, fait en sorte que ma première apparition médiatique ait lieu en direct, sur ARD Das Erste, la principale chaîne de télévision allemande, le 21 mars 2010, soit le jour de mon vingtième anniversaire mais aussi celui de l'indépendance de mon pays. Elle m'a vendue à la journaliste comme une espèce de symbole de la Namibie, pays libre qui garde toujours des liens forts avec l'Allemagne. Pour preuve, Bibi, vingt ans, une mère namibienne extrêmement traditionnelle et un père allemand – enfin presque – diplomate. Quoi de mieux pour illustrer les relations germano-namibiennes ? Le barrage et la manière dont le gouvernement namibien traite ses minorités sont au programme, mais Léna a pris soin de ne pas dévoiler l'ensemble de nos cartes.

On me maquille dans la loge. Tous ces gens, toutes ces lumières… Je suis intimidée, alors je ferme les yeux et j'invoque les esprits de mes ancêtres himbas et hereros. Je me sens reliée à la terre et au ciel, entourée des héros de mon peuple, Mureti, Maharero. En entrant sur le plateau, je suis aussi large qu'une armée.

Léna prend place à côté de moi pour traduire. Les projecteurs m'éblouissent, le boîtier du micro coincé dans mon jean me donne envie de me gratter, et la vibration est électrique. Léna me surveille du coin de l'œil. Pour l'heure, nous ne devons pas faire de bruit. La journaliste présente un sujet sur la visite de leur chancelière aux États-Unis, puis elle parle de la Namibie.

« Tulipamwe Suren, votre mère est himba, une ethnie au sein de laquelle les femmes vivent les seins nus. Elle est uniquement vêtue d'une jupette en peau de mouton, c'est bien ça ? »

Je ne réagis pas tout de suite car la présentatrice s'adresse à l'une des caméras, elle ne me regarde pas. Léna me réveille d'un léger coup de pied. Un instant de panique. Trois caméras se déplacent en quasi-permanence sur des chariots, je ne sais plus dans quelle direction parler. Je ferme les yeux, visualise les lances et les boucliers des guerriers hereros qui me protègent.

« Ma mère porte également plusieurs kilos de bijoux, et surtout un onguent sur tout le corps fait d'ocre et de graisse qui l'habille aussi bien que n'importe quel vêtement. Donc, non, elle n'est pas nue. Mais je suis ici surtout pour évoquer la question d'un barrage… »

Je suis lancée. J'explique pourquoi ce barrage est un danger, qu'il sera construit par un consortium franco-allemand et que je veux sensibiliser l'opinion et le gouvernement allemands à notre sort. Puis je prends une grande inspiration et sors de ma veste le paquet de photos de mon arrière-grand-oncle. Je présente la première, qui montre Karl Zuren posant fièrement devant un tas de crânes.

« C'est un soldat allemand du début du XXe siècle, et derrière lui, ce sont les crânes de mes ancêtres. »

Je montre ensuite à l'ensemble des caméras la photo où le régiment de Karl Zuren viole une ligne de femmes hereros.

« Vous voyez comment ils traitaient mes aïeules ? Ils les violaient à la chaîne avant de les tuer. En sept ans, entre soixante et quatre-vingt mille Hereros – selon les sources – ont été massacrés par les Allemands, soit quatre-vingts pour cent de notre population. Le gouvernement allemand n'a jamais présenté d'excuses aux Hereros. Il n'a d'ailleurs jamais voulu reconnaître le génocide. Alors que l'ordre d'exterminer tous les Hereros, vieillards, femmes et enfants compris, était écrit de la main même du Kaiser ! »

Dans les yeux de la présentatrice, la stupeur. Elle essaie de me couper la parole.

« Revenons à cette question du barrage ! »

Je hausse le ton.

« Les Allemands ont instauré dans l'ancien Sud-Ouest africain le premier camp d'extermination par le travail. Certains historiens parlent même des premiers camps de la mort, car le taux de mortalité approchait des soixante-dix pour cent, et leur seule finalité, en plus d'apporter des matériaux "scientifiques" aux savants, était clairement l'extermination des Hereros et des Namas qui subissaient le même sort. Les détenues – car il s'agissait surtout de femmes, les hommes étant déjà morts –, quand elles ne travaillaient pas à la construction du chemin de fer, devaient nettoyer les crânes de leurs frères, de leurs maris ! Elles devaient aussi les faire bouillir, puis gratter les morceaux de chair et les ligaments restants avec des tessons de bouteille. Ces crânes étaient ensuite envoyés en Allemagne, mesurés, étudiés, pour appuyer les théories raciales des scientifiques allemands qui ont ensuite inspiré Hitler et servi le régime nazi ! À Nuremberg, personne n'a fait le lien entre la Shoah et ce qui s'était passé trente-cinq ans auparavant dans le Sud-Ouest africain. Alors que Hermann Göring a été bercé par les récits de son père, premier gouverneur du Sud-Ouest africain allemand. Alors que certains des officiers nazis ont fait leurs classes dans mon pays. C'est là, sur mes aïeux, qu'ils ont appris à torturer ! »

La journaliste, livide, montre des signes d'agitation. Son oreillette grésille.

Elle essaie de couper ma parole, mais je suis bien plantée. Une armée. Léna, elle, reste imperturbable dans sa traduction.

« Ces femmes namas et hereros dans les camps, on leur octroyait une poignée de farine ou de riz par jour, mais c'étaient à elles de faire cuire leurs repas. Seulement, elles n'avaient pas de récipients pour cela ! Vous vous rendez compte ? Leurs geôliers ne leur donnaient pas de casseroles ! Elles devaient manger cru, à même la terre ! »

Dépassée par ma colère, je hurle maintenant, debout, les cartes postales de mon arrière-grand-oncle étalées sur la table, bien en évidence.

« Vos aïeux ont exterminé quatre-vingts pour cent de mon peuple, et désormais, vous voulez finir le travail en finançant ce barrage qui va détruire notre culture et notre mode de vie ? »

La présentatrice semble avoir lâché l'affaire et, tout en murmurant dans son micro, me laisse continuer en roue libre sur les horreurs faites à mon peuple.

« Je lance un appel à tous ceux qui souhaitent changer le sens de l'Histoire ! Que ceux qui ne veulent plus détruire aveuglément, que ceux qui ne veulent pas perpétuer les horreurs de leurs ancêtres me retrouvent demain à dix-sept heures devant le Bundestag ! »

Je ne peux aller plus loin, trois hommes bâtis comme des guerriers nous font quitter de force, à Léna et à moi, le plateau.

J'apprendrai plus tard, en visionnant la séquence, que la régie a coupé mon interview après l'évocation d'Hermann Göring, pour diffuser à la place un reportage sur les beautés de la Namibie. Mais la première partie de mon discours et les images des cartes postales ont été diffusées en direct. Dans la soirée, l'un des cameramen poste sur YouTube et Facebook le reste de mon interview censurée et mon éviction musclée.

Le lendemain, je suis en une de tous les quotidiens allemands. Sur les ondes, les journalistes interviewent les habitants, les parlementaires, les associations, à propos du génocide et du barrage. Les politiques restent très prudents, mais les citoyens ordinaires condamnent presque unanimement le génocide. À dix-sept heures, nous sommes entre huit à dix mille devant le Bundestag. Des uniformes nazis et de faux exemplaires de l'ouvrage d'Eugen Fischer sur l'hérédité humaine et l'hygiène de la race, qui aurait inspiré Hitler pour *Mein Kampf*, sont brûlés. De nombreux Allemands brandissent des pancartes sur lesquelles sont écrits des slogans comme *Nous sommes tous Hereros ! Tous avec Tulipamwe ! Assez de massacres, Blancs et Noirs ensemble ! Pas de barrage chez les Himbas !* De toutes parts, des Allemands viennent me soutenir et me féliciter. Tant de solidarité, j'en ai les larmes aux yeux.

Mais en début de soirée, des bandes de néonazis attaquent le cortège. Léna et moi nous cachons avec un groupe de jeunes gens dans les combles d'un immeuble. Heinz, étudiant en sociologie, s'excuse pour les actes de ses aïeux. Walter, chanteur dans un *boys band*, retient que les Allemands ont encore une fois été monstrueux, il me confie qu'il a honte, qu'il lui est difficile de vivre avec ce poids. Rùben, lui, est en colère contre ses parents, ses profs, les politiques, parce qu'il ignorait tout de cette histoire, « même si c'est presque normal vu qu'il est arrivé quelque chose de tellement énorme après ». L'un après l'autre, je les serre longuement dans mes bras. Nous ne sommes plus qu'un seul corps, bras et visages collés, joie et tristesse mêlées. Le passé a été une horreur sans nom, mais, à cet instant précis, tous les espoirs sont permis. Nos cœurs battent à l'unisson.

L'émission, les cartes postales, la manifestation, ont déclenché une vague d'intérêt. J'ai un agenda de ministre. L'ONG Survival International, soutenue par un groupe de parlementaires et quelques stars du show-biz, organise une campagne contre le barrage. La plupart des papiers de gauche la reprennent. J'assiste alors à un phénomène étrange.

Lors de mon intervention sur ARD Das Erste, c'est mon discours sur le génocide des Hereros qui a marqué les esprits. Agissant comme une révélation, ce thème a fait la une des journaux le lendemain. Pourtant, dès le troisième jour, la question du génocide n'est plus abordée. Les politiques, journalistes, tous ne parlent plus que du barrage. Plus aucun direct ne m'est proposé, mes interviews sont systématiquement expurgées du sujet du génocide. Bientôt, la chancelière fait une allocution, relayée en temps réel sur plusieurs médias, affirmant que l'Allemagne se désengage du projet de barrage hydroélectrique namibien et qu'elle fait la promesse de ne jamais s'associer à des opérations qui mettraient l'ethnie himba en danger.

Pas un mot sur le génocide. Rien.

Nous avons gagné contre le barrage, les médias et les associations estiment qu'ils ont fait leur travail, le sujet est clos.

Matumbo, que j'ai au téléphone, me félicite lui aussi au nom de tous les Himbas et m'assure qu'il est fier de moi.

Un matin, je découvre que la carte dorée de JC ne fonctionne plus. L'aurait-il bloquée pour me punir d'avoir fait arrêter la construction du barrage ? Fini la belle insouciance, fini les soirées en boîte et les brunchs dans les coins branchés de Berlin, nous devons quitter le vaste trois-pièces que Léna et moi avions loué. C'est le coup de grâce pour notre relation qui battait déjà de l'aile. Après un coup de fil à ses parents, Léna décide de rentrer en France.

Pour la première fois de ma vie, je vais devoir apprendre à vivre seule. Pour une Himba, une telle situation relève du prodige. Dans ma chambre d'hôtel de troisième catégorie, je réalise que je suis sans doute la première d'une longue lignée à ne pas être entourée des miens, à ne pas être entourée tout court. Grâce à la médiatisation dont j'ai bénéficié, je pourrais réactiver des réseaux, demander à l'ambassade de me payer un billet d'avion, atterrir à Windhoek et regagner mon village. Mais quelque chose me pousse à rester en Allemagne. Quelque chose me pousse aussi à prendre un bus pour Nuremberg. Là, je me recueille face au palais de Justice où, devant un tribunal militaire international, vingt-quatre hauts responsables et huit organisations du régime nazi ont été accusés de crimes de guerre, de crimes contre la paix et contre l'humanité. Mon arrière-grand-oncle, Karl Zuren, y a échappé.

Je monte ensuite dans un autre bus, pour Munich cette fois-ci. Puis un train, à nouveau un bus. Le n° 726 exactement, direction Saubachsiedlung, et je descends à l'arrêt KZ-Gedenkstätte. J'ai terriblement mal au ventre. Quand mes pieds entrent en contact avec le sol, c'est une nausée atroce qui me prend et je me vide dans le caniveau. L'allée bétonnée est bordée d'arbres en fleurs, le printemps est précoce cette année. Des dizaines de personnes la longent d'un air grave, quelques chants d'oiseaux percent le silence et, pourtant, tout est figé. Les arbres muets.

Je suis le chemin, passe sous un grand portail en fer forgé qui porte l'inscription *Arbeit macht frei*. J'y vois le même genre de cynisme que celui des soldats allemands offrant une ration de riz cru aux détenues hereros sans les pourvoir en récipient pour le faire cuire. Je suis à l'intérieur de l'ancien camp de concentration de Dachau, là où, de 1940 à 1943, le médecin SS Obersturmführer[1] Karl Zuren a pratiqué nombre d'expériences médicales.

Alors que je traverse la place d'appel, qui peut accueillir près de cinquante mille hommes, une question bizarre me traverse l'esprit : pourquoi Karl Zuren est-il si peu monté en grade, alors qu'en 1904 il était déjà lieutenant ? J'aimerais croire que ce fut par manque de zèle, mais JC m'a fait déchanter. Karl

1. Grade SS équivalent à celui de Premier lieutenant.

Zuren, après avoir démembré et vendu les cadavres hereros, étudie pour devenir médecin à Munich : une femme, deux fils, des maîtresses en pagaille, et au fil des années, des connexions de plus en plus importantes avec le parti nazi. Rien d'étonnant à cela : au lendemain de la Première Guerre mondiale, tandis que la Reichswehr[1] était en pleine décomposition et l'Allemagne divisée par une véritable guerre civile, des officiers à la retraite regroupèrent autour d'eux des unités de volontaires, les Freikorps. Celles initiées par les anciens du Sud-Ouest africain enrôlèrent des jeunes gens qui, par la suite, formèrent une grande partie de l'élite nazie. Les Chemises brunes des SA[2], le premier symbole de la brutalité nazie, étaient en réalité des surplus des uniformes de la Schutztruppe. Eugen Fischer, le médecin qui avait élaboré des théories raciales après avoir étudié les Hereros dans les camps de concentration du Sud-Ouest africain, dirigea le plus important institut dédié aux sciences eugéniques, le Kaiser Wilhelm Institute, et donna des cours aux médecins SS, dont Joseph Mengele[3] qui devint son assistant. Le lien entre le génocide de mon peuple et

---

1. La Reichswehr, littéralement « défense du Reich », était l'armée de la république de Weimar, de 1919 à 1935.

2. Sturmabteilung, ou Section d'assaut.

3. Josef Mengele, officier allemand de la Schutzstaffel (SS), exerça comme médecin dans le camp d'extermination d'Auschwitz. Maillon actif de la Shoah, il participa à la sélection des déportés voués à un gazage immédiat et réalisa diverses expérimentations « médicales » meurtrières sur de nombreux détenus.

celui commis pendant la Seconde Guerre mondiale ne devrait plus être à démontrer.

Lorsque mon arrière-grand-oncle, en 1933, rejoint officiellement la SS en tant que médecin, il y retrouve plusieurs de ses collègues du Sud-Ouest africain. Après Dachau, il aurait été affecté en Pologne. Karl Zuren avait vingt ans à l'époque du génocide de mon peuple, soixante ans en 1944. Ses deux fils meurent à la guerre, sur le front russe. Mais je sais que JC a fait des recherches, qu'il a retrouvé la trace de la femme de Karl et appris que ce dernier avait disparu début 1945. Selon la grand-tante, il avait préparé son départ car il s'est enfui avec les bijoux et les économies de la famille. JC a récupéré chez elle les nombreux documents que Karl Zuren avait conservés de sa période coloniale. Pourquoi avoir gardé ces photos, ses brouillons de lettres à ses amis, à sa fiancée de l'époque ? Nostalgie ? Il est vrai qu'aucun Allemand ne s'est jamais fait poursuivre pour avoir violé et massacré des Hereros. A-t-il rejoint des congénères nazis dans l'ancien Sud-Ouest africain ? A-t-il été assassiné ? JC a, paraît-il, retourné toute la Namibie pour avoir une réponse.

Moi, je me pose d'autres questions. Comment peut-on être hilare devant un tas de crânes ? Comment peut-on photographier des rangées de femmes hereros en plein viol sans rien éprouver ? Comment peut-on frapper autant de corps, faire couler autant de sang ? Est-ce qu'on reste encore un être humain quand on oblige des femmes à gratter les chairs sur les crânes de leurs hommes, quand on leur refuse une casserole pour faire cuire l'unique ration de riz ? Est-ce que cette cruauté, cette folie, se transmet par les gènes, et si oui en quelle proportion ? Est-ce que dans un contexte différent, j'aurais moi aussi pu devenir ce monstre ?

J'avance dans ce qui fut la cour d'appel, remonte l'allée qui court entre les anciens blocs. Ici, mon arrière-grand-oncle, après avoir massacré des Hereros, a massacré des communistes, des juifs, des Soviétiques, des homosexuels et des Tsiganes. Du côté droit, les neuf premiers blocs étaient ceux de l'infirmerie. Là où Karl Zuren et l'ensemble des médecins pratiquaient leurs expériences. Devant le troisième bloc, je suis saisie par un froid glacial. Je n'arrive plus à bouger. J'entends des cris, des supplications, des prières. Des corps se débattent dans l'eau, d'autres manquent d'oxygène, d'autres encore hurlent sous le coup des acides qui leur ont été injectés dans les veines. Non, l'ignorance seule ne suffit pas à expliquer ces exactions. Le mal existe. Et c'est une erreur de penser que certains en sont protégés. On croit savoir qui l'on est, que l'on ne sera jamais de ceux qui commettent des crimes odieux, mais c'est faux, on ne sait rien. Si j'avais grandi au sein d'une famille nazie, si j'avais reçu leur amour, aurais-je été capable de les trahir, d'aller contre un système de pensée, un système économique, le fonctionnement d'une société tout entière, qui plus est validés par la science ? Je sais qui je suis aujourd'hui, mais qui aurais-je été alors ?

Des visages émaciés, des squelettes derrière les barbelés, des corps efflanqués s'entassant les uns sur les autres… Je suis bombardée d'images, mais je sens aussi les odeurs, celles de la putréfaction des chairs et celles des fumées du four crématoire. J'aperçois les yeux de ceux qui n'osent plus les ouvrir, je devine les cœurs de ceux qui ne veulent plus vivre. À travers ces brumes de désespérance, je distingue aussi une femme, une Herero, qui s'éteint sur le sable gelé du camp de Swakopmund. Les missionnaires avaient procuré aux détenus des vêtements de seconde main, mais le général von Trotha, dit le « Tueur », révoqua cette pratique trop humaine : un sac de jute troué était bien suffisant pour protéger des vents de l'océan. Malgré la différence de latitude, l'énergie glacée, presque cristallisée qui règne dans ce camp de Namibie, est similaire à celle qui me saisit en ce moment. Les deux lieux sont liés par la même horreur. Sauf que l'un est visité par des milliers de gens qui honorent les morts, qui se recueillent devant leurs souffrances, et qui crient « Plus jamais ça ! ». De l'autre côté, dans l'hémisphère Sud, un camping est installé sur le plus terrible des camps de la mort, celui de Shark Island. Le camp de Swakopmund est caché sous les sables du Namib, sans même une plaque commémorative. Les sources d'Ohamakari, au pied du plateau que les Allemands appellent Waterberg, là où von Trotha et ses hommes massacrèrent en pleine nuit des milliers de vieillards, de femmes et d'enfants, là où coulèrent des rivières de sang, appartiennent aujourd'hui à un fermier blanc. C'est une terre privée. Les descendants des Hereros exterminés doivent demander une autorisation pour se recueillir sur le lieu du massacre, ils ne peuvent y honorer librement les esprits de leurs morts.

La femme herero qui vient de mourir sur les sables du Namib ne lâche pas mon esprit, elle me fait remonter dans le temps et me montre dans quel état les rescapés de la tuerie d'Ohamakari se sont extirpés du Kalahari. Après plusieurs mois à frôler la mort dans le désert, affamés et assoiffés, ils se présentent dans la petite ville d'Omaruru, les os recouverts d'une peau aussi fine qu'une feuille de papier à cigarette. Les survivants ne comprennent pas comment leurs pieds les portent encore. Dans la rue principale, les villageois sortent de leurs maisons, observent les Hereros sans bouger, tout en étant conscients qu'ils ne pourront pas aller plus loin. D'ailleurs, certains s'écroulent sur place. Le chef de district s'interroge : ne devrait-on pas leur offrir un peu d'eau, au moins ? Ses voisins lui lancent un regard choqué. De l'eau ? À ces sauvages ? Les colons l'accusent d'humanitarisme, on obligera le chef à formuler des excuses publiques dans la gazette locale.

Le spectre de la femme herero me mène maintenant dans la maison d'un fermier allemand. Elle est sa maîtresse, fait son ménage, sa cuisine, et dort avec lui. Ils ont une fille ensemble, Helma, une métisse de sept ans. Ils ont été heureux pendant des années. Quand l'ordre d'extermination est donné, que les autres colons commencent à les regarder de travers, que dénoncer des Hereros apparaît comme un acte de valeureux civisme, quand les soldats de la Schutztruppe entrent dans sa maison et le menacent du pire le fermier pense à sauver sa fille, mais à aucun moment il ne s'imagine faire plus. Les Hereros sont condamnés ; en épargnant une métisse, l'homme a le sentiment d'être un saint. Sa compagne est jetée dans un chariot à bœufs avec une centaine de ses congénères. Elle n'a pas la possibilité de dire au revoir à sa fille, ni à celui qui fut son ami et amant durant une décennie. Tout le passé est oublié, elle n'est plus qu'une femme noire qui va à la mort.

Cette femme-esprit qui m'a choisie comme représentante des souffrances de mon peuple est peut-être mon arrière-grand-tante, celle qui n'est jamais revenue d'Omaruru, ou une autre ancêtre de ma lignée maternelle, qui sait ? Le bleu de mes yeux pleure, leur couleur est l'aveu qu'un sang blanc a coulé dans mon clan bien avant celui de JC. Je suis l'arrière-petite-nièce de celle qui a subi l'horreur et de celui qui l'a commise. Pour me réconforter, la femme-esprit me parle de Friedrich Vedder, l'un des rares missionnaires allemands qui visitait les détenus du camp de Swakopmund et leur distribuait en douce des quignons de pain. « Je ne puis donner les détails des atrocités dont j'ai été le témoin, c'est bien trop horrible pour être écrit », publiera-t-il dans le journal paroissial.

Mais je m'égare. Quelle ressemblance entre ce missionnaire révolté, ce fermier allemand qui ne sauve pas sa femme, et celui qui rigole en brisant les os de ses victimes ? Les tératonnes de souffrance qui sourdent de cet endroit me font tourner la tête, je me raccroche à l'âme de la grand-mère noire et lumineuse comme les nuits étoilées de mon pays, je me secoue et j'avance, je remonte cette fichue allée, celle où mon arrière-grand-oncle a torturé tant de gens – tentatives de transplantations osseuses, expériences sur les phlegmons ou sur l'hypothermie, essais de ponction du foie –, la nausée me reprend, j'avance encore et je lis sur un panneau que, lorsque les prisonniers arrivaient au camp, ils devaient s'asseoir sur une chaise où ils étaient pris en photo. Pour éviter aux officiers de répéter « Au suivant ! », on avait introduit une aiguille dans le siège : il suffisait de presser un bouton, et l'aiguille se plantait dans le postérieur du détenu qui se levait aussitôt. Sur un autre panneau, je lis le détail de la punition dite du poteau : les mains du condamné sont entravées par une chaîne, par-derrière, puis cette chaîne est accrochée à une poutre en hauteur. Le prisonnier, s'il survivait, gardait de graves séquelles aux épaules et aux poignets. Karl Zuren pique, frappe, arrache, crochète, ligature, fouette, corps blancs ou noirs, il injecte de l'acide dans le vagin des captives du camp de Swakopmund et regrette de ne pas être en charge des femmes à Dachau, mais il a de la ressource, il a inventé encore mieux… Et là, un tourbillon m'entraîne, bourrasques, rafales, je m'enfonce, je cherche un arbre auquel me raccrocher mais ceux qui bordent le camp sont éteints, ils ne parlent plus, le mal est folie, délire, il est omniprésent, ici et ailleurs, camps de concentration, bureaucratisation des tueries, tenue méticuleuse des registres des décès et des taux de mortalité, instrumentalisation du travail comme moyen d'extermination, civils transportés dans des camions à bétail, identification des détenus par un numéro tatoué, utilisation des corps par les scientifiques, répartition des groupes ethniques selon leur potentiel d'esclaves, tout a déjà eu lieu avant Hitler, pourquoi personne ne s'est élevé pour dire « Plus jamais ça ! » ? Pourquoi a-t-on laissé les horreurs se répéter ? J'ai lu des livres, vous savez, depuis que je suis en Europe j'en ai dévoré, et j'ai compris qu'Hitler n'avait « innové » que sur deux points : d'abord en décidant de transformer une région peuplée par des Blancs, l'Europe de l'Est, en colonie. Et, en toute logique, il y a appliqué ce qui se pratiquait impunément dans les colonies africaines. Ensuite, en plaquant les méthodes du fordisme sur le processus d'extermination qui avait déjà été expérimenté sur mon peuple. Mais, en vérité, ces deux catastrophes, ces deux génocides, sont le résultat de l'émergence en Europe d'une poussée de colonialisme raciste qui a envisagé l'histoire humaine à travers le prisme d'une forme tordue du darwinisme, et qui a considéré la terre comme un champ de bataille sur lequel les faibles étaient destinés à disparaître. Et ce colonialisme raciste a enrichi les empires européens. Le niveau de vie des Occidentaux si supérieur à celui du reste du monde est bâti sur des génocides. Vous tous qui êtes en train de visiter ce mémorial, vous tous, autour de moi, qui avez assez d'argent pour faire du tourisme culturel, vous n'êtes là que grâce à des montagnes de cadavres, vous vous êtes construits sur la mort, vous puez la mort, vous êtes la mort ! Tourbillon, bourrasques, rafales, vide, je suis la justice des Hereros, et je n'ai pas peur de vous, car je suis aussi des vôtres.

Tremblements, chute, absence. Mes deux ascendances s'emmêlent et brouillent mon esprit. Je me cramponne au mur d'un baraquement. Un éclair, une fulgurance. Parce que je suis aussi des vôtres, je ne peux pas laisser cet endroit en l'état. En tant qu'unique descendante de Karl Zuren, je suis directement responsable de ce qu'il a commis et de l'avenir du monde qu'il a légué. Il ne suffit pas de dénoncer. Il faut transmuter. Je me redresse, j'ouvre les bras, j'inspire profondément et je crie : « Je suis l'arrière-petite-nièce de Karl Zuren et je prends sur moi le poids de ses crimes, je sais ce qu'il a fait et je vous demande pardon pour toutes les souffrances qu'il vous a infligées. » J'avance dans l'allée en hurlant, en m'offrant. Mais à peine ai-je fait trois pas que je suis frappée de toutes parts, des mains glacées me tirent, m'étranglent, des bouches m'avalent, je perçois un mouvement dans le camp, comme une vague de milliers d'âmes qui me submerge et m'engloutit. Un homme se précipite vers moi, il me rattrape dans ses bras, puis je perds connaissance.

III

Lumière

Elle ne compte plus les jours passés depuis son incarcération. Après la visite de l'avocate envoyée par Léna, son quotidien s'est amélioré : plus de fouilles intempestives de sa cellule, le porridge est accompagné d'une sauce, parfois d'un morceau de viande. Elle ignore toujours pourquoi elle est maintenue à l'écart des autres. Peu lui importe. Sa cellule est un cristal dans lequel elle se trempe et se purifie. Ses murs sont des télescopes prodigieux. De nul endroit elle ne peut voir aussi loin, aussi profondément, aussi précisément. Ici, les multiples fils de son destin se tressent enfin. Pour devenir celle qui rassemble, elle doit d'abord être celle qui ose confronter les ombres. Aujourd'hui, grâce à ses années d'apprentissage en Allemagne, elle sait faire.

On dit que les archanges se différencient des anges parce que les premiers sont descendus plus profondément dans les ténèbres que les seconds. Les enfers, elle en avait fait l'expérience. Elle avait touché le fond. Dans cette nouvelle tranche de vie, un homme la tient par la main. Il est le phare qui l'éclaire dans la nuit, mais aussi celui qui lui apporte les moyens de sortir des impasses que sont ses deux lignées. Après avoir été partagée, tiraillée, rejetée, dédoublée, manipulée, elle va enfin pouvoir se rassembler. Aujourd'hui, elle est Tulipamwe, et plus encore.

La maison de Jochem et de Gerda est située sur les bords du lac de Starnberg, en banlieue de Munich. J'y reste quelques semaines, le temps de me refaire une santé. Entre promenades et baignades, Gerda m'initie au yoga tandis que Jochem enchaîne les rendez-vous dans son cabinet du rez-de-chaussée. J'entends les patients, sur le pas de la porte, le remercier pour tout ce qu'il a permis dans leur vie. Gerda, qui répond au téléphone, répète que la liste d'attente est de plus de deux ans.

Petite femme fluette et guillerette, Gerda est professeure de yoga. Jochem, lui, se dit énergéticien. Il m'a recueillie dans le camp de Dachau, alors que mon corps succombait à l'assaut des trop nombreuses âmes en peine que j'avais appelées. Lui et Gerda m'ont veillée durant des nuits, se relayant à mon chevet pour calmer mes crises, m'empêchant de me blesser quand je me frappais et me griffais. Selon Jochem, je me suis montrée aussi courageuse qu'inconsciente.

« On ne s'attaque pas impunément aux énergies d'un endroit comme Dachau ! Seuls les grands maîtres osent s'ouvrir à des énergies collectives aussi lourdes. Et encore, on conseille de ne pas s'y atteler seul. Il vaut mieux être plusieurs pour défaire ce que plusieurs ont fait », me réprimande-t-il avec douceur lorsque je commence à tenir sur mes jambes. Son anglais est fortement marqué par un accent germanique ; pourtant, j'entends dans sa voix posée un possible, une liberté. Devant ce géant roux dont les racines semblent aussi profondes que celles des chênes de son jardin, j'ai la certitude d'être au bon endroit.

Six jours par semaine, Jochem soigne et guérit les gens en nettoyant les blocages accumulés dans les différentes couches de leurs corps de lumière. Le soir, il médite avec Gerda sous les arbres. Je suis toujours la bienvenue, même si je m'endors systématiquement. Je dors beaucoup dans cette maison. Le dimanche, Jochem ne travaille pas, il marche, et dès que j'ai retrouvé assez de forces, je l'accompagne. J'en profite pour lui poser toutes les questions possibles sur les énergies. Ces vibrations qui entourent notre corps physique et que j'appelle corps de lumière sont-elles la même chose que ce qu'il nomme *aura* ? Combien de couches y a-t-il dans l'*aura*, que signifient-elles, comment les nettoyer ? Et comment s'assurer qu'on ne se relie pas sans le savoir à des énergies obscures qui se retourneront contre soi ? Je lui parle de ceux qui mélangent de la boue avec du sang de hyène, dans mon pays. Je ne comprends pas pourquoi il s'encombre d'une fille aussi bavarde que moi, et comme je le lui confie, il répond que c'est parce que je suis importante. Je crois qu'il dit cela à tout le monde, et qu'il est vraiment sincère. Mais il me fait également remarquer que j'ai des dispositions pour travailler avec l'invisible. Si je souhaite devenir guérisseuse, il veut bien m'apprendre, car il enseigne dans une école pas très loin, dans le centre de Munich. Néanmoins, il s'agit d'un engagement. Pas d'un sacerdoce, mais presque. Il s'interroge : en ai-je le désir et la volonté ?

À la rentrée de septembre, je me trouve un emploi de serveuse dans le centre de Munich, je loue une chambre de bonne, et j'intègre la formation de guérison énergétique de Jochem. Nous sommes une vingtaine, essentiellement des femmes. Le cursus dure trois ans, les cours ayant lieu trois jours par semaine. Le reste du temps, nous sommes supposées pratiquer les techniques apprises, mais aussi invitées à tout simplement vivre, Jochem insistant sur la nécessité de ne pas nous déconnecter du réel. L'enseignement consiste en des méditations, des visualisations, parfois quatre ou cinq heures dans la journée, ainsi que des séances de travail durant lesquelles nous nous entraînons sur l'un ou l'une de nos collègues. Nous apprenons à ressentir les différentes couches de l'aura, à les identifier, à déceler les problèmes qui s'y cachent. À entrer en relation avec plusieurs types de vibrations, à les appeler, à percevoir leurs effets. Nous utilisons des formes géométriques, des couleurs, nous essayons de comprendre pourquoi nous imaginer dans un rond nous affecte différemment que de nous visualiser dans un triangle ou une pyramide. Moi, j'aime particulièrement me loger dans un tétraèdre doré, je m'y sens à l'abri. Très vite, rayons formes et couleurs deviennent mon nouvel alphabet. Sans doute mes origines himbas me donnent-elles des facilités. Les Himbas savent que penser du mal de quelqu'un, c'est déjà l'envoûter. J'ai baigné dans la conscience de l'énergie depuis ma naissance. Mon cerveau connaît l'endroit où il doit aller.

Tout se passe donc très bien jusqu'à ce que Rosa, l'une des élèves, se foule la cheville et que, sans même la toucher, je parvienne à faire dégonfler l'hématome. Le lendemain, contre toutes les prévisions des médecins, Rosa marche. Je prends peur. En cheminant si librement dans les mondes de l'invisible, ne suis-je pas en train de franchir un interdit ? Mes ancêtres le permettent-ils ? C'est comme un mur que je prends en pleine face, je ne peux plus avancer.

« Jochem, dis-je en arrivant au cours, est-ce que nous avons vraiment le droit de faire ce que nous faisons ? »

Son grand corps réchauffe par sa présence les murs épais de l'ancien presbytère dans lequel nous nous réunissons. Dans le ton de sa voix, jamais de directive, seulement des invitations.

« Depuis plus de dix mille ans la connaissance de l'énergie est interdite, réservée aux seuls initiés. Pourquoi ? Parce qu'elle est pouvoir, liberté, et donc elle met en danger les dogmes qui maintiennent l'humanité dans une forme d'esclavage. Mais nous n'avons pas été conçus pour rester bloqués au degré d'évolution actuelle. Notre potentiel est beaucoup plus vaste. Est-ce que, toi, tu as envie d'avancer dans cette voie ? Voilà la question à te poser. La réponse t'appartient. »

Je suis tiraillée. Je sens la splendeur du monde qui s'ouvre à moi, néanmoins, dans ma tête résonnent aussi les violents propos de mon père contre ceux qui touchent aux énergies sales, et l'interdiction de se mettre en relation avec le créateur sans passer par l'intermédiaire des ancêtres.

« Et si tu oublies les injonctions de ton peuple ? propose Jochem. Si tu te connectes avec ton désir profond ? Qu'est-ce que tu entends ? »

La réponse est claire : je veux ma liberté.

« Mais j'ai peur de la colère des miens, et surtout de celle de mes ancêtres. Certains sont puissants.

— Alors, si tu veux ta liberté, tu dois devenir plus puissante qu'eux. »

Jochem me demande de m'asseoir à ses côtés. Quand nous sommes près de lui, la méditation est toujours plus forte. C'est comme si j'étais contre un chêne, ou un baobab : il s'y passe plus de choses. Pour rassurer certaines d'entre nous, il rappelle que les rayons avec lesquels nous travaillons sont directement issus de la Source, ils ne sont pas corruptibles.

« Le travail sur soi, répète Jochem, ressemble à l'épluchage d'un oignon ; chaque fois qu'on retire une pelure, une autre apparaît en dessous. Mais, couche après couche, lorsqu'on a enlevé les traumatismes de la vie actuelle, puis ceux de la vie intra-utérine, puis ceux de nos ancêtres, ceux de nos vies antérieures, un jour, on finit par toucher le noyau. Et alors on assiste réellement à la naissance d'un nouvel être. Ce qui n'exclut pas de continuer à travailler encore et encore. Sans une pratique quotidienne, il est impossible de se maintenir à un haut niveau vibratoire. Surtout lorsqu'on soigne les autres et qu'on prend en charge leurs blocages. »

Ce jour-là, Jochem nous guide dans une méditation qui a pour objectif de nettoyer l'ADN. Presque instantanément, je suis prise de tremblements, puis de vomissements. Le lendemain, même scénario. Constatant l'effet de la pratique sur moi, il m'invite à la renouveler vingt et un jours d'affilée.

Retour en enfer. Les manifestations physiques – diarrhées, crampes, impressions de torsion d'organes sur eux-mêmes, maux de tête, vertiges – sont si violentes que je dois trouver quelqu'un pour me remplacer au café. Je ne parle même pas des crises d'épilepsie, qui sont alors quotidiennes. Je dois m'allonger à même le trottoir. Mes nuits, lorsque je parviens à m'endormir, sont peuplées de cauchemars au cours desquels je finis immanquablement par m'étrangler moi-même. Jusqu'au jour où j'ai le courage de remonter à l'origine du problème. Le moment où les énergies de ma mère et celles de mon père se sont rencontrées. Idéalement, l'énergie masculine et l'énergie féminine sont attirées l'une vers l'autre grâce à l'amour. Plus souvent par une névrose commune. Mais, en ce qui concerne mes parents biologiques, reliés tous deux aux égrégores de leur peuple, c'est la haine partagée, le désir d'anéantissement réciproque qui les a réunis. La fécondation de l'ovule de ma mère par le spermatozoïde de JC fut un miracle contre nature.

Réparer le traumatisme de ma conception est un long travail. Il faut d'abord nettoyer, les unes après les autres, les énergies lourdes de mes deux ascendances. Quand je travaille sur la lignée de ma mère, il arrive que je me roule par terre en hurlant, le bas du corps en feu, seul Jochem peut alors m'approcher. Une fois le blocage libéré, je sens mon ventre se détendre, je retrouve la paix, et même une souplesse nouvelle. Mais on ne règle pas des viols en série, encore moins un génocide, en une seule séance. Lorsque je m'attaque à mes énergies himbas, je tombe aussi sur des interdits très forts concernant la fidélité au clan et aux ancêtres. Ils apparaissent comme des contrats planant au-dessus de ma tête, qui m'empêchent de me connecter directement à la Source. L'un de ces accords me condamne l'accès aux traces laissées par mes ancêtres paternels. C'est seulement après l'avoir nettoyé que je peux approcher la lignée de mon géniteur. Et là, quelle violence ! D'abord, je rencontre d'innombrables malédictions lancées par des Hereros, puis par des juifs, sur tous les Zuren. Sous cette première couche, se cache la souffrance de petits garçons qui ont été humiliés, brisés. C'est le cas de mon grand-père, de mon arrière-grand-père, sans doute aussi de mon arrière-grand-oncle. Dans la société allemande de l'époque, il semblerait que la famille, la religion et la morale n'aient pas élevé les hommes, elles les ont réduits. Au lieu de leur apprendre à se tenir debout par eux-mêmes et à être conscients des conséquences de leurs actes, on les a obligés à s'agenouiller devant des humains soi-disant supérieurs et des idoles, on les a formés à s'imiter les uns les autres. La violence des mâles est le résultat de cette douleur et de cette frustration. La décision de mon grand-père de retourner sa veste juste avant la fin de la guerre, quand la défaite devenait quasi certaine, et d'épouser ma grand-mère était à la fois un incroyable sursaut de lucidité et une terrible lâcheté. Il n'avait pas eu le courage de retourner en Allemagne ni d'affronter les horreurs que sa famille et son pays avaient perpétrées. Je me rends compte du poids que JC a soulevé en faisant des recherches sur sa famille. Mais il n'est pas allé au bout, lui non plus n'a pas réussi à assumer. Alors, je fais le travail à sa place.

Une fois les traumatismes et les limitations de mes deux filiations épurés et quelques bases posées, travailler avec l'énergie m'est aussi simple que respirer. Mon cursus achevé, Jochem me demande de l'alléger d'une partie de ses patients. Au début, je n'ai pas sa précision, mais mes traits de métisse, mon air d'ailleurs, mes doigts rognés et ma légère claudication intriguent. En dépit de mes difficultés à respecter les horaires, mes patients reviennent, et mon carnet de rendez-vous est plein. J'assiste aussi Jochem lors de ses nouvelles formations. Cette proximité avec lui me donne l'occasion d'approfondir mes techniques et mes connaissances. Jochem me pousse à tout questionner, à ne rien tenir pour acquis.

« Affranchis-toi des modèles, moi compris ! C'est en désobéissant à mes maîtres que j'ai le plus appris. »

J'adore voir son grand corps s'agiter quand il rit. Il est le pédagogue que j'ai toujours cherché. Mes collègues de promotion, qui ont vu comme moi les voiles de leur ancienne personnalité se déchirer, sont comme mes sœurs.

Étrangement, plusieurs de celles qui travaillent sous la supervision de Jochem sont juives, ou concernées de près par la question. Nous décidons d'allier nos forces et, tous les dimanches matin, nous organisons une méditation collective dans l'un des hauts lieux du nazisme. Outre la proximité de Dachau, nous avons l'embarras du choix : Munich, en plus d'être la « capitale du mouvement », fut aussi la ville d'Himmler. Enfin, je ne suis plus seule à porter les crimes de mon arrière-grand-oncle ! Après m'être sentie impuissante devant tant d'horreurs, agir en groupe et percevoir des résultats sont l'une des grandes joies de ma vie.

Je franchis une nouvelle étape quand Jochem nous apprend à travailler sur papier. Le principe est tellement simple que c'en est déroutant : il suffit de dessiner une silhouette, d'écrire son nom, par exemple Tulipamwe, de dessiner les blocages à l'endroit où on les perçoit, puis, en se reliant mentalement avec un type de rayonnement particulier, de les barrer, et, de cette façon, ils disparaissent, même si la personne est à des milliers de kilomètres de distance. Ma pratique s'en trouve radicalement bouleversée, même si à l'échelle du monde, il n'y a là rien de très nouveau : les sorciers vaudous agissent de la même manière depuis des siècles, sauf qu'au lieu de supprimer des blocages, ils en créent. Je guéris ainsi à distance les bronchites récurrentes de ma mère, j'accompagne mes cousines lors de leurs accouchements, je stoppe même une hémorragie chez Karekare. Le téléphone portable s'étant démocratisé chez les Himbas, je peux, presque sans frais, avoir des nouvelles des miens régulièrement. Ma mère me demande toujours quand je vais revenir, elle met en avant la vieillesse et la santé déclinante de mon père. Ils me manquent, mais je me sens plus utile ici. D'autant plus lorsque Jochem nous apprend à travailler des énergies collectives sur carte. Je pousse notre groupe de travail sur la dissolution des souffrances générées par le nazisme à se transformer en groupe de nettoyage des génocides, et après quelques exercices, nous mettons notre méthode en pratique sur le point géographique de l'ancien camp de Shark Island, puis sur celui de Swakopmund, les deux principaux camps de la mort de l'ancien Sud-Ouest africain. Jochem est là pour nous arrêter quand nous atteignons notre limite. C'est un puits sans fond, mais Jochem affine chaque jour ses techniques, et mois après mois, année après année, nous arrivons à transmuter des paquets d'énergie de plus en plus importants. La nuit de Noël 2013, lorsque la statue du cavalier germanique qui trônait à Windhoek depuis 1912 est ôtée de son socle sur décision du gouvernement namibien, nous savons que nous n'y sommes pas pour rien. Même chose en 2015, quand le ministre des Affaires étrangères allemand, Frank-Walter Steinmeier, reconnaît publiquement un « crime de guerre et un génocide » dans l'ancien Sud-Ouest africain. En 2016, l'Allemagne et la Namibie entament enfin des négociations censées aboutir à une déclaration commune. Berlin n'a toujours pas prononcé d'excuses officielles, mais nous sommes sur la bonne voie. Si les mots d'excuses tardent à sortir de la gorge des politiques, c'est que la reconnaissance officielle du génocide implique, au vu du droit international, des réparations financières. Or l'Allemagne serait prête à demander pardon, mais elle refuse de payer.

« Ben oui, commente ma nouvelle colocataire, le niveau de vie des Allemands n'est pas négociable ! »

Je l'aime beaucoup, mais elle semble oublier d'où je viens.

« Et le niveau de vie des Hereros ? Tu sais qu'avant d'être génocidés, les Hereros n'avaient rien à envier aux Allemands ? Les Hereros étaient, avec leur bétail, bien plus riches que tous ceux qui venaient s'installer sur leurs propriétés. Ce sont les Allemands qui se trouvaient dans une situation de serfs, obligés de louer la terre des Hereros et de trimer pour payer le loyer ! En vérité, là, ce ne sont plus sur les énergies du génocide qu'il faudrait travailler, mais sur l'égoïsme des Occidentaux, sur leur avidité, sur leur désir de posséder encore et toujours plus. Aujourd'hui, les survivants hereros, à qui on n'a laissé qu'une poignée des moins bonnes parcelles, vivent avec l'équivalent de quelques euros par jour. Les Allemands ont volé leurs terres, terres que les descendants des colons allemands continuent d'exploiter, et ils ne veulent pas payer ? Moi je dis que le génocide sera vraiment réparé quand les Allemands et les Hereros auront le même niveau de vie. Mais, au lieu d'aller vers plus de justice, les pays occidentaux persistent à appauvrir les pays déjà pauvres grâce à la dette. La dette, c'est le nouveau génocide du XXIe siècle ! »

Je mets plusieurs minutes à retrouver mon souffle. J'ai beau passer des heures en méditation, il m'arrive de perdre patience avec l'humain. Lorsque ça m'arrive devant Jochem, il me ramène toujours à mon cœur. Le cœur, clef de la libération, centre de la révolution ?

J'essaie de partager cette vision des choses avec JC lors de l'un de nos échanges téléphoniques annuels.

« Oh, je t'en prie, garde tes élucubrations pour toi ! Si tu crois que je n'ai que ça à faire ! Figure-toi que je t'appelle du Quai d'Orsay, réunion de crise avec l'ambassadeur du Sénégal ! Un soir de Noël ! Et Daphné qui me chie une caisse parce que je ne suis pas avec elle pour le réveillon ! »

Problème de cœur, donc. Je n'enfonce pas le clou, il n'a toujours pas digéré l'histoire du barrage. Il ne veut pas davantage admettre que je suis aujourd'hui une énergéticienne réputée en Allemagne, il préfère penser que je suis psychologue. « *Ethno*psychologue », précise-t-il à ses amis. Nos appels sont purement formels.

Je réfléchis à la meilleure manière de transformer notre relation quand, sept années et sept mois après mon dernier départ de Namibie, je reçois un appel de Matumbo : le gouvernement a relancé le projet de barrage, cette fois avec des Chinois. Ils sont déjà en train de construire les routes. Mon père n'a pas tenu le choc, il est mourant.

Ils ont besoin de moi.

Jean-Charles est venu lui rendre visite, hier. Cinq mois qu'elle rayonnait dans sa cellule, sans nouvelles de l'extérieur, seule avec son paquet de feuilles, ses souvenirs, et la présence constante de la Source. Faut-il préciser que ces mois furent parmi les plus riches de son existence ? La Source l'a immergée dans sa lumière, elle l'a transportée, transmutée, émerveillée. Elle sait que nous ne sommes tous qu'un. Elle est Tulipamwe, mais elle est aussi sa mère, ses cousines, les sœurs qu'elle n'a pas eues, elle est son père et son géniteur, et les géniteurs de ce dernier, elle est les Hereros et les Allemands, et plus encore. Elle est Léna, qui travaille actuellement dans une ONG de lutte pour la préservation de l'environnement et les brins d'herbe qu'elle chérit, elle est Sylvie, une chercheuse française qui, en accord avec son laboratoire, teste des vaccins stérilisants sur les populations africaines, et Maurice, jeune banquier spécialisé dans les produits financiers toxiques qui ruineront bientôt ses clients, et les dizaines de milliers d'humains qui subiront les conséquences de leurs choix. Elle est capitaine de vaisseau, pirate de Somalie, touareg du Tassili et trader de la City, à la fois homme et femme, européenne, américaine, asiatique et africaine, à la fois lumière et ténèbres, forte et faible, dominante et opprimée, victime et bourreau, toi et moi. Tulipamwe a écrit dans son cahier : *Nous sommes tous responsables de l'état du monde. Tous responsables de la Shoah, des massacres des Hereros, des boucheries du colonialisme, des réseaux de pédophilie, des actes de chacun d'entre nous. Notre conscience, à un certain niveau, n'est qu'une. Et nous avons tous le pouvoir et la responsabilité d'influencer cette matrice collective. Par nos actes mais aussi par nos pensées. Les horreurs de demain sont le résultat de nos mauvaises pensées d'aujourd'hui. De ma cellule, je prie pour qu'un jour on enseigne cela aux enfants dès la maternelle.*

Jean-Charles lui a apporté des vitamines et du chocolat. C'est lui qui lui a fait découvrir et aimer ce dernier. Il lui a transmis ce qu'il pouvait lui transmettre. Le métissage de Tulipamwe l'a aidée à filtrer : elle a rejeté les relents de colonialisme, l'avidité et l'égoïsme qui vont avec, mais elle a gardé le chocolat. Tulipamwe pense que son géniteur n'est peut-être pas un mauvais bougre ; comme la plupart des humains, il fait ce qu'il peut. Son principal défaut est de ne pas essayer assez fort, ni assez haut.

Alors qu'ils attaquent la première tablette, Jean-Charles explique à sa fille que la société chinoise chargée de la construction du barrage a poussé le gouvernement namibien à porter plainte contre elle.

« Elle espère, si tu es condamnée, justifier de l'énorme retard qu'elle a pris sur la construction, peut-être même renégocier le contrat à son avantage. »

Tulipamwe croque un nouveau carré. Puis elle lui dit qu'elle l'aime.

« Oui, c'est du bon. Il vient directement de Suisse.

— Je ne parle pas du chocolat, mais de toi. »

Il se met à bafouiller avant d'engloutir le reste de la tablette et, la bouche pleine, lui demande si elle a achevé l'écriture de son témoignage.

« De ma vie, tu veux dire ? Il me reste encore un chapitre. »

Il compulse le tas de feuilles, survole quelques passages, et se révolte.

« Mais ! Tu parles de moi ! Je t'avais dit de te concentrer sur ta lutte contre les Chinois ! »

Elle répond qu'il n'y a pas de fumée sans feu et qu'il faut d'abord expliquer comment le feu a pris. La lutte, c'est la dernière partie, celle qu'il lui reste à écrire. En attendant cette apothéose, il peut déjà commencer à censurer le gros du livre.

« Car c'est ce que tu vas faire, n'est-ce pas ? »

Il se tait, sort de sa sacoche un paquet de magazines, « Tiens, pour te distraire », puis gigote sur sa chaise. Il pourrait lui demander comment elle va, comment elle vit, ce qu'elle fait ou ce qu'elle pense dans l'obscurité de sa cellule, mais l'empathie n'est pas son fort. Tulipamwe songe à ce chef de district qui, alors qu'il avait proposé d'offrir à boire à des squelettes hereros sortant du désert, avait été accusé d'humanitarisme et obligé de publier des excuses publiques.

« N'aie pas peur de m'aimer, papa. Je pique encore un peu, mais je ne mords plus. »

Il sourit, se lève, gêné. Son grand corps, qui impressionnait sa fille plus jeune, commence à se voûter, les plis de sa belle gueule à tomber. Sa crinière blonde, qui faisait l'admiration des femmes himbas, n'est plus qu'un souvenir. Le fauve n'est plus. Et s'il mourait avant de pouvoir revenir ? s'interroge Tulipamwe. Et si c'était la dernière fois qu'ils se voyaient ? Elle fait un pas, le serre dans ses bras. Mais ceux de Jean-Charles restent ballants. Alors qu'elle cherche les battements de son cœur, il la repousse.

« À bientôt Lili, je repasse te donner des nouvelles, tu vas voir, on va gagner ! »

Quelque chose cloche dans ces rangées de dents étincelantes. Est-il vraiment venu en Namibie pour elle ? Elle s'allonge sur sa paillasse et pense à son père, le premier, celui qui l'a élevée enfant et qui est mort tel un bébé dans ses bras. Pendant que sa mère et sa grand-mère le préparaient pour son voyage dans l'au-delà, elle s'était adressée à son âme, devant le feu sacré : « Père, je t'aime, je te respecte ainsi que ta lignée, mais quand ce barrage aura été annulé une fois pour toutes, j'aurai payé ma dette et je prendrai ma liberté. Vos combats ne sont plus les miens. Mon père, je ne te trahis pas en allant ailleurs. »

Il était mort trop récemment pour que son esprit ait la force de répondre, mais Tulipamwe avait senti au frémissement du vent dans les feuilles des mopanes qu'il avait entendu. Le message était passé. Mais cette liberté, quand allait-elle la gagner ?

Elle feuillette les journaux laissés par Jean-Charles, espérant y trouver des nouvelles de son affaire. Un reportage sur les conséquences du réchauffement climatique, un autre sur une femme patronne d'une grande entreprise, un article sur la manière de porter le pantalon cet hiver. Pour la première fois depuis qu'elle est enfermée, elle doute de l'issue heureuse de son procès. Qui parle de son incarcération dans le monde, qui se bat encore contre le barrage ? Est-ce que les Veilleuses ont su maintenir les énormes quantités de lumière qu'ensemble elles avaient réussi à faire venir sur la zone menacée ? Quelques minutes à discuter avec JC, et la voici aussi fragile qu'une jeune fille.

Le sage accepte ce qu'il ne peut changer. Elle se reprend. Son histoire, sa vie, son stylo. Elle vient de quitter son père spirituel et sa charmante compagne. Ce disant, elle ne peut s'empêcher de penser qu'il y a beaucoup de pères dans cette histoire. Le père des premières années qui l'a réellement choyée ; le père blanc, cocktail explosif d'amour et de haine, qui lui a transmis toute l'horreur dont l'humain est capable ; le beau-père qui a fini par l'adopter pour l'aider à supporter ses deux moitiés ; enfin celui qui lui a permis de sortir des antagonismes et des enfermements de ses deux lignées. Jochem est le seul à ne lui avoir jamais demandé le prix de son amour.

Le 1er juin 2017, j'atterris à Windhoek. L'aéroport n'a pas changé. Matumbo m'attend devant un 4 × 4 flambant neuf. Il a grossi, ses tempes ont grisé, ce qui ne l'empêche pas de me serrer sur son ventre et de me taper dans le dos.

« Ah, Deux-Moitiés, enfin de retour ! »

Avec lui, une demi-douzaine de jeunes, presque tous en short et tee-shirt, qui me dévisagent. J'en reconnais quelques-uns, mais ils étaient encore des enfants quand je suis partie, eux ne se souviennent pas de moi. Matumbo titille leur curiosité en me présentant à la fois comme la fille préférée de Simbatere et sa propre fille, celle qui a déjà sauvé les Himbas d'un projet de barrage et qui va sans doute les sauver à nouveau. Je démens, mais le mal est fait, ma légende instaure une distance entre nous, ils n'osent plus me parler.

Sur le siège avant du 4 × 4, attend un homme en costume trois-pièces, avec un ventre plus gros que celui de Matumbo. Son visage me dit vaguement quelque chose. Il me sourit d'une étrange manière et me bombarde de questions indiscrètes, comme s'il avait le droit de tout savoir de moi. Il me faut un moment pour reconnaître sous ses traits gras Karipe, le garçon qui me maltraitait à l'école d'Omuhonga, avant de partir étudier à Opuwo. J'apprends qu'il est allé à l'université – ce qui explique peut-être son costume détonant dans cette voiture – et qu'il rédige les rapports de la Conservancy, une nouvelle entité juridique créée récemment sur le territoire des Himbas et dont l'objectif est de promouvoir la vie sauvage au bénéfice des communautés. Il n'est pas très prolifique sur le sujet, mais Matumbo m'explique qu'il est lui-même le président de cette structure et que Karipe en est le trésorier, c'est ainsi qu'ils ont pu avoir chacun un 4 × 4 tout neuf. S'il l'a utilisé uniquement pour venir me chercher, il s'agit d'un abus de biens sociaux. Matumbo éclate de rire quand je le lui dis.

« Atatatata, Deux-Moitiés, tu as trop blanchi en Allemagne ! »

J'intercepte le regard glaçant de Karipe. Malgré ses grosses joues, il n'a toujours rien d'un enfant de chœur.

Tout en roulant, Matumbo m'informe des derniers développements politiques du microcosme himba : Vetuyendera, notre représentant, celui qui a gagné ses galons en se battant contre le premier projet de barrage, a été acheté par la SWAPO, le parti au pouvoir, avec un 4 × 4 neuf et de nombreuses caisses d'alcool. Je fais remarquer qu'il semble y avoir beaucoup de 4 × 4 neufs dans la région, mais Matumbo ne relève pas. Il répète que le chef Vetuyendera a désormais sa carte à la SWAPO et qu'il a signé un papier stipulant qu'il accepte, au nom de tous les Himbas, le barrage. Suite à quoi les Himbas se sont scindés en deux clans : autour du vieux Vetuyendera, ceux qui soutiennent le projet de barrage, essentiellement des jeunes ou des Himbas installés autour du fleuve, persuadés que cette infrastructure développera le commerce et créera des emplois ; en face, ceux qui refusent le barrage, menés par Matumbo et les siens.

« On a fait circuler une pétition pour destituer Vetuyendera. On a recueilli pas mal de signatures qu'on a déposées au ministère de l'Énergie juste avant d'aller te chercher. Mais il paraît que les machines des Chinois sont prêtes à partir. C'est une question de jours. On a peu de temps pour trouver une solution. »

Alors que je demande s'il a déjà des pistes, Matumbo s'enferre dans le silence. Karipe, lui, émet de petits gloussements satisfaits. Mon propos a généré un malaise ; pour m'en protéger, j'ouvre la fenêtre et laisse mon visage se faire fouetter par le vent. Les senteurs du bush, mêlées aux effluves poivrés des jeunes gens qui m'entourent, me rappellent les longues courses que je faisais, gamine, avec mes cousines et nos oncles, quand nous allions garder le bétail. Cette odeur de terre, de sueur séchée, de bêtes et de graisse rance, c'est celle de mon peuple, celle de ma naissance. Je ferme les yeux et m'abandonne aux sensations ainsi réveillées. Dieu que j'ai été heureuse dans ce pays !

Avant de descendre de la voiture, j'enlève mes tennis. Pieds nus sur la terre de ma naissance… Les cailloux tranchants et les épines entrent dans la plante trop molle de mes pieds et me blessent ; je réprime de petits cris. Au-dessus de moi, les millions d'étoiles de la Voie lactée. Tout mon corps est condensé dans la conscience de cet instant. Le retour au pays… J'ouvre les bras pour mieux sentir l'air de la nuit, et voici qu'une silhouette sombre me tombe dessus. Ma mère, en larmes, me renifle et me lèche, elle oublie que je ne suis plus la nouveau-née pleine de sang et d'excréments qu'elle vient d'expulser.

« C'est bien moi, maman, ton gros bébé de vingt-sept ans ! »

Nous rions, elle me serre à m'étouffer, sa voix grave, sa poitrine généreuse, sa peau chaude et grasse, tout est bon dans ce corps de mère. Il n'y a qu'avec elle que j'aime redevenir une enfant.

Mais elle ne me laisse pas rajeunir longtemps. Au rire succèdent de nouveaux sanglots, cette fois au sujet de notre père, le mien et le sien, qui s'éteint dans la case.

« Il t'a attendu. J'ai peur qu'il ne meure après t'avoir vue. »

Je connais ma culture. Avant toute chose, les ancêtres. Comme il se doit après une longue absence, je m'approche à quatre pattes afin de leur montrer mon respect. Devant la case du gardien, je me lève, puis je marche jusqu'au feu sacré. Le gardien devrait m'accueillir et faire le lien avec la lignée, mais il est mourant et je parle le langage des esprits, alors je les invoque moi-même. Je leur dis que j'ai été de l'autre côté du monde et que, là-bas, j'ai pensé à eux chaque jour. Je leur demande s'ils reconnaissent ma voix. J'ajoute que je suis contente de les retrouver, même si je ne les ai jamais quittés. Ils ne répondent pas : un peu fiers, un peu orgueilleux, ils aiment se faire prier. Sont-ils prêts à accueillir mon père ? Ils rétorquent que non.

Je retourne à la case à pas feutrés, me recentre sur mon axe. Accompagner vers la mort nécessite un cœur ouvert et un alignement sur quelque chose de plus vaste que soi, arracher à la mort requiert en plus de sérieux boucliers. Je me baisse, à quatre pattes encore, pour passer le seuil. Je perçois d'abord la lueur d'un feu, puis la figure tirée de ma grand-mère, enfin, sous une couverture ocrée, un tout petit corps, un enfant désormais. Le visage est parcheminé, presque momifié, à l'exception du regard, vitré mais vivant. En posant ma main sur son cœur, j'ai l'impression de toucher l'organe lui-même. Si faible. Je le prends dans ma paume, lui impulse des palpitations. Plus vite. Ses yeux fatigués dans les miens.

« Tu es là, ma fille ?

— Je suis là, père. »

Il n'y a rien de plus à dire. Je pose sa tête sur mes genoux et la caresse, je souffle sur cette odeur de mort qui déjà commence à exsuder de ses pores. Je souffle et fais palpiter son cœur, ses cellules, je visualise le sang qui circule de plus en plus vite dans son corps, la lymphe aussi. Je perçois derrière moi les ancêtres de la lignée qui augmentent ma puissance. Je leur demande pourquoi, pourquoi refusez-vous d'accueillir Simbatere parmi vous ? Ils restent muets mais le corps de mon père répond, lui. Bien qu'il n'y ait pas assez de lumière pour les voir, je sens les couleurs revenir sur ses joues ternes ; Simbatere est de retour parmi nous. Je m'allonge à ses côtés, ma mère et ma grand-mère nous rejoignent, nous nous enlaçons et nous endormons, quatre corps tels une seule âme, une seule âme pour retenir et garder au chaud celle du ressuscité.

Le campement n'a pas changé. Le même nombre de cases, au même endroit, les mêmes pierres autour du feu sacré. Pourtant, l'air n'y est plus le même. À peine réveillée, ma mère court d'une vache à l'autre pour les traire, puis elle se précipite pour chercher de l'eau au puits, se dépêche de cuire de la bouillie, de la mélanger au lait caillé. Pendant ce temps, les hommes sortent des huttes et discutent en petits groupes. Ma mère court encore pour leur distribuer des plats d'*oruhere*. Son visage ne montre pas l'habituel plaisir qu'elle a à servir. Je l'arrête alors qu'elle part ramasser du bois.

« Mère, il n'y a personne pour t'aider ? »

Sa grimace est éloquente.

« Où sont passées les femmes ?

— Tais-toi, ne parle pas de ça ! souffle-t-elle entre ses dents.

— Où sont mes cousines ?

— Oublie-les ! »

Cette brusquerie ne ressemble pas à ma mère, et je commence à détailler plus précisément mon environnement. Les hommes, au total une vingtaine en comptant ceux qui accompagnaient Matumbo, sont en train d'installer leurs chaises pliantes en cercle à l'intérieur du village. Une pratique nouvelle, l'usage étant, lors des réunions, de se rassembler à l'extérieur du village, le campement étant plus particulièrement réservé aux femmes. Tout en moulant du maïs devant la case pour assister ma mère, je les observe. Karipe ouvre la séance, il a donc acquis une position importante. Lui succèdent plusieurs jeunes hommes. Très vite, je note le ton des propos, agressif, presque hargneux, très différent de la douceur des échanges à laquelle je suis habituée. Mes oncles et, à ma grande surprise, Matumbo, restent en retrait. Mais le vent ne souffle pas dans le bon sens et je ne saisis pas le sujet des débats. Je ne comprends pas davantage pourquoi je n'ai pas été invitée à y participer.

En allant vérifier l'état de mon père, je remarque que ma grand-mère, qui n'a pas quitté son chevet, ne répond pas à mon salut. Ma propre mère semble m'éviter.

Le lendemain, mon père se lève pour la première fois depuis des mois. Ma mère et ma grand-mère me regardent désormais de biais.

« Qu'es-tu devenue ? demande la première, derrière la hutte.

— Je suis celle que je suis, mère.

— À qui ou à quoi t'es-tu reliée ? Il était mourant et les ancêtres n'avaient rien pu faire pour lui, et toi tu arrives et il revit ! »

Je la rassure, jurant que les ancêtres ont été derrière moi pendant tout le travail.

« Je n'ai été qu'un canal, c'est tout ! »

Mais ma mère me rappelle les coutumes de tous les peuples hereros : seuls les ancêtres peuvent entrer directement en relation avec Ndjambe-Karunga, le créateur.

« On ne double pas les ancêtres ! As-tu oublié les bases même de notre culture ? me sermonne ma mère. Certains s'interrogent sur la coïncidence entre la guérison de Simbatere et ta présence. Je sens leur méfiance, et je ne sais que leur répondre. »

Je ne lui raconte pas le métier que j'exerce en Allemagne. En devenant guérisseuse, j'ai franchi un interdit. J'avais essayé d'anticiper les inévitables secousses de mon retour, d'imaginer toutes les situations possibles, mais celle-ci m'avait complètement échappé. Inconsciemment, j'ai choisi en Allemagne la seule voie qui me met en porte-à-faux avec mon peuple ! Quoi qu'il advienne, quoi que je fasse, je suis donc destinée à me retrouver toujours au-dehors ? Toujours différente ?

J'accuse le coup. Mais, dans l'immédiat, il y a plus important, plus urgent. Quelque chose a changé, ici. Je repose ma question.

« Mère, où sont les femmes ? »

Ma mère reste de marbre. Les hommes m'ignorent. Pourquoi m'a-t-on fait venir ?

Au troisième jour, Simbatere récupère assez de forces pour s'asseoir et tenir une discussion sensée. Une rapide cérémonie d'hommage aux ancêtres est organisée au cours de laquelle, la main sur la mienne, il déclare à tous que c'est le bonheur de retrouver sa dernière-née chérie qui l'a guéri. Malgré tout, je croise de nombreux regards suspicieux. Celui de Karipe est carrément mauvais.

Quand les réunions reprennent, je suis enfin invitée à y participer avec mon père. On en vient rapidement au barrage hydroélectrique. Les jeunes tiennent toujours des propos agressifs, ils veulent la guerre.

« Et avec quoi allez-vous vous battre ? » souffle mon père.

Il est encore très faible et il faut tendre l'oreille pour l'entendre. L'un de mes oncles répète sa question. Karipe et deux de ses acolytes sortent d'une case une caisse en bois rapportée de Windhoek. Ils l'ouvrent avec panache et brandissent fusils automatiques et grenades.

« Voilà l'usage que nous avons fait de l'argent de la Conservancy, clament-ils en chœur. Avec cet arsenal, nous les tiendrons en joue ! Et s'ils ne nous écoutent pas, alors ils mourront ! »

Je manque m'étrangler. Je pousse du coude Matumbo, dont je n'ai toujours pas saisi la position.

« Tu valides ? » je lui demande à l'oreille.

Matumbo me jette dans l'arène avant même que j'aie compris les enjeux et les forces en présence.

« Deux-Moitiés a déjà arrêté un barrage. J'aimerais que nous l'écoutions ! »

Tous ont les yeux rivés sur moi. Je suis la seule femme. Je commence par m'excuser de ne pas avoir tous les éléments en main concernant ce nouveau dossier.

« Je ne peux vous parler que de ce que je connais. Lorsque Matumbo et ses collègues ont réussi à stopper le premier projet de barrage, ce fut grâce à des mots. Lorsque, à mon tour, j'ai réussi à arrêter le deuxième projet de barrage, c'était encore grâce à des mots. Sans doute aujourd'hui nos adversaires sont-ils moins sensibles à la pression internationale que les précédents. Pour autant, je ne crois pas au pouvoir de ce genre d'arme. Mon avis est que nous pouvons trouver d'autres voies que celle des fusils. Quelque chose d'aussi puissant, mais de moins destructeur…

— Tu veux peut-être les envoûter avec tes pouvoirs ? me coupe Karipe. Sache que ce n'est pas parce que Simbatere a recouvré la santé que tu vas nous impressionner ! »

Des éclats de rire accompagnent ses propos. Mon père lève une main tremblante.

« Atatatata ! Arrêtez avec ces sottises. Tout le monde sait que c'est la joie de retrouver mon enfant qui m'a guéri. »

Karipe reste debout, ses yeux dans les miens. Il me défie ouvertement. Matumbo, lui, feint de somnoler sur son pliant. Qu'est-ce qui se joue, là ?

« Moi, je pense que c'est une bonne idée d'envoûter ceux d'en face ! » lance soudain l'un des jeunes garçons amenés par Matumbo.

Je m'apprête à répondre mais Simbatere se lève et, de son frêle filet de voix, essaie de hurler.

« Personne ici ne touche à ces choses ! C'est contraire aux règles que nous ont léguées nos ancêtres et tant que je serai vivant nous respecterons les ancêtres !

— Qu'est-ce que Deux-Moitiés nous propose, alors ? » insiste Karipe.

Avant de quitter l'Allemagne, j'ai eu le temps de prendre contact avec Léna, ainsi qu'avec certains de ses collègues de Greenpeace et de Survival. Selon les scientifiques, ce barrage reste, plus encore que les précédents, un mauvais projet, puisque des alternatives moins coûteuses sur le plan financier, environnemental et humain, existent. Mais, avec les Chinois aux commandes, il y a peu de chances de refaire le coup de la culpabilité qui avait fonctionné avec les Allemands. D'après les journalistes et JC, à qui j'ai posé la question, les Chinois ne se sont positionnés sur le chantier du barrage que pour obtenir en contrepartie les mines d'uranium du centre de la Namibie. Une campagne internationale est envisageable, mais elle ne suffira probablement pas. *Quand tu ne sais pas quoi faire, ne fais rien*, disait souvent Jochem.

« Je demande quelques jours pour évaluer la situation sur le terrain. »

À ma grande surprise, Matumbo se lève et plie sa chaise.

« Accordé, lance-t-il d'une voix forte. La réunion est finie. »

En passant devant moi, il me murmure à l'oreille de le rejoindre discrètement derrière l'école.

Renouant avec d'anciennes habitudes, je me dirige vers le lit de la rivière. Néanmoins, si je reconnais bien son sable clair, je n'y retrouve ni l'ombre bienfaisante ni les grands acacias centenaires. Je tourne en rond, pensant d'abord que je me suis égarée. Il y a ici les marques d'un foyer, et là des traces indiquent que des voitures ont stationné, que des gens ont campé. Un espace pour les poubelles, un autre qui abrite des douches. Mais plus d'acacias. Rasés, ou déracinés.

Plus loin, l'école a quadruplé de taille, s'étendant de tous les côtés. Je déambule entre les salles de classe, les dortoirs, le réfectoire, les sanitaires, les appartements pour les professeurs, le potager, le poulailler… En pleine période de vacances scolaires, l'endroit est désert. À travers les vitres poussiéreuses, j'aperçois des ordinateurs, des téléviseurs.

« Tout est financé par des fondations allemandes, précise fièrement Matumbo, surgissant comme un diable de derrière la citerne. Je me suis inspiré de ta stratégie de culpabilisation – qui a si bien marché contre le deuxième barrage ! –, Karipe a rédigé les dossiers, et voilà ! Le camping pour touristes nous permet de financer des repas variés et les fournitures scolaires. »

Ce n'est pas le moment d'aborder la question de savoir si les cahiers et repas de quelques centaines d'enfants scolarisés valaient qu'on détruise des arbres multicentenaires. Le sourire de Matumbo est retenu, quelque chose ne va pas. D'ailleurs, il commence par s'excuser, à voix très basse. Je réponds que je ne comprends pas, que j'ai besoin de plus d'explications. Pourquoi ce Karipe prend-il tant de place ? Pourquoi dirige-t-il les réunions alors qu'il n'est pas le plus âgé ?

« Les temps changent, les conditions du pouvoir aussi. Karipe est diplômé. Tu sais que le gouvernement nous impose désormais de déclarer toutes les vaches qu'on tue, même si c'est pour notre consommation personnelle ? On devrait passer notre vie à remplir des papiers, à écrire des chiffres et des dossiers, alors qu'on ne sait même pas lire ! À part toi peut-être, je ne connais pas un seul Himba qui sache réaliser des budgets et des rapports comme on nous en demande. Alors, on n'a pas le choix, on a besoin de lui. Sauf que maintenant, tu es là. »

Je me souviens de la promesse que j'ai faite à mon clan, douze ans plus tôt.

« Justement, qu'est-ce que tu attends de moi ? N'ai-je pas déjà payé ma dette ?

— Ton père te dirait que le clan, c'est pour la vie.

— Et toi, qu'est-ce que tu dis ? »

Matumbo tousse. Il est embêté.

« Écoute, c'est entre nous. Je sais que tu as des capacités, mais j'ignore jusqu'où elles vont. Je pensais que… enfin, n'en parle à personne, mais pourrais-tu par exemple envoûter les constructeurs du barrage, et aussi les décideurs, et… enfin jusqu'où pourrais-tu aller ? »

Je suis sous le choc.

« C'est tout ce que tu as à me proposer ? Envoûter ceux d'en face ? »

Matumbo baisse la tête, honteux.

« Tu sais bien qu'il ne faut pas toucher à ça ! Le mal qu'on envoie nous revient toujours en retour. Il existe d'autres moyens de se battre.

— Ah oui, lesquels ? se désespère Matumbo. Ils ont tout, l'argent, les machines, le pouvoir politique ! Ils savent lire et écrire, ils connaissent des gens puissants ! Alors que nous, nous ne sommes rien, nous n'avons rien, mis à part notre bétail et nos vies.

— Mais c'est déjà beaucoup, si vous en faites bon usage ! Écoute, j'ai besoin d'un 4 × 4, tu peux me trouver ça ? Pas ton 4 × 4 tout neuf qui appartient à la Conservancy, je voudrais un véhicule qui n'appartienne à aucune organisation. »

Matumbo opine du chef. Son vieux 4 × 4 rouge roule toujours. Il me donne les clefs puis, après avoir regardé à droite et à gauche, me prend longuement dans ses bras. Dans sa poitrine, je sens la peur.

Le soleil sort à peine lorsque je tourne la clef du vieux 4 × 4 rouge. Son moteur hoquette, tressaute, enfin vrombit. *Sacrée vieille carcasse !*, je la félicite en caressant l'une de ses portières du plat de la main. La carrosserie est toute cabossée, les fenêtres ne ferment plus, il n'y a plus de rétroviseurs, les suspensions sont très molles, les freins usés, et il y a un jeu certain dans la direction, mais pour le temps que j'en ai besoin, elle fera très bien l'affaire. J'ai appris à conduire et passé mon permis à Munich. Me lancer sur la piste, me faire cingler par l'air frais, suivre les méandres du paysage en collant à la caillasse, contourner ou survoler les aspérités et les trous, braquer au dernier moment pour éviter les blocs de granit… toute cette immensité m'enivre. À l'est, les montagnes du Zèbre, au sommet desquelles mon père a été initié avec son groupe d'âge, il y a plus de soixante-dix ans. À l'ouest, les mystérieuses montagnes Baynes, où prennent place moult de nos légendes. Et moi au milieu, qui essaie tant bien que mal de me reconnecter avec mon pays et ses esprits. Pour tout dire, à cet instant, je crois n'avoir plus grand-chose en commun avec ceux de mon peuple. Mais avec cette terre, oui. Elle est une partie de moi, et je nous sens l'une et l'autre menacées. Je roule vers le nord, vers la région d'Epupa, celle que les Chinois envisagent d'inonder pour le barrage. Celle aussi où j'espère retrouver mes deux cousines, Muhapikwa et Karekare. Voici quelque temps que je suis sans nouvelles d'elles, et le silence des miens à leur sujet m'inquiète.

Je roule depuis bientôt une heure quand je prends conscience que la trentaine d'hommes et de femmes que j'ai croisés sur le bas-côté jusqu'alors sont tous habillés à l'occidentale. Pas un seul en tenue traditionnelle himba.

En m'approchant d'Epupa, avant même de voir le ruban bleu du fleuve serpenter entre les collines, je repère de drôles de points lumineux. Soudain, je suis cernée de cabanes en tôle, qui ont poussé de tous les côtés, sur tous les flancs ; leurs toits reflètent le soleil et marquent le ciel sur près d'un kilomètre. Je roule sur du goudron. Les palmiers des rivages ont été rasés. Une ville est sortie de terre, défigurant tout au passage.

Je gare la voiture, déambule dans les rues. Côté fleuve, un chapelet de bars et d'hôtels pour touristes, tous gérés par des Blancs. Côté désert, des successions de petites échoppes, vendeurs d'alcool, épiceries, bazars divers, tenus par des Chinois qui ne parlent ni anglais ni himba. Je scanne, mentalement, leur corps de lumière. Mais je n'arrive pas à entrer en contact avec eux, mon énergie est renvoyée avant même d'avoir pu toucher leur aura, comme s'ils étaient protégés par une bulle. J'ai déjà rencontré ce fonctionnement chez de nombreux Occidentaux, chez Daphné et JC par exemple, mais cette fois la cuirasse paraît blindée, rien ne passe. Je répète l'expérience sur plusieurs d'entre eux. Toujours la même chose. Dans ces circonstances, il est impossible de les sensibiliser à la situation des Himbas.

Les rues sont quasi désertes, côté Blancs comme côté Chinois. Mais à la lisière de la ville, à l'endroit qu'occupait auparavant le campement d'un oncle éloigné, des camions font des allers-retours incessants. Une centaine d'Asiatiques s'affairent à la construction de bâtiments qui s'élèvent presque sous mes yeux. L'arrivée en masse des travailleurs est semble-t-il imminente.

Près du fleuve, je tombe sur des stands d'artisanat himba pour touristes. La plupart sont tenus par des femmes en pantalon. Je questionne la seule habillée de manière traditionnelle. Elle hausse les épaules. Les autres femmes s'invitent dans la discussion et lancent que leur tenue moderne est beaucoup plus pratique.

« Avec le vêtement traditionnel, quand je me penchais, on voyait mes fesses ! dit l'une d'elles.

— Et surtout, on s'habille avec moins de dix dollars. Alors que la tenue traditionnelle, ça coûte cher ! »

C'est apparemment un sujet sensible. La femme qui a choisi la voie de la tradition leur jette un regard plein de défi.

« Mais mes vêtements, je les porte depuis dix ans ! Idem pour mes chaussures en peau de girafe, et elles vont durer encore au moins autant ! »

Je ne connais pas le nom de son village, mais quand je lui parle de Karekare et de Muhapikwa, elle réagit tout de suite.

« Des résistantes, comme moi. Des femmes fières de leur culture ! Nous ne sommes plus nombreuses à porter les parures de nos ancêtres. Peau, ocre et graisse. Que leur veux-tu ? »

J'explique que je suis originaire d'Omuhonga, que j'ai grandi avec elles, même si ensuite j'ai dû partir plusieurs années en Europe.

« Oh, mais alors tu es Tulipamwe ! Que les aïeux te bénissent, tu es revenue ! Elles sont à Eyahoo, vas-y sans crainte, elles n'attendent que toi. »

Eyahoo, la vallée qui donne sur le canyon au fond duquel se terre, d'après les légendes, un python si grand que ses anneaux laissent des traces aussi larges que celles d'un bulldozer. L'endroit où personne ne veut s'installer. Quelle bêtise ont-elles bien pu commettre pour finir reléguées dans ce satané lieu ? On raconte que le reptile dégage une odeur pestilentielle capable de tuer un être humain à plusieurs centaines de mètres de distance. Je soupire. Si je ne crois pas à l'existence d'un serpent aussi énorme, je sais que les légendes n'existent pas pour rien. Et si Muhapikwa et Karekare vivent là-bas, je vais avoir envie d'y mettre mon nez…

Avant de quitter la nouvelle ville d'Epupa, je marche jusqu'au fleuve. Les chutes sont toujours là, magnifiques, gigantesques, mais il faut désormais payer vingt dollars namibiens pour y avoir accès. Et encore, l'espace autorisé est minuscule, je m'y retrouve avec une demi-douzaine de touristes et l'on se bouscule. En aval, au loin, il y a des machines, et la zone est survolée à deux reprises par un hélicoptère. Dix ans auparavant, il n'y avait là que des buissons et l'ombre bienfaisante des palmiers. Je paie encore vingt dollars pour avoir le droit de monter au sommet de la colline. Derrière la ville, des lignes blanches surgissent.

« Les toits des baraquements des futurs ouvriers, m'explique le jeune Himba qui empoche les sous.

Il paraît qu'ils seront six mille et qu'ils vont rester six années ! »

Je le regarde. Il est jeune, à peine quatorze ans.

« Et toi, que penses-tu de ce barrage ? Tu le souhaites ?

— Oh oui, s'écrie le garçon avec un large sourire. C'est bon pour le business !

— Tu n'as pas envie de garder les troupeaux, comme tes pères ?

— Quels troupeaux ? Avec la dernière sécheresse, toutes nos bêtes sont mortes. »

Je reste songeuse, et il me demande alors mon avis. Je ne souhaite pas polémiquer ni expliquer que perdre son bétail et le reconstituer a été la vie des Himbas pendant des siècles. Il a bien le droit d'aspirer à autre chose.

« J'espère seulement que cette nouvelle vie que tu appelles de tes vœux ne détruira pas celle des hommes qui ont fait d'autres choix. »

Je contemple le soleil qui rougit et descend derrière les montagnes. Ce barrage, à l'origine, était une idée des Allemands. Le premier croquis datait de 1915, juste avant que ces derniers soient expulsés du Sud-Ouest africain. Je l'avais lu dans les archives, à Windhoek, quand j'étais avec Matumbo. Pourquoi cette information ne remonte-t-elle que maintenant ? Que suis-je donc supposée travailler avec ce barrage ? C'est la troisième fois qu'il revient dans ma vie, et les deux premières, il avait signifié pour moi un grand changement. Que veut-il me dire cette fois encore, et à quel moment en aurai-je fini avec lui ?

Je grimpe au pas, en deuxième, en première. La vitesse courte est enclenchée et pourtant, je patine. Autour de moi, un paysage minéral, d'une beauté à couper le souffle, mais complètement désolé. Des pierres entassées les unes sur les autres qui forment çà et là des collines, quelques arbustes disséminés, et au loin deux plateaux rocheux que je sais séparés par le canyon du Python. La piste a existé, néanmoins elle n'a pas dû être pratiquée depuis plusieurs années car on n'en perçoit plus aucune trace. Pour la dixième fois, je sors dégager les plus gros cailloux qui empêchent le vieux 4 × 4 d'avancer. Le soleil est à son zénith, et j'ai oublié de prendre de l'eau. Bien sûr, avant, j'étais une Himba et, comme tous les Himbas, je savais me passer de boire du lever au coucher du soleil. Mais là, à porter des pierres sous les rayons de feu de midi... Un vertige me prend, un moment de découragement. Mon corps ne va pas tenir à ce rythme. Et si je ne parvenais pas jusqu'à Eyahoo ?

Pause. *Il y a toujours une solution, si elle n'est pas là, c'est que tu ne sais pas la voir.* Je jette un coup d'œil au 4 × 4 rouge. Sur cette dernière partie de piste, j'ai fait au mieux un kilomètre à l'heure. Eyahoo est à cinq, six kilomètres encore. Autant marcher. J'abandonne le véhicule. Je récupère mes jambes, mes plantes de pied se souviennent comment, au contact de la terre, appeler son énergie pour mieux rebondir, mes bras reprennent leur mouvement de balancier, mes yeux leur vision à cent quatre-vingts degrés, réglée à la fois sur le proche et le lointain, ma tête se vide, et j'avance sans y penser. Comme dans mon enfance. Ou presque. Comme dans tous les moments critiques, ma jambe droite me lance.

Je mets du temps à saisir que j'entends à nouveau des voix. Je regarde autour de moi avant de comprendre qu'elles sont dans ma tête. Enfin disons qu'elles résonnent dans ma tête, mais le message vient de l'extérieur, il vient de quelque chose qui est *autour* de moi. Je m'assieds sous un arbuste. Une épine se prend dans mes cheveux, j'essaie en vain de l'enlever, et je perçois une sorte de bruissement : l'arbuste, un mopane, cherche à communiquer. Je pose ma main sur son tronc et aussitôt c'est une logorrhée, une incontinence verbale, comme si la création entière était en train de causer en même temps. J'éloigne ma main, respire, me centre. Même si les arbres ont toujours gardé pour moi une importance particulière, ils ne m'avaient plus parlé depuis l'intégration de ma deuxième moitié. À nouveau, ma paume sur le tronc. Les voix commencent à s'organiser. Toutes disent à peu près la même chose. *Avec toi, besoin de toi.* Au fond de moi, une certitude se met à enfler, et des mots viennent encore : *Sortir de l'impuissance.* La raison de ma présence ici est de *sortir de l'impuissance* ? Je mesure le pouvoir et la responsabilité contenus dans ces quatre mots. C'est plus qu'une autorisation, c'est une injonction à dépasser les limites, les miennes comme celles des Himbas. À l'instant où j'intègre ce message, le mopane libère mes cheveux. Je reprends ma marche, forte d'une énergie nouvelle.

J'aperçois d'abord une fillette qui cueille des baies. Trois ou quatre ans. À ma vue, elle lance un appel. Je lui fais peur. Une grappe d'enfants sortent des fourrés en me dévisageant. Derrière eux, une douzaine de chevreaux. J'avance en criant que je viens en amie, que je cherche Muhapikwa et Karekare. À ces noms, les enfants s'agitent, l'un d'entre eux dévale un sentier. J'essaie de le suivre. La pente tombe raide, et la caillasse dévisse sous mes chaussures. Je glisse à plusieurs reprises, me rattrapant aux épines quand je le peux. J'ai perdu le gamin, et je n'en crois pas mes yeux. En contrebas, ce ne sont pas quelques cases mais des dizaines de petits dômes qui s'étendent sur le talweg. La vallée, autrefois déserte, est désormais habitée. Fascinée, je contemple la beauté de ces minuscules abris qui fusionnent avec les couleurs des pierres. Des branches, un peu de sable et de bouse. Qu'il est rafraîchissant de se rappeler que se loger peut être aussi simple !

Une femme marche dans ma direction d'un pas lourd. Soudain, elle se met à courir en hurlant mon nom et je reconnais la silhouette de Karekare. Je cours encore plus vite, elle est dans mes bras, elle pleure.

Muhapikwa arrive, et nous restons ainsi, front contre front, nos six bras mêlés. Puis Karekare, pour casser l'émotion qui la submerge, blague sur mon physique d'ado attardée. Je réponds en la charriant sur son ventre qui risque bientôt de tomber par terre. Mais la blague est malvenue, Karekare soupire, jure qu'elle s'arrêterait bien là, c'est juste qu'elle est trop trouillarde pour avorter. Elle me montre la fillette qui dort dans son dos, sa dernière-née et septième enfant. Et là, je réalise enfin dans quel monde je suis revenue. Ici, les femmes ne connaissent pas la contraception. Ici, elles n'ont pas le droit de refuser un homme plus de trois fois d'affilée. Ici, les femmes enchaînent encore les grossesses sans les désirer.

Karekare et Muhapikwa connaissent en revanche les usages himbas, elles ne connaissent d'ailleurs que ça, et elles m'invitent à boire un lait de chèvre à l'ombre de leurs cases.

« Le vieillard auquel m'avaient promise mes parents est mort peu de temps après ton départ, commence Karekare. J'ai épousé un gentil jeune homme, Kaurerua, on s'aimait bien. Mais dès que je suis devenue sa femme, il s'est mis à me battre, pour rien, parce que la bouillie n'était pas prête assez tôt, parce que le feu avait brûlé un morceau de notre couverture, parce que des mites avaient pondu dans notre farine de maïs. Et puis, il voulait *le* faire sans arrêt, il me forçait. J'ai eu six enfants comme ça. Un jour, mon aîné a emmené un groupe de touristes dans les montagnes avec des ânes, ils souhaitaient marcher, camper et filmer, et il a gagné beaucoup d'argent. Il me l'a donné en me disant que je ne devais pas me laisser faire, et j'ai ainsi pu racheter ma dot et divorcer ! Alors j'ai rejoint Muhapikwa, avec mes plus jeunes enfants ! »

Muhapikwa, elle, n'a pas réussi à divorcer, elle n'est que séparée. Elle avait été promise, toute gamine, à un vieux de l'âge de son père, mais au moment du mariage, Muhapikwa a refusé. Elle a également refusé les deuxième et troisième choix de ses parents. Elle était alors très amoureuse d'un jeune homme que je connaissais, Kaupenga, mais qui s'est tout compte fait marié avec un meilleur parti. À la fin, il ne restait plus personne pour l'épouser. « Une fille si difficile, tu penses bien qu'aucun homme n'en veut ! » commente Karekare en la poussant du bras pour la faire sourire. Et puis, Muhapikwa a eu l'occasion de devenir la troisième épouse d'un certain Pokwena.

« Mais on n'arrêtait pas de se disputer, détaille-t-elle, d'autant que sa première femme ne m'acceptait pas. D'un commun accord, je suis partie. Il a gardé le bétail de ma dot. J'ai commencé par travailler pour des gens, puis j'ai trouvé refuge dans la montagne, où j'ai récolté des baies que j'ai ensuite vendues, et c'est comme ça que j'ai pu racheter quelques chèvres. J'ai demandé aux gardiens des feux sacrés dans quel espace je pouvais m'installer, juste moi, ma fille et mes chèvres, et c'est le seul endroit qu'ils m'ont indiqué. Tu te rends compte ! La plupart d'entre eux n'osent même pas venir ici ! Ce qui, en soi, est plutôt une bonne chose. Quand elles ont vu que j'étais si tranquille, beaucoup d'autres femmes m'ont rejointe. Tu sais, chez nous, les femmes himbas, c'est *tanauka* en ce moment ! On a entendu dire que les femmes, aux Amériques comme en Europe, ne voulaient plus que les hommes les prennent sans leur demander l'autorisation. Alors nous aussi ! Nous aussi, on veut l'égalité et la liberté ! »

Tanauka. Un de mes mots himbas préférés, qui signifie à la fois « changement », « révolution », « tournant », « transformation ». Oh que oui, le monde a bien besoin d'un *tanauka*, de beaucoup de *tanaukas* !

« On est maintenant près d'un millier à vivre dans cette vallée, continue Muhapikwa. Et franchement, l'existence n'est pas plus difficile qu'avant. L'endroit est plus rude, mais on n'a plus les bouches inutiles des hommes à nourrir. Et on invente tous les jours de nouvelles manières de se prendre en charge. »

Le sourire radieux de Muhapikwa parle pour elle.

« Ici, au moins, ce sont les femmes qui décident ! Pas de rapport de force, pas de : “Oh, moi, ce matin, je suis fatigué, t'as qu'à aller garder le bétail à ma place !” Ici, on partage tout, le travail comme la nourriture ! Les hommes sont les bienvenus pour passer la nuit ou nous filer un coup de main, mais ils ne seront plus jamais les maîtres ! »

Et en effet, Muhapikwa, après sa séparation, a encore eu trois enfants, tous de pères différents. Mais aucun des géniteurs n'a jamais pourvu au moindre besoin de ses rejetons.

« Pas même un sac de farine de temps en temps ? je demande, choquée.

— Rien ! Pas même un bonbon quand ils viennent se réchauffer dans une paire de bras. C'est dire ! »

Je mesure soudain la chance que j'ai eue d'avoir quatre pères. Quatre hommes qui, chacun à sa manière, m'ont accompagnée.

« Et le serpent ? Vous l'avez rencontré ? »

Muhapikwa et Karekare se regardent, puis soupirent. Muhapikwa montre du menton une case, une trentaine de mètres plus loin.

« Il y a cette femme, par exemple… Elle est alitée depuis qu'elle a ramassé du bois à l'entrée du canyon. Elle dit que ce sont les émanations du serpent qui l'ont rendue malade. Et c'est vrai qu'elle sent mauvais depuis. Elles sont quatre ou cinq dans le même état. Il y a aussi l'un des enfants de Karekare : dès qu'il quitte cet endroit, il va mieux, mais il rechute lorsqu'il revient ici. Rien de grave, mais chaque fois que quelqu'un tombe malade, on se remet à parler du serpent. En fait, on ne sait pas trop quoi en penser. Si tu pouvais regarder, tu nous as déjà bien aidées quand tu étais en Allemagne… »

Muhapikwa a prononcé cette dernière phrase à voix basse, comme si elle me demandait de faire une bêtise. Je rigole.

« Tu sais que notre tradition interdit aux Himbas d'être guérisseurs ? Ma mère m'a rappelé récemment qu'un Himba digne de ce nom ne se relie qu'avec les ancêtres, et avec aucune autre force.

— Oh mais ça, c'était avant ! lance Karekare.

— Avant quoi ?

— Avant ! Aujourd'hui, plusieurs Himbas sont devenus eux-mêmes guérisseurs. Ils disent que c'était une sorte de trou dans notre culture, et qu'il était temps de le combler.

— Et les gardiens des feux sont d'accord avec ça ?

— Pas tous, mais ça discute… »

Je hoche la tête, pensive. Une porte s'entrouvre devant moi, devant nous.

La nuit tombe, et une grappe de femmes nous rejoignent. Elles me félicitent pour ma victoire contre le précédent barrage. Cette histoire me semble si lointaine. Mais Muhapikwa et Karekare leur ont apparemment narré maintes et maintes fois mes aventures, et elles débordent de questions. Où dormais-je en Allemagne ? Est-il vrai que les Allemands mangent des cochons ? Sentent-ils si mauvais qu'on le dit ? Pleut-il vraiment toujours là-bas ? Est-ce que l'argent a une odeur ? Les Allemands demandent-ils l'autorisation avant de coucher avec une femme ? Puis chacune raconte comment et pourquoi elle est arrivée dans cet endroit. Des histoires toutes empreintes de violences mais qui, maintenant qu'elles sont à l'abri de cette vallée, les font sourire. Muhapikwa amuse tout le monde en expliquant comment, avec un vieux bout de tissu élimé récupéré dans une poubelle d'Epupa, elle met en fuite les hommes qui viennent la voir avec de mauvaises intentions.

« Je leur fais croire que c'est un morceau de mue du python. Je l'ai toujours près de ma couche ! Systématiquement, ils sont pris d'une envie urgente, et je ne les revois plus ! »

C'est bon d'être avec elles. Cette nuit-là, allongée entre mes deux cousines, des enfants aux pieds et à la tête, alors que je regarde le plafond de la case et que je cherche une solution pour arrêter le barrage, je remarque que nous respirons tous au même rythme. Puis je m'endors. Je rêve que la hutte est un ventre géant et que nous en sommes les fils et les filles. Au matin, j'ai une vague idée de ce que je dois faire.

Accompagnée des enfants de Muhapikwa et de Karekare, je passe la journée à sillonner la vallée. Les foyers s'étendent sur plusieurs kilomètres, mais j'essaie de m'arrêter et de faire un brin de conversation avec chaque groupe. Toutes les femmes qui occupent ce territoire sont bien sûr opposées au barrage, puisque la zone va être inondée. Des officiels leur ont d'ailleurs déjà demandé d'évacuer les lieux. Rapidement, les langues se délient, et je mesure à quel point la société himba s'est fragilisée ces dernières années : les jeunes contre les vieux, les libéraux contre les conservateurs, les hommes contre les femmes, les pro-barrage contre les anti-barrage... Depuis la création de la Conservancy, les choses vont de travers. À l'origine, la Conservancy n'était qu'une structure juridique gérée par les Himbas eux-mêmes leur permettant d'amasser de l'argent qu'ils pouvaient ensuite dépenser pour des projets communautaires. Une belle idée, mais importée de l'extérieur, avec des règles de fonctionnement guère adaptées aux Himbas. La Conservancy engrange beaucoup d'argent, puisque tous les lodges, les cafés et toutes les activités liées au tourisme lui reversent un pourcentage. Mais son utilisation génère de nombreux désaccords. Apparemment, Matumbo et Karipe ont refusé de payer des bouteilles d'alcool pour l'enterrement d'un homme important, arguant qu'il ne s'agissait pas d'une dépense communautaire. Certains l'ont mal vécu. D'autres accusent Matumbo et Karipe de se servir de l'argent de la Conservancy pour leur propre compte, notamment quand ils se rendent à la capitale.

« Mais ils ont dû passer deux mois là-bas à attendre un rendez-vous avec le ministre ! » justifie une jeune femme qui se révèle être la fille aînée de Matumbo.

En tant qu'enfant – même adoptive – de Matumbo, on me prend rapidement à partie. Des femmes me soupçonnent d'être l'envoyée de ce dernier et de vouloir les manipuler pour qu'elles signent la pétition qui destituera notre représentant Vetuyendera et pour que Matumbo et Karipe puissent continuer à voler l'argent de la Conservancy en toute impunité. Les tensions montent, certaines hurlent, et j'ai le plus grand mal à me faire entendre : non, je ne suis pas ici en tant que fille d'Untel ou d'Unetelle, juste comme une sœur qui cherche, à l'instar d'elles toutes, à empêcher ce foutu barrage d'être construit. Mais l'affaire prend une telle ampleur qu'il faut réunir tout le monde, écouter chacune, créer des groupes de réflexion, puis réunir les responsables, rediscuter, voter. Finalement, après cinq jours de débats, nous nous mettons d'accord : notre priorité est le barrage, et le sujet de la Conservancy est à part. Chacune s'engage à séparer les deux thèmes dans les discussions. Celles qui ne respecteront pas cette règle ne seront pas écoutées.

Le soir qui suit cette décision, j'escalade la colline et grimpe jusqu'au point culminant, celui duquel on peut observer toute la région à inonder. Les débats ont été riches, mais ils m'ont fatiguée. Les barrages, la Conservancy… Ce que je retiens, c'est que ce sont encore des projets d'Occidentaux, des fonctionnements d'Occidentaux, qui viennent abîmer la paix. Pourquoi ne peut-on laisser les Himbas tranquilles ? Des dizaines de petits feux s'allument dans le crépuscule, j'entends les enfants appeler les troupeaux, les bêlements des chèvres à l'affût de leurs petits, et me revient le contenu d'un article que j'avais lu dans le *Süddeutsche Zeitung*, chez Jochem. Dans les années 2010, des chercheurs britanniques en neurosciences avaient étudié différentes populations du globe. Lors des tests, les Himbas avaient montré une capacité de concentration impressionnante et une incapacité totale à exercer plusieurs tâches en même temps. Ces résultats étaient à l'opposé de ceux de toutes les autres populations scrutées, que ce soient des Aborigènes, des Lapons, des Londoniens ou des Texans. Plus intéressant encore, ces résultats évoluaient dès que le Himba s'était rendu deux fois ou plus dans une ville. Selon la conclusion des chercheurs, un Himba menant une vie traditionnelle avait si peu d'informations à gérer qu'il était naturellement en état quasi méditatif. Mais quand il était confronté à l'expérience de la ville, soudain, c'étaient des milliers d'informations à engranger : les rues à traverser, les voitures, les gens qu'on connaissait ou pas, les panneaux publicitaires, les magasins et les choix illimités qu'ils proposaient… Dès la deuxième visite, le cerveau du Himba changeait ses modes de fonctionnement et devenait identique à celui du Parisien, du Londonien :

il acquérait une capacité à exercer plusieurs tâches en même temps au détriment de sa capacité à se concentrer, autrement dit à méditer. Mais la majorité des femmes de la vallée n'ont jamais été à la ville. Quant aux autres, il suffira de les aider à regagner leur disposition méditative. À partir d'aujourd'hui, nous, femmes himbas, allons retrouver notre potentiel unique de méditation ! Et l'exploiter à son maximum !

Je rejoins le fond de la vallée et demande à Muhapikwa de me céder une chèvre. J'ai aidé à alléger les charges du camp de Dachau et des anciens camps de la mort namibiens, mais je n'ai encore jamais arrêté de barrage. Avant de me lancer dans la lutte, je sais que j'ai encore besoin de franchir une étape.

La lune est pleine et je commence par lui demander de nous protéger. Je ligote les pattes de la chèvre, lui explique pourquoi le sacrifice de sa vie est nécessaire, la remercie, et ce faisant, je me rassemble. Je ne suis pas seule. Je suis accompagnée par de nombreux guides, certains d'origine humaine, d'autres non ; ils veillent sur moi. Quand je dis que je me rassemble, c'est un peu comme si je leur disais à tous de se tenir prêts, je les mobilise, je ne suis plus une mais une dizaine, une centaine, parfois je n'arrive même plus à compter. Je suis un monde. Et, quand je me sens assez forte, quand je sais que je n'ai même plus peur de mourir, j'avance. J'avance dans le canyon, la chèvre se débattant dans mes bras. Depuis que j'ai pénétré dans la vallée, je sens qu'*il* m'appelle, alors je réponds à sa puissance : « Python sacré, tu n'as sans doute pas été honoré comme tu le méritais, tu es une créature du divin et, à ce titre, on doit te remercier d'exister ; Python de Dieu, tu fais partie de la grande roue de la nature, et la nature a besoin de toi. Python divin, je suis Tulipamwe, mon nom signifie "Tous ensemble" et je n'ai pas peur de toi, mais j'ai besoin de ton enseignement, et je t'ai amené une chèvre en guise de bonne foi. Python sacré, je suis une simple mortelle, tu ne feras de moi qu'une bouchée si tu le souhaites, mais sache que nos intérêts sont les mêmes. Python, montre-moi ta puissance, enseigne-moi ta connaissance, je suis prête à abandonner ma vieille peau. Python, toi qui symbolises l'union des énergies masculines et féminines au cœur de chaque organisme, donne-moi le feu nécessaire à la transmutation de tous les poisons. Python, fais de moi ton élève. »

Debout, bras écartés, la chèvre bêlant à mes pieds, je suis immobile dans le canyon. Soudain, je reçois un souffle, une odeur de mort, comme une claque, qui manque me faire tomber. Je perçois ses anneaux se dérouler, sa mâchoire se démantibuler, et je suis près de m'évanouir tellement la puanteur est intense. J'ai les yeux fermés pour mieux ressentir les énergies. Un froid glacial m'envahit, je ne peux plus bouger, et je sens son corps lisse s'enrouler autour de moi. Je l'entends me parler :

« Qui es-tu, vermine, pour oser me défier ?

— Je ne te défie pas, je te demande de l'aide. Ce territoire est en danger, je veux le protéger, et je sais nos adversaires malins. Pour réussir, je dois être capable de transmuter toutes les énergies négatives qu'ils vont m'envoyer. »

Ses anneaux se resserrent autour de moi, il essaie de percer mon corps et mon âme pour savoir si je dis vrai. S'il continue, mes os se briseront. Mais je ne dis rien. Il connaît les enjeux, il est responsable de ses actes, et je n'ai pas peur de mourir. Bien sûr, ce n'est pas totalement vrai, je sens mes cellules se contracter sous la peur et ma voix, même si elle le voulait, ne pourrait pas sortir. Mais je me raccroche à cette petite partie de moi qui est morte cent fois et qui sait que la mort n'est qu'un passage. Je l'ai déjà expérimenté lors de certains états méditatifs. La tête me tourne, et je pense que mon heure est venue. Je regrette les couchers de soleil que je n'aurai plus l'occasion d'admirer, je regrette de n'avoir pas pris le temps de jouer avec les enfants de Karekare, je regrette toutes les fois où j'ai oublié de remercier le ciel de respirer… Alors, je réalise que la puanteur n'est que l'odeur de ma peur. Il me semble également évident que le bien et le mal ne sont qu'une manifestation – certes déformée – de la Nature Réelle, donc de la nôtre. Jochem me l'avait souvent dit, mais comment, devant les horreurs des camps, accepter que le mal n'existe pas ? Et pourtant, tel est le secret de la transmutation : sortir de la dualité. Le mal existe et, en même temps, il n'existe pas. Cette fois-ci, je comprends. Puis je me rends compte que j'inspire et expire à nouveau. Le Python a desserré ses anneaux et posé sa tête sur la mienne.

« Tu es lourd, dis-je.

— Tu n'as pas eu peur de mourir.

— Si. »

Un silence. Après un moment interminable, je le sens descendre sur moi. La chèvre pousse un étrange bêlement, un cri de mort, puis l'odeur s'estompe. Alors qu'il est sans doute déjà loin, j'entends encore sa voix sifflante dans mon crâne : « Ce que je veux, tous les reptiles de la région le veulent. » Puis, plus rien, mis à part les effluves qui ont imprégné mes vêtements, et l'acidité de ma sueur.

En sortant du canyon, je danse.

Muhapikwa et Karekare laissent leurs enfants à leurs compagnes et, toutes les trois, nous rejoignons le 4 × 4. Elles m'aident à le dégager et je fais demi-tour pour un voyage d'une traite jusqu'à Omuhonga. Mon père, Matumbo et les autres y sont comme d'habitude assis en cercle. Ma mère moud du maïs pas très loin. Quand elle nous aperçoit, elle jette un regard noir à mes cousines, puis elle se dérobe dans l'intérieur de sa case. Matumbo vient à ma rencontre. Selon ses informations, les Chinois viennent de quitter Windhoek. Un immense convoi, des dizaines de machines, des milliers de travailleurs, qui passeront tout près du village. Il nous convie à participer à la palabre, mais Muhapikwa et Karekare préfèrent rester en retrait. Je m'avance alors dans le cercle, salue comme il se doit mon père, mes oncles, ainsi que Karipe qui refuse ma main tout en me demandant si je suis revenue en sauveuse. Tous les hommes vaillants du cercle sont armés. Derrière Karipe, la caisse en bois est vide. J'inspire, et annonce que je pense avoir trouvé une solution. Puis je leur expose mon plan.

« C'est ça qu'on leur apprend dans les écoles d'Allemagne ? » ricane Karipe vers son voisin.

Matumbo et mes oncles me regardent comme si j'étais folle. Karipe lève son fusil et aboie qu'ils vont se débrouiller sans l'Allemande. Et tout s'enchaîne. Mon père est devant moi, défiguré par la colère ; il me secoue. Il hurle qu'il ne peut pas me laisser dire ça, moi, sa fille, que je fais insulte aux ancêtres. Je lui explique que j'honore et respecte nos pères mais que, dans cette situation, ils ne suffisent plus pour nous protéger. Qu'ils nous ont été utiles pendant des siècles, qu'ils nous ont permis de conserver notre mode de vie, mais que la menace est aujourd'hui trop forte, il est temps de changer de paradigme.

« Tulipamwe ! s'égosille mon père. Tais-toi ! Tes paroles sont sacrilèges ! Tu feras pénitence devant le feu sacré.

— Je ne ferai rien du tout, père, si tu veux que j'aie une chance d'arrêter ce barrage.

— C'est contre la loi des ancêtres !

— Du tout. Les ancêtres sont d'accord avec moi. Qu'est-ce que tu en sais, d'abord, tu ne parviens même plus à discuter avec eux ! »

Mon père recule. Il se raccroche à Matumbo, posté derrière lui. Ses yeux lancent des éclairs.

« Comment peux-tu dire ça ? marmonne-t-il entre ses dents.

— Tu sais que c'est vrai. »

J'assène un rude coup à mon père. Je tente d'expliquer à nouveau que les ancêtres nous ont formatés, qu'ils ont limité nos manières de penser, que si nous voulons résister, nous devons nous libérer d'eux. Mais Simbatere ne peut entendre ces choses-là et pour me faire taire, il se réfugie dans sa case. Le regard victorieux, Karipe lève encore son arme vers la douzaine de guerriers qui lui font face.

« Tous avec moi contre le barrage ? » braille-t-il.

Les hommes répondent d'une même voix. Je demande à Matumbo d'arrêter ce cirque, de me faire confiance, l'assure que mon plan peut marcher. Matumbo regarde Karipe et les jeunes guerriers, il regarde la case dans laquelle s'est isolé Simbatere, il regarde Muhapikwa et Karekare, qui se sont rapprochées de moi.

« Écoutez, les filles, c'est bien que vous essayiez, mais là, il s'agit de choses sérieuses ! »

Ses mots sont comme un poignard dans mon cœur. S'il en était un qui croyait en moi, c'était lui. Je ne veux pas mendier.

« Tu sais pourtant de quoi je suis capable. Si tu autorises ces jeunes à aller au combat, tu seras responsable de leur mort et des vies qu'ils prendront avec leurs balles. »

Il hésite.

« Ne laisse pas ce diplômé te dicter ton attitude », je lâche en dernier recours.

Mais Matumbo ne bouge pas. Karipe et ses acolytes sont pleins de testostérone et tirent en l'air. Je prends Muhapikwa et Karekare sous les bras, les traîne vers le 4 × 4. Puis, je démarre. Après tout, Matumbo et les autres savent où me trouver.

Ensuite, tout va très vite. Je m'installe dans la vallée d'Eyahoo, avec Muhapikwa et Karekare. Je me choisis une colline du sommet de laquelle je peux considérer l'ensemble de la zone concernée par le futur barrage. J'y installe des couvertures pour le froid, une gourde et quelques baies en cas de besoin. Je délimite la zone à travailler et la dessine sur une feuille de papier. Puis je me relie à la Source, avec une intention simple : protéger cet endroit. La connexion est immédiate, évidente. J'ai très vite une vision claire des liens que je dois mettre en place pour quadriller le site et donner à ma prière le maximum de puissance possible. Étrangement, ces liens excluent tout être masculin. Alors je convoque parmi les ancêtres, les arbres et les esprits de toutes les espèces vivantes celles qui sont de nature féminine, et je m'adresse à elles. Je leur explique que les hommes sont devenus malades et qu'ils vont s'attaquer à la terre, aux rochers, aux végétaux et à toutes les formes de vie. Pour contrer cela, je veux connecter la région à une énergie très puissante dont le programme est de repousser tout être dont le projet est de maltraiter la nature même de cet endroit, et j'ai besoin de leur aide pour relayer et amplifier cette force. Je m'adresse aussi à la Lune, à Vénus et à tous les corps célestes à résonance féminine de notre système solaire et leur demande de soutenir et même d'intensifier le travail. Puis, tout en restant connectée à la Source, je pose la main sur la carte que j'ai dessinée. Instantanément, le taux vibratoire de la zone grimpe en flèche. L'atmosphère devient pour moi extrêmement légère. Mais pour que cette vibration tienne dans la durée, il manque encore l'ancrage à la terre.

Quand je redescends au campement de mes cousines, trois nuits et trois jours ont passé. Le crépuscule est en train de tomber. Je m'assieds devant le premier feu et j'invite toutes les femmes qui sont à portée de voix à s'y rassembler. À côté de moi, une fillette joue avec une petite poupée, une statuette très simple qu'elle a sculptée dans un morceau de bois. Des seins, un ventre et des fesses, que la gamine orne d'un pagne et d'un *ohumba*. Je lui demande si je peux la lui emprunter, puis je la montre à toutes les femmes, et je commence à leur raconter une histoire. Celle des premières figurines, si similaires à cette statuette, façonnées par nos ancêtres il y a près de trente mille ans. Je leur parle des premiers reliefs gravés sur les parois des grottes, qui représentent des vulves humaines recouvertes d'ocre rouge. Je leur parle de ce premier symbole de l'humanité qui représente la naissance, le commencement, la fécondité, mais aussi le pouvoir de la régénération et de la renaissance. Je leur parle des premiers cultes religieux, tous axés autour de la Déesse Mère notre Terre, parfois aussi de la Déesse Lune, mais toujours avec les femmes comme prêtresses. Je leur parle de cet immense pouvoir que la gent féminine détient au fond de son ventre. Je leur parle d'elles, femmes himbas enduites de terre rouge, symbole du sang féminin et de la vie, qu'elles vont chercher elles-mêmes dans les entrailles de la terre, dans la terre de leurs ancêtres. Elles, femmes himbas, qui sont sans doute les dernières à porter sur leur corps la marque de la Terre-Mère. J'ignore pourquoi je leur raconte tout cela. Ça me vient tout seul, sans réfléchir. Je leur dis qu'elles sont en train de se réveiller et que c'est une période magnifique, exaltante. Mais aussi hasardeuse, délicate, car un danger est là, à notre porte, qui nécessite toute notre attention et qui exige que nous soyons fortes, plus fortes que jamais. Puis je leur demande d'imaginer qu'elles sont plus larges que leur corps physique, peut-être quatre, cinq, dix, cinquante fois plus larges. Qu'elles tracent comme un cercle de lumière autour de ce nouveau corps élargi et qu'elles y invitent leur ancêtre préférée, leur animal femelle préféré, ainsi qu'une plante femelle et une pierre à polarité féminine. Avec ma voix, je continue à les guider, je les amène à se laisser pousser des racines, des tubes de lumière immenses qui plongent jusqu'au feu terrestre pour transmettre l'information suivante : empêcher la destruction de la terre et du vivant. Toutes, nous prononçons cette phrase à voix haute une dizaine de fois : « J'empêche la destruction de cette terre et de tout le vivant contenu dans cette zone. » Je passe devant chaque femme et je trace au doigt, sur l'ocre de leur ventre, le dessin de la région à protéger. « J'empêche la destruction de la terre et du vivant. » Toutes, les mains sur leur ventre. Reliées dans leur corps de lumière au centre de la Terre. « Je protège la terre, et le vivant. » Elles scandent la phrase comme les Himbas savent rythmer les chants, en partant du fond de leurs entrailles. Attirées par la clameur de leurs sœurs, d'autres femmes nous rejoignent, se mettent à frapper du pied, pieds nus contre la terre, en cadençant « Je protège, j'empêche la destruction », pieds nus et bientôt mains nues aussi, des dizaines de femmes accroupies qui essaient de réveiller le ventre de la Terre. La clameur monte, comme une pulsation, puis une vibration, un grondement, certaines partent en transe. On ne m'a pas trompée, la force dégagée est colossale. Alors je m'enfonce dans la vallée et m'arrête devant le prochain feu habité. Et je recommence mon histoire.

À la fin de la nuit, près d'un millier de sœurs dansent leur foi et leur espoir. Je ferme les yeux, les visualise toutes, et distingue entre elles une connexion puissante ; elles forment une seule vague qui ondule et résonne. Il ne me reste qu'à relier le groupe à la galaxie, puis à l'Univers, et enfin à la Source… À ce moment-là, j'ai la certitude que nous gagnerons. J'ignore quand et de quelle manière, mais nous gagnerons. Parce que nous avons fait le choix conscient de la lumière, parce que les connexions tissées à travers les mondes nous engagent sur un chemin, je nous baptise les *Veilleuses*.

Alors que je jeûne au sommet de la colline, les travailleurs chinois ont pris place dans leurs baraquements, fini d'aménager les sanitaires et déchargé les machines. Ils investissent le chantier le matin qui suit notre transe collective. Et très vite, les problèmes commencent pour eux.

Se produit d'abord un petit éboulement de terrain. Rien de grave, mais un bulldozer s'écrase dans le fleuve et le conducteur, qui heureusement a sauté à temps, se retrouve avec une jambe cassée. Rapatrié à Windhoek.

Puis c'est une succession de maux de tête chez les ouvriers, des vertiges, ils perdent le contrôle de leurs machines, sont pris de fièvre, se disputent, s'endorment à toute heure. Parfois, simplement, le matériel ne fonctionne pas.

Les enfants de Karekare font des sauts réguliers à Epupa et nous rapportent les nouvelles. À chaque empêchement du chantier, les femmes frappent le sol de leurs pieds et hurlent leur nouveau cri de guerre : « Tulipamwe, toutes ensemble ! » Dans ces moments-là, je voudrais me cacher, car je ne fais rien pour être vue et célébrée. Mais je dois assumer mon rôle, et je les incite plutôt à remercier la Terre et l'Univers de nous avoir entendues. Une des premières règles que l'on apprend dans le monde de l'invisible est que les énergies répondent mieux quand on sait leur être reconnaissantes.

Période dense et heureuse. Muhapikwa et Karekare sont des compagnes agréables. Notre vie est frugale – nous mangeons principalement du lait de chèvre caillé et des baies –, mais en accord avec mes activités. Le matin, je parcours le territoire et parle aux femmes, ainsi qu'aux rongeurs, aux plantes, aux rochers, à la terre. Je les encourage, les félicite, les caresse. Je me colle tout particulièrement contre les acacias ; à travers eux, je retrouve l'énergie de mes amis d'Omuhonga, et nous échangeons des sensations, des émotions. Je les remercie chaque jour pour ces quatre mots qu'ils ont semés dans mon cœur et qui ont ouvert le champ de mes possibles. *Sortir de l'impuissance.* Quatre mots que je me jure de ne jamais oublier…

Les heures chaudes de la journée, je fais la sieste. Puis je passe le reste de l'après-midi avec les femmes et les enfants ; nous battons le lait, tannons une peau, rions surtout. Leur vie n'a rien de facile : les enfants ont sans arrêt faim, il faut s'occuper des troupeaux, les femmes n'ont pas de repos. Mais elles ont en elles quelque chose avec lequel j'ai grandi et que je n'ai jamais rencontré en Allemagne. Est-ce ce qu'on appelle la joie de vivre ? Peut-être simplement la capacité à être dans le présent ? C'est vrai qu'elles vivent en permanence dans un état quasi méditatif et, très rapidement, je leur transmets les arcanes de mon travail. Bien sûr, elles ne canalisent pas autant d'énergie que moi, elles débutent, mais elles se montrent des élèves appliquées et à plus d'un titre exceptionnelles.

Le soir, au moment précis où le soleil tombe derrière la montagne, les femmes laissent de côté leurs tâches et dessinent sur leur ventre la carte de notre zone de travail. Elles se retirent ensuite en elles et se relient au cœur de la Terre. Elles font des allers-retours entre leur propre cœur, celui du groupe et celui de la Terre-Mère, pour renforcer la connexion, puis elles envoient leur message, toujours clair, direct, limpide : « Je demande que cette zone soit protégée de toute agression extérieure. » Pour démultiplier leurs pouvoirs, du sommet de la colline, moi aussi, je relie. Je relie les femmes à la Source ; je relie les différents points de la zone avec la Source, puis avec le cœur de la Terre ; je relie les rongeurs, les oiseaux, les vertébrés, les invertébrés, les mammifères, les insectes... Je sens la vallée vibrer, les femmes se mettent à frapper la terre de leurs pieds et de leurs mains, et de véritables vagues ondulent, déferlent. Les femmes frappent des heures d'affilée, s'écroulant d'épuisement au milieu de la nuit, parfois seulement au petit matin. Les enfants les plus âgés prennent alors le relais : ils s'occupent des bébés, des chèvres, font cuire la bouillie pour laisser leurs mères récupérer.

Et les Chinois continuent à tomber... L'un se fait piquer par un scorpion au testicule : un mois d'immobilisation. Un autre se casse la cheville en chutant d'une roche qui a mystérieusement basculé. Un troisième a des hallucinations. Quelques centaines d'ouvriers sont pris de vomissements, une sorte de gastro-entérite qui les cloue au lit. Les chefs, eux, ne sont d'accord sur rien. Conclusion : en trois mois, ils n'ont pas fait le travail d'une semaine. À deux reprises, des officiels viennent nous ordonner de partir, car nous sommes les derniers habitants à n'avoir pas quitté la zone. Nous promettons. Mais bien sûr, nous ne bougeons pas.

Et puis, un jour, Momo, le fils aîné de Karekare, nous apprend qu'une vingtaine de Himbas ont attaqué le chantier. Les gardes ont riposté, les soldats du camp militaire d'Epupa n'ont pas tardé à s'en mêler. Résultat : un blessé chez les Chinois, un mort chez les Himbas. Très vite, les affrontements entre Himbas et Chinois ou Himbas et soldats namibiens deviennent quasi quotidiens. Au bout d'un mois, on compte quatre morts et sept blessés himbas, un mort et deux blessés chinois.

Au vu de ces chiffres macabres, Matumbo finit par nous rendre visite. Il sait que la série de calamités qui s'abat sur les Chinois n'est pas normale, et il veut comprendre. Il veut savoir s'il peut conseiller aux jeunes d'arrêter de se battre avec leurs fusils et leurs lances, et si l'ensemble des Himbas peuvent vraiment compter sur nous. J'essaie de lui expliquer qu'il suffit de s'adresser à l'Univers, avec une intention claire, pure, bien dirigée, et l'invite à passer la nuit avec nous. Ce qu'il fait. Il ne frappe pas la terre de ses pieds et de ses mains, mais il se relie en conscience, avec puissance, et je sens qu'il touche vraiment le cœur de la Terre. Le lendemain, il hoche la tête en répétant que j'ai toujours été un mystère et une merveille, et je comprends qu'il est plein de reconnaissance. Je propose de partir avec lui pour rendre visite à mon père, à nouveau très faible. Mais Matumbo m'avoue qu'il m'a interdit son chevet. Pour lui, je suis devenue une sorcière, il regrette même que j'aie prolongé sa vie.

« Ne fais pas attention, c'est un délire sénile ! » essaie de me rassurer Matumbo.

Je sais depuis le début qu'en me connectant à des énergies si puissantes, avec une ambition aussi forte que celle d'empêcher un barrage, je risque de soulever des résistances et de me faire attaquer, et pas uniquement par les Chinois. Jamais je n'aurais cependant imaginé que ça me coûterait l'amour de mon premier père.

« Dis-lui que je continue à le porter dans mon cœur. »

Matumbo nous promet également de parler aux communautés et de tout faire pour empêcher les combats. Sans résultat. Quelques jours plus tard, Momo nous apprend qu'il faut compter cinq nouveaux morts chez les Himbas. Pour protéger le chantier, l'armée namibienne a multiplié ses effectifs sur le fleuve. D'après Momo, qui a toujours su regarder au bon endroit, Karipe ne participe jamais aux affrontements, mais il est très fort pour exciter les combattants en amont.

Ces tristes nouvelles ne font que décupler nos forces. Les femmes scandent et dansent toute la nuit, je relie nuit et jour. De plus, les attaques lancées par les Chinois s'intensifient – ont-ils fait appel à un mage quelconque ? –, et je passe beaucoup de temps à transmuter. Je ne sais même pas quand nous dormons, nous sommes toutes habitées par une force qui nous dépasse. Sans doute sommes-nous soutenues par les énergies que nous réveillons.

Un incendie ravage la plupart des baraquements des Chinois. Les ouvriers sont attaqués par des nuages de moustiques et victimes de crises de paludisme qui les laissent exsangues. Ils doivent faire face à une invasion d'araignées des sables, l'une des plus vénéneuses au monde. Puis ce sont des nuages de chauves-souris qui transmettent le lyssavirus, une maladie semblable à la rage. Tous les jours, des camions partent vers la capitale, y ramenant des dizaines de Chinois infectés, parfois entre la vie et la mort. Dès lors, les Chinois commencent à suspecter qu'ils ont été envoûtés. Ils ont peur et sont de moins en moins nombreux à accepter de travailler. Mais leurs chefs s'accrochent : un chantier d'un milliard et demi d'euros, ça ne s'abandonne pas facilement.

Et puis je fais un rêve.

Dans ce rêve, Karipe me met en prison. Je suis très faible. Je ne peux plus ni relier ni transmuter. J'ai envie de dormir et plus rien n'a d'importance pour moi.

Au réveil, je marche, machinalement, de pierre en pierre, de lit de rivière en lit de rivière. Quand je regarde enfin autour de moi, je prends conscience que je suis au milieu du canyon du Python et ce que j'ai à faire m'apparaît très simplement. Je cours au campement et demande l'aide des enfants. J'ai besoin de beaucoup de pierres noires, de celles qui se voient sur le sable clair du canyon. Nous effectuons une dizaine de voyages avant de reconstituer dans le canyon le dessin précis de la zone à protéger. Alors le Python se manifeste. Il fait le tour de la carte, et dans ma tête, j'entends ses mots. *Je suis là. Pars tranquille. Ma puissance est plus forte que la tienne.*

La lutte contre le barrage est gagnée. Je charge les enfants de s'assurer que les cailloux resteront bien au même endroit, demande à Muhapikwa et Karekare de continuer à répandre la légende du méchant serpent tueur, afin que personne ne vienne déranger le dessin de pierres. Puis je fais démarrer le 4 × 4, roule jusqu'à Omuhonga et force l'entrée de la hutte de mon père. Je suis venue pour lui dire au revoir ; cette fois-ci, les ancêtres l'appellent. Je lui confie que, quoi qu'il pense, je l'aime, et que mon amour l'accompagnera où qu'il aille. Je lui dis aussi que sa terre est sauvée. Que les ancêtres sont heureux, et que nous ne sommes qu'un. Il lève sa main vers la mienne, et il meurt.

Quelques heures plus tard, alors que Matumbo se soulage derrière la palissade, les militaires envahissent le campement et m'arrêtent. Karipe m'a dénoncée comme sorcière, il a raconté aux Chinois que je passais mes journées et mes nuits à leur jeter des sorts. Pourquoi ? Par jalousie ? À vrai dire, ça ne m'intéresse pas. Je sais, moi, et toutes les femmes de la vallée d'Eyahoo, que nous n'avons jamais voulu de mal à ces pauvres Chinois. Nous avons simplement fait respecter notre territoire et nos choix de vie. Et nous continuerons à le faire. Comme tous les êtres humains, nous sommes nées pour être libres, et nous avons bien l'intention de le rester.

Voilà l'histoire de Tulipamwe-Deux-Moitiés, fille d'une bergère himba et d'un diplomate français, arrière-petite-nièce d'un génocidaire allemand. L'histoire d'une femme qui rêve d'harmonie et qui connaît le pouvoir de la pensée.

La porte de la cellule s'ouvre brusquement, faisant sursauter Tulipamwe.

« Parloir avocat ! », rugit la matonne.

Tulipamwe se lève, frotte ses membres endoloris par l'immobilité prolongée. Elle se tourne, présente les mains derrière son dos pour les menottes.

« Pas de menottes aujourd'hui ! »

Pour la deuxième fois depuis son incarcération, Tulipamwe enchaîne couloirs et escaliers, murs épais et pierres usées. Au sous-sol, les habituelles cages grillagées. L'avocate d'Human Rights Watch l'attend dans la première, tout sourire.

« Vous êtes au courant ? » lance-t-elle sans préambule.

Tulipamwe hausse un sourcil interrogatif.

« Comment, vous ne savez pas ? La terre a tremblé hier le long du fleuve Kunene, à l'emplacement exact du chantier. Il n'y a pas eu de morts, à peine quelques blessés légers, mais les piliers se sont effondrés. Des failles profondes sont apparues dans la roche. La construction d'un barrage n'est plus envisageable à cet endroit. Les ouvriers chinois font leurs bagages, ils quittent Epupa, et des charters arrivent pour les ramener dans leur pays. Les responsables chinois abandonnent leurs plaintes contre vous ! »

La jeune métisse se frotte les yeux, elle n'est pas sûre d'avoir compris. Est-ce un rêve, une vision ? L'avocate aide Tulipamwe à s'asseoir et lui met sous le nez une série de photocopies.

« Regardez, les quotidiens de ce matin ! Je vous ai aussi apporté tous les articles de presse générés par la campagne que nous avons menée pour votre défense. Vous pouvez remercier votre amie Léna, c'est elle qui a impulsé ce mouvement. »

Tulipamwe se gratte la tête. Des poux, sans doute. Elle parcourt d'un œil distrait les unes des quotidiens : *Le Monde, The New York Times, The Guardian, Die Welt, China Daily*.

Retour aux temps sombres de la chasse aux sorcières !

Une écologiste accusée d'avoir envoûté un projet de barrage : jusqu'où ira l'obscurantisme ?

« Penser contre » est-il un crime ?

Pour défendre une militante écologiste, des milliers d'Internautes postent des vidéos dans lesquelles ils expriment leurs pensées contre les politiques gouvernementales et demandent à être condamnés pour envoûtement.

Épidémie d'envoûtements : après les stars, les politiques !

« Votre père a dû vous dire que vous avez fait couler beaucoup d'encre ! »

Mais Tulipamwe n'écoute pas. Elle regarde une caricature représentant les présidents namibiens et chinois se saoulant à l'alcool de riz. Le second y félicite le premier : *Une grande trouvaille, cette nouvelle manière d'empêcher toute opposition. Je vais de ce pas instaurer dans mon pays un délit de mauvaises ondes générées par la pensée contestataire !*

La jeune métisse éclate de rire.

« C'est lié à moi, tout ça ?

— Mais oui, vous êtes devenue un symbole de la liberté de penser !

— Et alors, qu'est-ce qui se passe maintenant ?

— Vous ne comprenez pas ? Le projet de barrage est définitivement annulé, et vous êtes libre ! Votre père vient d'arriver en Namibie, il m'a fait savoir qu'il avait un rendez-vous urgent à honorer mais qu'il aimerait que vous sortiez à son bras, et je vais lui laisser ce plaisir, mais vous pouvez déjà préparer vos affaires. »

Tulipamwe remercie, un peu sonnée. Elle appelle la matonne, réintègre sa cellule, et considère les murs qui l'entourent. Il y a encore tant de fissures, tant d'aspérités qu'elle n'a pas pris le temps d'observer. Mais si la Source a pu travailler à travers elle, alors elle saura travailler à travers la prochaine détenue. À travers n'importe qui.

Épilogue

Dès qu'ils apprirent la nouvelle de la libération de Tulipamwe, sa mère, ses cousines, une dizaine de femmes d'Eyahoo et Matumbo grimpèrent dans le 4 × 4 ; il leur fallait une grosse journée de route pour arriver à Windhoek. Quant à Jean-Charles Suren, il était occupé à signer un contrat au nom de la France avec le ministre des Mines et de l'Énergie pour l'exploitation des mines d'uranium.

Tulipamwe se retrouva donc complètement seule à sa sortie de prison. Le ciel était bleu, comme la plupart du temps en Namibie. Elle avait récupéré ses papiers, sa carte bancaire, un peu d'argent. Enfin libérée du poids de sa double filiation, elle réfléchit pour la première fois de sa vie à ce qu'elle avait vraiment envie de faire. Elle aurait adoré s'embarquer dans un grand voyage pour une autre planète et être l'une de ces pionnières qui bâtirait une société neuve dans un lieu où tout serait encore à inventer. Mais en attendant la lune, elle se mit simplement à marcher, le pouce tourné vers le ciel. Elle irait là où la mènerait la route, peu importait, car elle savait que partout elle contribuerait à la création d'un monde nouveau.

Ses Mémoires ne furent jamais publiés, Jean-Charles Suren n'ayant pas jugé utile de les lire puisque sa fille était sortie de prison.

Les femmes de la vallée d'Eyahoo ne restèrent plus très longtemps célibataires, plusieurs hommes ayant fait le choix de les rejoindre et de vivre selon leurs nouvelles règles, au demeurant très simples : égalité, liberté, respect. À celles-ci s'ajoutaient deux conditions non négociables : que les femmes puissent devenir gardiennes de feu sacré, et que le nombre de gardiens ne dépasse jamais celui des gardiennes. La première des gardiennes fut Muhapikwa, qui reprit avec grâce le feu de Simbatere.

Les femmes demandèrent aussi, par l'intermédiaire de Léna venue leur rendre visite, des volontaires pour les aider à vérifier les comptes de la Conservancy. Puisque ces derniers présentaient des irrégularités patentes, elles exigèrent d'en modifier les règles, sous peine de porter plainte. Fini le duo président-trésorier, maintenant c'était une assemblée à cinquante et un pour cent féminine et quarante-neuf pour cent masculine qui prenait l'ensemble des décisions. Le un pour cent de plus pour les femmes, c'était la pénalité infligée aux hommes pour avoir gardé le pouvoir si longtemps. Même si, elles durent l'admettre, le pouvoir était quand même beaucoup mieux partagé chez les Himbas que dans bien d'autres sociétés.

« Dans le cas contraire, on aurait exigé soixante-quinze pour cent ! » précisa Muhapikwa.

La mère de Tulipamwe rejoignit les habitantes de la vallée et retrouva le sourire. Matumbo venait souvent la visiter, plus particulièrement les soirs de pleine lune. Il ne participait pas aux nouveaux rituels mis en place mais il regardait les femmes officier, fasciné, admiratif. Il mit de lui-même son 4 × 4 neuf au service de la communauté. Karipe alla s'installer à Windhoek avec le sien.

Des années plus tard, alors qu'elle se trouvait en Grèce, berceau de Socrate, Tulipamwe lut dans le journal le récit d'un curieux phénomène. Au nord de la Namibie, d'étranges champignons avaient poussé à l'intérieur des failles récemment créées par un tremblement de terre. Ces organismes inconnus libéraient des spores qui provoquaient de sérieuses allergies chez tous les humains étrangers à la région. Les autochtones, eux, semblaient immunisés. C'était fort dommageable pour le tourisme.

Dans la vallée d'Eyahoo, on parla longtemps de la femme moitié blanche moitié noire qui avait appris aux habitantes à libérer le serpent qui était en elles.

Note sur le génocide et bibliographie

Le 28 mai 2021, l'Allemagne a pour la première fois reconnu avoir commis un génocide contre les populations herero et nama pendant l'ère coloniale. Le ministre des Affaires étrangères allemand, Heiko Maas, a déclaré dans un communiqué : « Nous qualifierons maintenant officiellement ces évènements pour ce qu'ils sont du point de vue d'aujourd'hui : un génocide. [...] À la lumière de la responsabilité historique et morale de l'Allemagne, nous allons demander pardon à la Namibie et aux descendants des victimes. »

« Quand le passé n'éclaire plus l'avenir, l'esprit marche dans les ténèbres », écrivait déjà en 1840 Alexis de Tocqueville dans *De la démocratie en Amérique*. Comme lui, je pense que pour savoir dans quelle direction aller, il est important de savoir d'où l'on vient ; aussi je considère cette déclaration d'un ministre allemand comme une excellente nouvelle. Tulipamwe et ses collègues du groupe de travail sur "la dissolution des souffrances générées par les génocides" ne sont évidemment pas les seules à l'origine de cette prise de conscience. Depuis des décennies, de nombreux Hereros et Namas militent pour la reconnaissance par le gouvernement allemand du génocide qu'ils ont subi. Je les salue ici.

Il reste que les historiens ne sont pas toujours d'accord sur le nombre de Hereros et de Namas tués pendant et à cause de la colonisation allemande. En 2020, période de l'écriture de ce livre, certains historiens continuaient à nier que le terme « génocide » soit adapté.

Je ne suis pas historienne et n'ai pas les compétences pour prendre position sur ce sujet. Pour la rédaction de ce roman, je me suis principalement référée à :

– *The Kaiser's Holocaust*, de David Olusoga et Casper W. Erichsen, Faber and Faber, 2010.

– *Exterminez toutes ces brutes !, Un voyage à la source des génocides*, de Sven Lindqvist, traduit par Alain Gnaedig, Les Arènes, 2014.

Ces deux ouvrages, que je considère comme majeurs, m'ont accompagnée tout au long de l'écriture, et ce roman ne serait pas ce qu'il est sans eux.

Je dois également citer :

– *Blue Book*, d'Elise Fontenaille-N'Diaye, Calmann-Lévy, 2015.

– *Words Cannot Be Found, German Colonial Rule in Namibia : An Annotated Reprint of the 1918 Blue Book*, de Jan-Bart Gewald et Jeremy Silvester, Brill, 2003.

En ce qui concerne le nombre et les pourcentages de morts hereros et namas cités par Tulipamwe, j'ai repris les chiffres mentionnés par le Mémorial de la Shoah dans son exposition de 2016-2017 : *Le premier génocide du XX*e *siècle, Hereros et Namas dans le Sud-Ouest africain allemand.*

Si je ne suis pas spécialiste de la question herero, je prétends en revanche bien connaître les Himbas, pour avoir depuis 1993 partagé avec eux une partie importante de ma vie. De nombreuses anecdotes du roman liées aux Himbas sont directement tirées de mon expérience.

En 2017, j'ai rassemblé plus de vingt années de notes et d'observations sur ce peuple dans *Rouge Himba, carnet d'amitié avec les éleveurs nomades de Namibie* (La Boîte à Bulles), magnifiquement illustré par le dessinateur Simon Hureau.

Avec les communautés himbas d'Epupa et d'Omuhonga, j'ai réalisé en 2012 le docu-fiction *Les Himbas font leur cinéma !* (Gédéon Programmes/France 5 Production).

On pourra retrouver dans ce carnet d'amitié et ce film plusieurs des Himbas qui m'ont inspiré les caractères himbas de ce roman, et notamment Muhapikwa et Karekare dont j'ai – avec leur accord – gardé les noms. Les relations de Tulipamwe avec ses cousines ont été très largement nourries par le trio que nous avons formé pendant vingt-huit ans.

Je dois aussi citer le récit *Pieds nus sur la terre rouge,* (Robert Laffont, 1998), dans lequel je raconte mon premier séjour en terre himba, en 1993, à l'âge de dix-huit ans, ainsi que les difficultés des Himbas aux prises avec le premier projet de barrage.

Remerciements

J'ai commencé le premier jet de ce livre en mars 2019, et l'ai achevé, dans l'urgence, en mars 2020, juste avant la fermeture des écoles et le premier confinement. Cette période, pendant laquelle j'ai littéralement été habitée et portée par le personnage de Tulipamwe, m'a amenée à visiter de très sombres contrées. Je n'en serais peut-être pas sortie dans le même état sans l'accompagnement du Groupe des sept, et tout particulièrement d'Achim. Merci à vous tous pour votre présence rayonnante et votre soutien.

Merci à Marc Suzor pour avoir nettoyé quelques passages obscurs à certains moments critiques.

Merci à Flore Hejnosz pour ses merveilleux massages.

Merci à ma dent numéro 36, qui a été le prix à payer…

Ce roman n'existerait pas sans le vécu que j'ai partagé avec les Himbas, qui s'étale maintenant sur près de trois décennies. En m'accueillant comme il l'a fait, en m'offrant une deuxième identité, ce peuple a agrandi mon champ des possibles et ma liberté. Merci aux trois communautés d'Epupa, d'Omuhonga et d'Etanga, merci aux membres de mes patriclan et matriclan, merci particulièrement à Karekare, Motjinduika, Kasimbatere, Kanyaze, Komisara, Kapei, ainsi qu'à ma famille adoptive. Vous avez considérablement enrichi ma vie.

Muhapikwa, alors que je corrige la dernière version de ce livre, les tiens enterrent ta dépouille dans les sables du Kaokoland, et je suis encore sous le coup de l'annonce de ta disparition. Je ne suis pas présente physiquement pour t'accompagner dans ton dernier voyage ; les restrictions Covid n'ont pas permis à mon corps de voyager, mais elles ne sauraient arrêter mon cœur. Le trio que nous avons formé avec Karekare a été béni, et les aventures que nous avons vécues ensemble font partie des plus beaux moments de mon existence. Comme Tulipamwe et ses cousines, nous avons fait bouger des montagnes. Tu ne deviendras pas gardienne de feu sacré, mais tu as été et resteras une veilleuse pour ton peuple. Tulipamwe est avant tout le fruit de notre amitié.

Je tiens également à remercier, en Namibie, Kathrin et Frank Bockmuehl et Koos Verwey, pour leur soutien et leur grande humanité.

L'un des grands cadeaux de ce livre fut ma rencontre avec Elisabeth Samama, l'éditrice dont je rêvais depuis de nombreuses années. Merci, Elisabeth, pour l'énorme travail accompli sur mon manuscrit. Je sais ce qu'il te doit.

Un grand merci aussi à l'équipe enthousiaste de Robert Laffont : Sophie Charnavel, Pauline Bonvalet, Delphine Roché, Anne Hémion et tous celles et ceux que les confinements successifs ne m'ont pas permis de rencontrer et qui ont pourtant travaillé à différentes étapes pour que ce roman existe.

Merci à mes premiers lecteurs pour leurs conseils avisés : Henri Bardet, Guillaume Jan, Laurence Mallat Desmortiers, Catherine Michelet, Jean-Christophe Rufin, Jean-Marie Thiedey.

Un merci particulier à Simon Hureau, génial dessinateur de *Rouge Himba*, pour sa disponibilité et sa fidélité à la question himba.

Merci à Wolfgang Reith pour avoir répondu à mes interrogations sur certains détails de l'histoire des Hereros.

Tarik Noui et Emmanuelle Corne, merci pour nos brainstormings !

Merci également à Alexandre Dupouy pour nos échanges sur les photos pornographiques au temps de la colonisation.

Enfin et surtout un immense merci à Georges-Marc Habib pour son soutien indéfectible, et à notre magnifique fille, Zélie-Tulipamwe, qui depuis sa naissance m'a accompagnée sans faillir dans toutes mes aventures, en Allemagne comme en Namibie, et qui du haut de ses cinq ans a su débrider mon imagination et m'ouvrir des pistes très pertinentes, notamment en ce qui concerne la dernière partie. Merci à vous deux d'exister.

Merci encore à la vie, qui m'a inspiré ce roman, et à tous les lecteurs qui contribueront à le faire exister.

Ce livre existe grâce au travail de toute une équipe.

Communication : Caroline Babulle, Sandrine Perrier-Replein, Typhaine Maison, Adélaïde Yvert.

Coordination éditoriale et administrative : Céline Poiteaux, Martine Rivierre.

Studio : Pascaline Bressan, Barbara Cassouto-Lhenry, Joël Renaudat.

Fabrication : Muriel Le Ménez, Céline Ducournau, Bernadette Cristini, Sophia Paroussoglou, Phousa Chantharath, Isabelle Goulhot, Émilie Lapan (Canada).

Correction : Emmanuelle Coppeaux, Valérie Gautheron.

Commercial, relation libraires et marketing : Laetitia Beauvillain, Alexandra Profizi, Élise Iwasinta, Morgane Rissel, Aurélie Scart, Clément Vekeman.

Cessions de droits : Isabelle Votier, Benita Edzard, Lucile Besse, Sonia Guerreiro.

Gestion : Sophie Veisseyre, Chloé Hocquet, Isabelle Déxès, Camille Douin.

Service auteurs : Viviane Ouadenni, Jean-François Rechtman, Catherine Reimbold.

Ressources humaines : Mylène Bourreau.

Juridique : Laëtitia Doré, Anaïs Rebouh, Valérie Robe, Jean-Benoît Vassogne, Julia Crosnier.

Diffusion : Aurélia Spalacci (directrice des ventes), Nadine Eugénie, Céline Pitt, Arnaud Weill, Hervé Adamczyk, Annie Bourgade, Éric Charpentier, Gilles Couillard, Sandrine Ducrocq, Élisabeth Ehlinger, Guillaume Loras, Jean-Philippe Pilloux, Philippe Maulnier, Gilles Torché, Élisabeth Gastaldo, Jean-Pierre Stephany (Belgique), Olivier Béguin (Suisse), Jean Bouchard et Marie-Ève Provost (Canada), Emmanuelle Cadot, Virginie Godet et Caroline Pan.

Avec le soutien des équipes d'Interforum et d'Editis qui participent à la création, la diffusion et la distribution de ce livre.

Canoros Vehit Canentes

pca
cmb
édition pré-presse
livres numériques

44400 Rezé

Imprimé en France par CPI
en janvier 2022

N° d'édition : 63307/01
N° d'impression : 167142